Georges Feydeau

Un fil à la patte

Dossier et notes réalisés par
Violaine Heyraud

Lecture d'image par
Pierre-Olivier Douphis

folioplus
classiques

Violaine Heyraud, ancienne élève de l'École normale supérieure (Ulm), agrégée de lettres modernes et docteur en arts du spectacle, est maître de conférences en littérature française à l'université Sorbonne nouvelle - Paris III. Elle est membre de l'équipe « Centre de recherche sur les poétiques du XIXe siècle ». Ses travaux portent sur Feydeau, le vaudeville, l'esthétique et la poétique de la comédie, ainsi que sur les rapports du théâtre à la psychiatrie. Elle est l'auteur de *Feydeau, la machine à vertiges*, à paraître aux Classiques Garnier en 2012.

Pierre-Olivier Douphis est docteur en histoire de l'art contemporain de l'Université Paris IV - Sorbonne. Il a écrit des articles dans la *Gazette des Beaux-Arts*, le *Bulletin du musée Ingres*, le *Musée critique de la Sorbonne*. Il est cofondateur de la revue en ligne *Textimage*. Il écrit actuellement une étude sur une œuvre de Fra Angelico à paraître prochainement.

Sommaire

Un fil à la patte

PERSONNAGES

BOUZIN
LE GÉNÉRAL
BOIS-D'ENGHIEN
LANTERY
CHENNEVIETTE
FONTANET
ANTONIO
JEAN
FIRMIN
LE CONCIERGE
UN MONSIEUR
ÉMILE
LUCETTE
LA BARONNE
VIVIANE
MARCELINE
NINI
MISS BETTING
UNE DAME

DOMESTIQUES (*hommes et femmes*), UNE NOCE, DEUX AGENTS

Acte I

Un salon chez Lucette Gautier.

Ameublement élégant. La pièce est à pan coupé du côté gauche ; à angle droit du côté droit ; à gauche, deuxième plan, porte donnant sur la chambre à coucher de Lucette. Au fond, face au public, deux portes ; celle de gauche, presque au milieu, donnant sur la salle à manger (elle s'ouvre intérieurement) ; celle de droite ouvrant sur l'antichambre. Au fond de l'antichambre, un portemanteau. Au fond de la salle à manger, un buffet chargé de vaisselle. Dans le pan coupé de gauche, une cheminée avec sa glace et sa garniture. À droite, deuxième plan, autre porte. (Toutes ces portes sont à deux battants.) À droite, premier plan, un piano adossé au mur, avec son tabouret. À gauche, premier plan, une console surmontée d'un vase. À droite près du piano, mais suffisamment éloigné de lui pour permettre de passer entre ces deux meubles, un canapé de biais, presque perpendiculairement à la scène et le dos tourné au piano. À droite du canapé, c'est-à-dire au bout le plus rapproché du spectateur, un petit guéridon. À l'autre bout du canapé, une chaise volante. À gauche de la scène, peu éloignée de la console, et côté droit face au public, une table rectangulaire de moyenne grandeur ; chaise à droite, à gauche et au-dessus de la table. Devant la cheminée, un pouf ou un tabouret ; à gauche de la cheminée et adossée au mur, une chaise. Entre les deux portes du fond, un petit chiffonnier. Bibelots un peu partout, vases sur la cheminée, etc.; tableaux aux murs; sur la table de gauche, un Figaro *plié.*

Scène I

FIRMIN, MARCELINE

Au lever du rideau, Marceline est debout, à la cheminée sur laquelle elle s'appuie de son bras droit, en tambourinant du bout des doigts comme une personne qui s'agace d'attendre; pendant ce temps, dans le fond, Firmin, qui a achevé de mettre le couvert, regarde l'heure à sa montre et a un geste qui signifie: « Il serait pourtant bien temps de se mettre à table. »

MARCELINE, *allant s'asseoir sur le canapé*: Non, écoutez, Firmin, si vous ne servez pas, moi je tombe!

FIRMIN, *descendant à elle*: Mais, Mademoiselle, je ne peux pas servir tant que Madame n'est pas sortie de sa chambre.

MARCELINE, *maussade*: Oh! bien, elle est ennuyeuse, ma sœur! vraiment, moi qui la félicitais hier... qui lui disais: « Enfin, ma pauvre Lucette, si ton amant t'a quittée... si ça t'a fait beaucoup de chagrin, au moins, depuis ce temps-là, tu te lèves de bonne heure, et on peut déjeuner à midi! » C'était bien la peine de la complimenter.

FIRMIN: Qui sait? Madame a peut-être trouvé un successeur à M. de Bois-d'Enghien!

MARCELINE, *avec conviction*: Ma sœur!... Oh! non! elle n'est pas capable de faire ça!... Elle a la nature de mon père! c'est une femme de principes! si elle avait dû le faire, *(changeant de ton)* je le saurais au moins depuis deux jours.

FIRMIN, *persuadé par cet argument* : Ah ! alors !...

MARCELINE, *se levant* : Et puis, quand cela serait ! ce ne serait pas encore une raison pour ne pas être debout à midi et quart !... Je comprends très bien que l'amour vous fasse oublier l'heure !... *(Minaudant.)* Je ne sais pas... je ne connais pas la chose !

FIRMIN : Ah ?

MARCELINE : Non.

FIRMIN : Ah ! ça vaut la peine !

MARCELINE, *avec un soupir* : Qu'est-ce que vous voulez, je n'ai jamais été mariée, moi ! Vous comprenez, la sœur d'une chanteuse de café-concert !... est-ce qu'on épouse la sœur d'une chanteuse de café-concert ?... N'importe, il me semble que, si toquée soit-on d'un homme, on peut bien, à midi !... Enfin, regardez les coqs... est-ce qu'ils ne sont pas debout à quatre heures du matin ?... Eh ! bien alors ! *(Elle se rassied sur le canapé.)*

FIRMIN : C'est très juste !

Lucette entre précipitamment de gauche. Firmin remonte au fond.

Scène 2

LES MÊMES, LUCETTE, *sortant de sa chambre*

LUCETTE : Ah ! Marceline !...

MARCELINE, *assise, ouvrant de grands bras* : Eh ! arrive donc, toi !

LUCETTE : De l'antipyrine[1] ! vite un cachet !

1. Médicament analgésique ou antidouleur, élaboré onze ans plus tôt par le chimiste allemand Ludwig Knorr.

MARCELINE, *se levant* : Un cachet, pourquoi ? Tu es malade ?

LUCETTE, *radieuse* : Moi ! oh ! non, moi je suis bien heureuse ! Non ! pour lui ! il a la migraine ! *(Elle s'assied à droite de la table.)*

MARCELINE : Qui, lui ?

LUCETTE, *même jeu* : Fernand ! il est revenu !

MARCELINE : M. de Bois-d'Enghien ! non ?

LUCETTE : Si !

MARCELINE, *à Firmin, tout en remontant au chiffonnier dont elle ouvre un tiroir* : Ah ! Firmin, M. de Bois-d'Enghien qui est revenu !

FIRMIN, *une assiette qu'il essuie, à la main, descendant à Lucette* : M. de Bois-d'Enghien, pas possible ! ah ! bien, j'espère, Madame doit être contente ?

LUCETTE, *se levant* : Si je suis contente ! oh ! vous le pensez ! *(Firmin remonte.) (À Marceline qui redescend avec une petite boîte à la main.)* Tu juges de mon émotion quand je l'ai vu revenir hier au soir ! *(Prenant l'antipyrine que lui remet Marceline.)* Merci ! *(Changeant de ton.)* Figure-toi, le pauvre garçon, pendant que je l'accusais, il avait une syncope qui lui a duré quinze jours ! *(Elle descend à gauche.)*

MARCELINE : Non ?... oh ! c'est affreux ! *(Elle remonte un peu à droite.)*

LUCETTE, *remontant entre la table et la console* : Oh ! ne m'en parle pas ! s'il n'en était pas revenu, le pauvre chéri... il est si beau ! *(À Firmin qui est occupé dans la salle à manger.)* Vous avez remarqué, n'est-ce pas, Firmin ?

FIRMIN, *qui n'est pas du tout à la conversation, redescend un peu* : Quoi donc, Madame ?

LUCETTE : Comme il est beau, M. de Bois-d'Enghien !

FIRMIN, *sans conviction* : Ah ! oui.

LUCETTE, *avec expansion* : Ah ! je l'adore !

VOIX DE BOIS-D'ENGHIEN : Lucette !

LUCETTE : Tiens, c'est lui !... c'est lui qui m'appelle. *(À Marceline.)* Tu reconnais sa voix ? *(Elle remonte.)*

MARCELINE : Si je la reconnais !

LUCETTE, *sur le pas de la porte de gauche* : Voilà, mon chéri !

MARCELINE, *remontant dans la direction de la chambre* : On peut le voir ?

LUCETTE : Oui... oui... *(Sur le pas de la porte, parlant à la cantonade à Bois-d'Enghien.)* C'est Marceline qui vient te dire bonjour !

VOIX DE BOIS-D'ENGHIEN : Ah ! bonjour, Marceline !

MARCELINE, *devant la cheminée* : Bonjour, Monsieur Fernand !

FIRMIN, *derrière Marceline* : Ça va bien, Monsieur Fernand ?

VOIX DE BOIS-D'ENGHIEN : C'est vous, Firmin ?... Mais pas mal... un peu de migraine seulement.

MARCELINE ET FIRMIN : Ah ! tant pis ! tant pis !

LUCETTE, *entrant dans la chambre* : Allons, apprête-toi, parce que l'on va déjeuner. *(Elle disparaît.) (On sonne.)*

MARCELINE : Tiens, on sonne !

FIRMIN, *il sort par la porte du fond droit* : Je vais ouvrir.

MARCELINE, *redescendant* : Non, ils me feront mourir d'inanition !

Scène 3

LES MÊMES, DE CHENNEVIETTE

FIRMIN, *du fond, à Marceline* : C'est M. de Chenneviette ! *(À Chenneviette, descendant avec lui.)* Et Monsieur vient déjeuner ?

DE CHENNEVIETTE : Oui, Firmin, oui.

FIRMIN, *à part, avec un léger sardonisme* : Naturellement !

DE CHENNEVIETTE, *sans aller à elle* : Bonjour, Marceline.

MARCELINE, *maussade* : Bonjour.

FIRMIN : Et Monsieur ne sait pas la nouvelle ?... Il est revenu !

DE CHENNEVIETTE : Qui ?

MARCELINE : M. de Bois-d'Enghien !

DE CHENNEVIETTE : Non ?

FIRMIN : Hier soir ! parfaitement !

DE CHENNEVIETTE, *haussant les épaules* : C'est à se tordre !

FIRMIN : N'est-ce pas, Monsieur ! Mais je vais dire à Madame que Monsieur est là.

DE CHENNEVIETTE : Quel tas de girouettes !

FIRMIN, *frappant à la porte de Lucette, pendant que Marceline va causer avec Chenneviette* : Madame !

VOIX DE LUCETTE : Quoi ?

FIRMIN : C'est Monsieur !

VOIX DE LUCETTE : Monsieur qui ?

FIRMIN, *d'une traite, comme il ferait une annonce* : Monsieur le père de l'enfant de Madame.

VOIX DE LUCETTE : Ah ! bon, je viens !

FIRMIN *à Chenneviette, sans descendre* : Madame vient.

DE CHENNEVIETTE : Bon, merci ! *(Firmin remonte dans la salle à manger, à Marceline.)* Comment, il est revenu ? Et naturellement ça a repiqué de plus belle !

MARCELINE : Dame !... *(Indiquant d'un clignement d'œil significatif la chambre à coucher de Lucette.)* Ça m'en a tout l'air !

DE CHENNEVIETTE, *s'asseyant sur le canapé* : Ah ! ma pauvre Lucette, quand elle cessera d'être une femme à toquades... ! Mon Dieu, son Bois-d'Enghien, c'est un charmant garçon, je n'y contredis pas, mais enfin, quoi ? ce n'est pas une situation pour elle... il n'a plus le sou !

MARCELINE : Oui, oh ! je sais bien !... mais ça, Lucette vous le dira. *(Confidentiellement.)* Il paraît que quand on aime, eh bien ! un garçon qui n'a plus le sou, c'est encore meilleur !

DE CHENNEVIETTE, *railleur* : Ah ?

MARCELINE, *vivement* : Moi, je ne sais pas, je suis jeune fille. *(Elle s'assied à droite de la table.)*

DE CHENNEVIETTE, *s'inclinant d'un air moqueur* : C'est évident ! *(Revenant à son idée.)* Eh bien ! et le rastaquouère[1], alors ?

MARCELINE : Qui ? le général Irrigua ? Dame, il me paraît remis aux calendes grecques[2] !

DE CHENNEVIETTE, *se levant* : C'est malin ! Elle a la chance de trouver un homme colossalement riche... qui se consume d'amour pour elle ! un général ! je sais bien qu'il est d'un pays où tout le monde est général. Mais ça n'est pas une raison !...

MARCELINE, *surenchérissant (Elle se lève)* : Et d'un galant ! avant-hier, au café-concert, quand il a su que j'étais la sœur de ma sœur, il s'est fait présenter à moi et il m'a comblée de bonbons !

DE CHENNEVIETTE : Vous voyez donc bien !... Enfin, hier, elle était raisonnable ; c'était définitivement fini avec Bois-d'Enghien, elle avait consenti à répondre au millionnaire, pour lui fixer une entrevue pour aujourd'hui, et alors... parce que ce joli cœur est revenu, quoi ? ça va en rester là ?

MARCELINE : Ma foi, ça m'en a tout l'air !

---

1. Terme familier, de l'espagnol d'Amérique : *rastaquouero*, désignant un « gaucho », un gardien de troupeau. Dans les années 1880, le mot s'utilise pour désigner des étrangers parvenus, exhibant une richesse suspecte, souvent arrogants.

2. À une date indéterminée et lointaine.

DE CHENNEVIETTE : C'est ridicule !... enfin, ça la regarde ! *(Il gagne la droite.)*

On sonne.

MARCELINE : Qui est-ce qui vient là, encore ?

Scène 4

LES MÊMES, FIRMIN, NINI GALANT,
puis LUCETTE, *puis* BOIS-D'ENGHIEN

FIRMIN : Entrez, Mademoiselle.

TOUS : Nini Galant !

NINI, *du fond* : Moi-même ! ça va bien tout le monde ? *(Elle dépose son en-tout-cas contre le canapé, près de la chaise et descend.)*

MARCELINE ET CHENNEVIETTE : Mais pas mal.

FIRMIN : Et Mademoiselle sait la nouvelle ?

NINI : Non, quoi donc ?

TOUS : Il est revenu !

NINI : Qui ?

TOUS : M. de Bois-d'Enghien.

NINI : Non ? Pas possible ?

LUCETTE, *sortant de la chambre et allant serrer la main successivement à Nini et à Chenneviette, elle se trouve placée entre eux deux. Firmin remonte* : Tiens, Nini ! *(À Chenneviette.)* Bonjour Gontran... Ah ! mes amis, vous savez la nouvelle ?

NINI : Oui, c'est ce qu'on me dit : ton Fernand est revenu !

LUCETTE : Oui, hein ! crois-tu ? ma chère !

NINI : Ah ! je suis bien contente pour toi ! Et... il est là ?

LUCETTE : Mais oui, attends, je vais l'appeler... *(Allant à la porte de gauche et appelant.)* Fernand, c'est Nini… Quoi ?… Oh ! bien ! c'est bon ! viens comme ça, on te connaît ! *(Aux autres.)* Le voici ! *(Tout le monde se range en ligne de façon à former la haie à l'entrée de Bois-d'Enghien.)*

Bois-d'Enghien paraît, enveloppé dans un grand peignoir rayé, serré par une cordelière à la taille. Il tient à la main une brosse avec laquelle il achève de se coiffer. Il passe au-dessus de la table et gagne le centre entre Firmin et Lucette.

TOUS : Ah ! hip ! hip ! hip ! hurrah !

BOIS-D'ENGHIEN, *saluant* : Ah ! Mesdames… Messieurs…

On redescend.

(Tout ce qui suit doit être dit très rapidement, presque l'un sur l'autre, jusqu'à « Enfin il est revenu ! »)

NINI : Le revoilà donc, l'amant prodigue[1] !

BOIS-D'ENGHIEN : Hein !… oui, je…

MARCELINE : Le vilain, qui voulait se faire désirer !

BOIS-D'ENGHIEN, *protestant* : Oh ! pouvez-vous croire… ?

DE CHENNEVIETTE : Oh ! bien, je suis bien content de vous revoir !

BOIS-D'ENGHIEN : Vous êtes bien aimable !

FIRMIN : On peut dire que Madame s'est fait des cheveux[2] pendant l'absence de Monsieur.

BOIS-D'ENGHIEN, *serrant la main à tous* : Ah ! vraiment, elle… ?

---

1. Allusion à la parabole christique du fils prodigue qui revient vers son père après une longue absence au cours de laquelle il a dilapidé sa fortune.
2. Madame s'est fait du souci.

TOUS : Enfin, il est revenu !

BOIS-D'ENGHIEN, *souriant* : Il est revenu, mon Dieu, oui ; il est revenu... *(À part, gagnant la gauche en se passant piteusement la brosse dans les cheveux.)* Allons, ça va bien ! ça va très bien ! Moi qui étais venu pour rompre !... ça va très bien. *(Il s'assied à droite de la table.)*

Firmin sort, Marceline est remontée, Lucette s'est assise sur le canapé, à côté et à droite de Nini. De Chenneviette est debout derrière le canapé.

LUCETTE, *à Nini* : Et tu viens déjeuner, n'est-ce pas ?

NINI : Non, mon petit... je suis justement venue pour te prévenir ! Je ne peux pas !

LUCETTE : Tu ne peux pas ?

MARCELINE, *pressée de déjeuner* : Ah ! bien, je vais dire à Firmin qu'il enlève votre couvert !

LUCETTE : Et qu'il mette les œufs.

MARCELINE : Oh ! oui !... oh ! oui... les œufs !... *(Elle sort par le fond.)*

LUCETTE : Et pourquoi ne peux-tu pas ?

NINI : Parce que j'ai à faire... Au fait, il faut que je t'annonce la grande nouvelle ; car moi aussi j'ai ma grande nouvelle : je me marie, ma chère !

LUCETTE ET DE CHENNEVIETTE : Toi ?

BOIS-D'ENGHIEN : Vous ? *(À part.)* Elle aussi ?

NINI : Moi-même, tout comme une héritière du Marais.

LUCETTE : Mes compliments.

DE CHENNEVIETTE, *qui a gagné le milieu de la scène, au-dessus du canapé* : Et quel est le... brave ?

NINI : Mon amant, tiens !

DE CHENNEVIETTE, *moqueur* : Il est ton amant et il t'épouse ! mais qu'est-ce qu'il cherche donc ?

NINI : Comment, « ce qu'il cherche » ! Je vous trouve impertinent !

LUCETTE : Pardon, quel amant, donc ?

NINI : Mais je n'en ai pas plusieurs... de sérieux s'entend. Le seul, l'unique ! le duc de la Courtille[1] ! je deviens duchesse de la Courtille !

LUCETTE : Rien que ça !

DE CHENNEVIETTE : C'est superbe !

LUCETTE : Ah ! bien ! je suis bien heureuse pour toi !

BOIS-D'ENGHIEN, *qui pendant ce qui précède parcourt* Le Figaro *qu'il a près de lui sur la table, bondissant tout à coup et à part* : Sapristi ! mon mariage qui est annoncé dans *Le Figaro* ! *(Il froisse le journal, le met en boule et le fourre contre sa poitrine par l'entrebâillement de son peignoir.)*

LUCETTE, *qui a vu le jeu de scène ainsi que tout le monde, courant à lui* : Eh bien ! qu'est-ce qui te prend ?

BOIS-D'ENGHIEN : Rien ! rien ! c'est nerveux !

LUCETTE : Mon pauvre Fernand, tu ne vas pas encore être malade !

BOIS-D'ENGHIEN : Non ! non ! *(À part, pendant que Lucette rassurée retourne à la place qu'elle vient de quitter et raconte à mi-voix à Nini que Bois-d'Enghien a été malade.)* Merci ! lui flanquer comme ça mon mariage dans l'estomac, sans l'avoir préparée.

DE CHENNEVIETTE : Ah ! à propos de journal, tu as vu l'aimable article que l'on a fait sur toi dans *Le Figaro* de ce matin.

LUCETTE : Non.

---

1. Le tout nouveau titre de Nini sent la canaille : la courtille (de « courtil », « enclos ») désignait une enfilade de cabarets et de guinguettes située sur le faubourg du Temple. Traditionnellement, pour Mardi gras, s'effectuait la « descente de la Courtille », en voiture et masqué.

DE CHENNEVIETTE : Oh ! excellent ! Justement j'ai pensé à te l'apporter ! *(Il tire de sa poche un* Figaro, *qu'il déploie tout grand.)*

BOIS-D'ENGHIEN, *anxieux* : Hein !

DE CHENNEVIETTE : Tiens, si tu veux le lire.

BOIS-D'ENGHIEN, *se précipitant sur le journal* et *l'arrachant des mains de Chenneviette* : Non, pas maintenant, pas maintenant ! *(Il fait subir au journal le même sort qu'au premier.)*

TOUS : Comment ?

BOIS-D'ENGHIEN : Non, on va déjeuner ; maintenant, ce n'est pas le moment de lire les journaux.

DE CHENNEVIETTE : Mais qu'est-ce qu'il a ?

Scène 5

LES MÊMES, MARCELINE

MARCELINE, *paraissant au fond* : C'est prêt ; on va servir tout de suite.

BOIS-D'ENGHIEN : Là vous voyez bien ! on va servir !

DE CHENNEVIETTE : Positivement, il a quelque chose ! *(On sonne.)*

BOIS-D'ENGHIEN, *gagnant la porte de la chambre de gauche* : Vous m'attendez, je vais achever de m'habiller ! *(À part au moment de partir.)* Ma foi, j'aborderai la question de rupture après le déjeuner ! *(Il sort, en emportant sa brosse.)*

Scène 6

LES MÊMES, *puis* IGNACE DE FONTANET

FIRMIN, *venant du vestibule*: Madame, c'est M. Ignace de Fontanet!

LUCETTE: Lui! c'est vrai, je n'y pensais plus! Vous mettrez son couvert... faites entrer. *(Elle se lève et gagne la gauche.)*

NINI, *allant à elle*: Comment! tu as de Fontanet à déjeuner? *(Riant.)* Oh! je te plains!

LUCETTE: Pourquoi?

NINI, *riant, mais bonne enfant, sans méchanceté*: Oh! il sent si mauvais!

LUCETTE, *riant aussi*: Ça, c'est vrai, il ne sent pas bien bon, mais c'est un si brave garçon!... En voilà un qui ne ferait pas de mal à une mouche!

DE CHENNEVIETTE, *à droite, riant aussi*: Oui!... ça encore, ça dépend de la distance à laquelle il lui parle.

NINI, *riant*: Oui.

LUCETTE, *passant au 2*[1] *pour aller au-devant de Fontanet*: Que vous êtes mauvais!

Pendant ce qui précède, par la porte du vestibule, laissée ouverte, on a vu Fontanet occupé à enlever son paletot, aidé par Firmin.

DE FONTANET, *entrant*: Ah! ma chère divette, combien je suis aise de vous baiser la main!...

1. Feydeau indique, par cette numérotation, les différentes profondeurs de la scène.

LUCETTE, *indiquant Nini* : Justement, Nini nous parlait de vous.

DE FONTANET, *s'inclinant, flatté* : Ah ! c'est bien aimable ! *(À Lucette.)* Vous voyez, c'est imprudent de m'avoir invité, car je prends toujours les gens au mot !

LUCETTE : Mais j'y comptais bien !

Nini est assise à gauche de la table. Marceline debout, au-dessus, cause avec elle.

DE FONTANET, *serrant la main à Chenneviette* : *(À Lucette.)* Eh bien ! ma chère amie, j'espère que vous avez été contente du brillant article du *Figaro* ?

LUCETTE : Mais je ne sais pas. Figurez-vous que je ne l'ai pas lu.

DE FONTANET, *tirant un* Figaro *de sa poche* : Comment ! Oh ! bien, heureusement que j'ai eu la bonne idée de l'apporter.

LUCETTE : Voyons ?

DE FONTANET, *dépliant le journal* : Tenez, là !

Scène 7

LES MÊMES, BOIS-D'ENGHIEN, *puis* FIRMIN

BOIS-D'ENGHIEN : Là ! je suis prêt ! *(Regardant le journal.)* Allons, bon, encore un ! *(Il se précipite entre Lucette et Fontanet et arrache le journal des mains de ce dernier.)* Donnez-moi ça !… donnez-moi ça !

TOUS : Encore !

DE FONTANET, *ahuri* : Eh bien ! qu'est-ce que c'est ?

BOIS-D'ENGHIEN : Non, ce n'est pas le moment de lire les journaux ! On va déjeuner ! on va déjeuner ! *(Il roule le journal en boule.)*

LUCETTE : Oh ! mais voyons, c'est ennuyeux, puisqu'il y a un article sur moi !

BOIS-D'ENGHIEN, *fourrant le journal dans sa poche* : Eh bien ! je le range, là, je le range ! *(À part.)* Non, mais tire-t-il, ce journal !… tire-t-il !

DE FONTANET, *presque sur un ton de provocation* : Mais enfin, Monsieur !

BOIS-D'ENGHIEN, *même jeu* : Monsieur ?…

LUCETTE, *vivement* : Ne faites pas attention ! *(Présentant.)* Monsieur de Fontanet, un de mes amis ; Monsieur de Bois-d'Enghien, mon ami. (Elle appuie sur le mot « mon ».)

DE FONTANET, *interloqué, saluant* : Ah ! ah ! enchanté, Monsieur !

BOIS-D'ENGHIEN : Moi de même, Monsieur ! *(Ils se serrent la main.)*

DE FONTANET : Je ne saurais trop vous féliciter. Je suis moi-même un adorateur platonique de Mme Lucette Gautier, dont la grâce autant que le talent… *(Voyant Bois-d'Enghien qui hume l'air depuis un instant.)* Qu'est-ce que vous avez ?

BOIS-D'ENGHIEN : Rien. *(Bien ingénument.)* Vous ne trouvez pas que ça sent mauvais ici ?

Chenneviette, Lucette, Marceline et Nini ont peine à retenir leur rire.

DE FONTANET, *reniflant* : Ici ? non !… Maintenant, vous savez, ça se peut très bien, parce que, je ne sais pas comment ça se fait, l'on me dit ça souvent et je ne sens jamais. *(Il s'assied sur le canapé et cause avec Chenneviette debout derrière le canapé.)*

LUCETTE, *vivement et bas à Bois-d'Enghien* : Mais tais-toi donc, voyons, c'est lui !

BOIS-D'ENGHIEN : Hein !… ah ! c'est… ? *(Allant à Fontanet, et étourdiment.)* Je vous demande pardon, je ne savais pas !

DE FONTANET : Quoi ?

BOIS-D'ENGHIEN : Euh !... Rien ! *(À part, redescendant un peu.)* Pristi, qu'il ne sent pas bon ! *(Il remonte.)*

FIRMIN, *du fond* : Madame est servie !

LUCETTE : Ah ! à table, mes amis !

MARCELINE, *se précipitant la première* : Ah ! ce n'est pas trop tôt. *(Elle entre dans la salle à manger. Bois-d'Enghien la regarde passer en riant.)*

NINI : Allons, ma chère amie, moi, je me sauve !

LUCETTE, *l'accompagnant* : Alors, sérieusement, tu ne veux pas ?

NINI, *prenant l'en-tout-cas qu'elle a déposé contre le canapé* : Non, non, sérieusement...

LUCETTE, *pendant que Nini serre la main à Fontanet et à Chenneviette* : Je n'insiste pas ! J'espère que quand tu seras duchesse de la Courtille, ça ne t'empêchera pas de venir quelquefois me voir.

NINI, *naïvement* : Mais, au contraire, ma chérie, il me semblera que je m'encanaille.

LUCETTE, *s'inclinant* : Charmant ! *(Tout le monde rit.)*

NINI, *interloquée, mais riant avec les autres* : Oh ! ce n'est pas ce que j'ai voulu dire !

MARCELINE, *reparaissant à la porte de la salle à manger, la bouche pleine* : Eh bien ! vient-on ?

LUCETTE : Voilà ! *(À Nini, qu'elle a accompagnée jusqu'à la porte du vestibule.)* Au revoir !

NINI : Au revoir ! *(Elle sort.)*

DE CHENNEVIETTE, *assis sur le tabouret du piano* : Eh bien ! mais... la voilà duchesse de la Courtille !

LUCETTE : Ah ! bah ! ça fera peut-être une petite dame de moins, ça ne fera pas une grande dame de plus.

DE FONTANET : Ça, c'est vrai !

LUCETTE : Allons déjeuner ! *(Bois-d'Enghien entre dans la salle à manger. À Fontanet qui s'efface devant elle.)* Passez !

DE FONTANET : Pardon ! *(Il entre dans la salle à manger.)*

LUCETTE, *à Chenneviette qui est resté rêveur au-dessus du canapé* : Eh bien ! toi, tu ne viens pas ?

DE CHENNEVIETTE, *embarrassé* : Si !... seulement j'ai... j'ai un mot à te dire. *(Il redescend.)*

LUCETTE, *redescendant* : Quoi donc ?

DE CHENNEVIETTE, *même jeu* : C'est pour la pension du petit. Le trimestre est échu...

LUCETTE, *simplement* : Ah ! bon, je te remettrai ce qu'il faut après déjeuner !

DE CHENNEVIETTE, *riant pour se donner une contenance* : Je suis désolé d'avoir à te demander ; je... je voudrais pouvoir subvenir, mais les affaires vont si mal !

LUCETTE, *bonne enfant* : Oui, c'est bon ! *(Elle fait le mouvement de remonter, puis redescendant.)* Ah ! seulement, tâche de ne pas aller, comme la dernière fois, perdre la pension de ton fils aux courses.

DE CHENNEVIETTE, *comme un enfant gâté* : Oh ! tu me reproches ça tout le temps !... Comprends donc que si j'ai perdu la dernière fois, c'est qu'il s'agissait d'un tuyau exceptionnel !

LUCETTE : Ah ! oui, il est joli, le tuyau !

DE CHENNEVIETTE : Mais absolument ! c'est le propriétaire lui-même qui m'avait dit, sous le sceau du secret : « Mon cheval est favori, mais ne le joue pas ! c'est entendu avec mon jockey... il doit le tirer ! »

LUCETTE : Eh bien ?

DE CHENNEVIETTE : Eh bien ! il ne l'a pas tiré !... et le cheval a gagné... *(Avec la plus entière conviction.)* Qu'est-ce que tu veux, ce n'est pas de ma faute si son jockey est un voleur !

FIRMIN, *paraissant au fond* : Mlle Marceline fait demander à Madame et à Monsieur de venir déjeuner.

LUCETTE, *impatientée* : Oh ! mais oui ! qu'elle mange,

mon Dieu ! qu'elle mange ! *(Firmin sort.)* Allons, viens, ayons égard à la gastralgie[1] de ma sœur ! *(On sonne.)* Vite, voilà du monde ! *(Ils entrent dans la salle à manger où ils sont accueillis par un « Ah ! » de satisfaction. Ils referment la porte sur eux.)*

Scène 8

FIRMIN, MADAME DUVERGER, *puis* BOUZIN

FIRMIN, *à madame Duverger qui le précède :* C'est que Madame est en train de déjeuner et elle a du monde.

MADAME DUVERGER, *contrariée* : Oh ! combien je regrette ! mais il faut absolument que je la voie, c'est pour une affaire qui ne peut être différée.

FIRMIN : Enfin, Madame, je vais toujours demander… Qui dois-je annoncer ?

MADAME DUVERGER : Oh ! Mme Gautier ne me connaît pas… Dites tout simplement que c'est une dame qui vient lui demander le concours de son talent pour une soirée qu'elle donne[2].

FIRMIN : Parfaitement, Madame ! *(Il indique le siège de droite de la table et va pour entrer dans la salle à manger. On sonne. Il rebrousse chemin et se dirige vers la porte du fond, à droite.)* Je vous demande pardon un instant.

MADAME DUVERGER, *s'assied, regarde un peu autour d'elle, puis histoire de passer le temps, elle entrouvre un* Figaro *qu'elle a apporté, le dépliant à peine comme une personne qui n'a pas l'intention de s'installer pour une lecture. Après un temps :* Tiens, c'est vrai, « le mariage de ma fille avec M. Bois d'En-

---

1. Douleur d'estomac.

2. Dans les milieux aisés, on engageait alors fréquemment un artiste pour la soirée.

ghien », c'est annoncé, on m'avait bien dit !... *(Elle continue de lire à voix basse avec des hochements de tête de satisfaction.)*

BOUZIN, *à Firmin qui l'introduit* : Enfin, voyez toujours, si on peut me recevoir... Bouzin, vous vous rappellerez !

FIRMIN : Oui, oui !

BOUZIN : Pour la chanson : « Moi, j' piqu' des épingues ! »

FIRMIN : Oui, oui !... Si Monsieur veut entrer ? il y a déjà madame qui attend.

BOUZIN : Ah ! parfaitement ! *(Il salue Mme Duverger qui a levé les yeux et rend le salut. Sonnerie différente des précédentes.)*

FIRMIN, *à part* : Allons bon, voilà qu'on sonne à la cuisine, je ne pourrai jamais les annoncer. *(Il sort par le fond droit. Mme Duverger a repris sa lecture. Bouzin, après avoir déposé son parapluie dans le coin du piano, s'assied sur la chaise qui est à côté du canapé. Moment de silence.)*

BOUZIN *promène les yeux à droite, à gauche. Son regard s'arrête sur le journal que lit Mme Duverger, il tend le cou pour mieux voir, puis, se levant et s'approchant de Mme Duverger* : C'est... *Le Figaro* que madame lit ?

MADAME DUVERGER, *levant la tête* : Pardon ?

BOUZIN, *aimable* : Je dis : « C'est... c'est *Le Figaro* que Madame lit ? »

MADAME DUVERGER, *étonnée* : Oui, monsieur. *(Elle se remet à lire.)*

BOUZIN : Journal bien fait !

MADAME DUVERGER, *indifférente avec un léger salut* : Ah ? *(Même jeu.)*

BOUZIN, *revenant à la charge* : Journal très bien fait !... il y a justement, à la quatrième page, une nouvelle... je ne sais pas si vous l'avez lue ?

MADAME DUVERGER, *légèrement railleuse* : Non, monsieur, non.

BOUZIN : Non ?... pardon, voulez-vous me permettre ?

(Il prend le journal qu'il déplie sous le regard étonné de Mme Duverger.) Voilà, au courrier des théâtres, c'est assez intéressant ; voilà : « Tous les soirs, à l'Alcazar[1], grand succès pour Mlle Maya dans sa chanson : Il m'a fait du pied, du pied, du pied… il m'a fait du pied de cochon, truffé. » *(À Mme Duverger, d'un air plein de satisfaction, en lui tendant le journal.)* Tenez, madame, si vous voulez voir par vous-même.

MADAME DUVERGER, *prenant le journal* : Mais pardon, monsieur, qu'est-ce que vous voulez que ça me fasse que mademoiselle je ne sais pas comment chante, qu'on lui a fait du pied, du pied, du pied, du pied de cochon, truffé[2] ?

BOUZIN : Comment ?…

MADAME DUVERGER : Ça doit être quelque stupidité !

BOUZIN : Oh ! ça non !

MADAME DUVERGER, *avec doute* : Oh !

BOUZIN, *très simplement* : Non… c'est de moi !

MADAME DUVERGER : Hein ?… Oh ! pardon, monsieur ! J'ignorais que vous fussiez littérateur !

BOUZIN : Littérateur par vocation ! mais clerc de notaire par état.

Firmin reparaît, portant un superbe bouquet.

BOUZIN ET MADAME DUVERGER, *à Firmin* : Eh bien ?

FIRMIN, *au-dessus du canapé* : Je n'ai pas encore pu voir Madame, on avait sonné à la cuisine pour ce bouquet.

MADAME DUVERGER : Ah ? *(Elle reprend sa lecture.)*

---

1. Il s'agit en 1894 de l'Alcazar d'été, situé 9, avenue Gabriel, dans la partie droite des jardins des Champs-Élysées. L'établissement, fondé en 1860, était très fréquenté.

2. Feydeau pastiche le style des chansons des cafés-concerts qui jouent sur les mots, « faire du pied » signifiant à la fois « flirter » et « cuisiner ».

BOUZIN, *indiquant le bouquet* : Mâtin ! il est beau ! vous en recevez beaucoup comme ça ?

FIRMIN, *simplement* : Nous en recevons beaucoup, oui, monsieur.

BOUZIN : C'est au moins Rothschild qui envoie ça ?

FIRMIN, *avec indifférence* : Je ne sais pas, monsieur, il n'y a pas de carte : c'est un bouquet anonyme. *(Il va déposer le bouquet sur le piano.)*

BOUZIN : Anonyme ? Non, il y a des gens assez bêtes pour faire ça !

MADAME DUVERGER, *à Firmin* : Si vous alliez annoncer, maître d'hôtel ?

FIRMIN, *il remonte comme pour entrer dans la salle à manger* : C'est juste, madame !

BOUZIN, *courant à lui et au 3* : Ah ! Oui, vous vous rappellerez mon nom ?

FIRMIN : Oui, oui, « monsieur Bassin ! »

BOUZIN : Non, « Bouzin ! »

FIRMIN : Euh ! « Bouzin » parfaitement !

BOUZIN, *posant son chapeau sur la chaise près du canapé* : Attendez, je vais vous donner ma carte. *(Il cherche une de ses cartes.)*

FIRMIN : Non, c'est inutile, « Bouzin », je me souviendrai, pour la chanson : « Moi j'pique des épingues ! »

BOUZIN : Parfaitement ! *(Firmin sort par la porte du fond à droite, Bouzin le poursuivant presque jusque la porte.)* Mais je vous assure qu'avec ma carte… *(Redescendant derrière le canapé, tout en remettant la carte dans son portefeuille.)* Il va écorcher mon nom, c'est évident ! *(Regardant le bouquet.)* Le beau bouquet, tout de même ! *(Il se dispose à remettre son portefeuille dans sa poche, quand une idée traverse son cerveau ; il s'assure que la baronne, qui est à sa lecture, ne le regarde pas, il retire sa carte et la fourre dans le bouquet, puis descendant.)* Après tout, puisque c'est anonyme, autant que ça profite à quelqu'un ! *(Il remet son portefeuille dans sa poche. Moment de silence. Tout d'un coup, il se met à rire, ce qui fait lever la tête à Mme Duverger.)* Non, je ris en pensant à cette chanson : « Moi je pique des épingues ! » *(Un temps. La baronne se remet à lire. Nouveau rire de Bouzin.)* Vous vous demandez sans doute, ce que c'est que cette chanson : « Moi je pique des épingues ! »

MADAME DUVERGER : Moi ? pas du tout, monsieur ! *(Elle fait mine de reprendre sa lecture.)*

BOUZIN, *qui s'est avancé jusqu'à la baronne* : Oh ! Il n'y aurait pas d'indiscrétion ! C'est une chanson que j'ai écrite pour Lucette Gautier… Tout le monde me disait : « Pourquoi n'écrivez-vous pas une chanson pour Lucette Gautier ? »… et de fait, il est évident qu'elle sera ravie de chanter quelque chose de moi… Alors, j'ai fait ça ! *(Même jeu pour la baronne.)* Tenez, rien que le refrain pour vous donner un aperçu…

La baronne en désespoir de cause plie son journal et le pose sur la table.

« Moi, j'piqu' des éping' Dans les p'lot' des femm's que j'disting' » : *(Parlé.)* L'air n'est pas encore fait *(Récitant avec complaisance.)* « Chacun sa façon de se divertir, Quand j'piqu'pas d'éping', moi, j'ai pas d'plaisir ! »

Il rit d'un air enchanté.

MADAME DUVERGER, *approbative par complaisance* : Aah !

BOUZIN, *quêtant un compliment* : Quoi ?

MADAME DUVERGER, *même jeu, ne sachant que dire* : Ah ! Oui !

BOUZIN : N'est-ce pas ? *(Après un temps.)* Mon Dieu, je ne dirai pas que c'est pour les jeunes filles.

MADAME DUVERGER : Ah ?

BOUZIN : Et encore les jeunes filles, il faut bien se dire

ceci : à celles qui ne comprennent pas, ça ne leur apprend pas grand'chose, et à celles qui comprennent, ça ne leur apprend rien du tout.

MADAME DUVERGER : C'est évident !

BOUZIN, *brusquement, après un temps pendant lequel il considère la baronne* : Je vous demande pardon, madame, de mon indiscrétion, mais votre visage ne m'est pas inconnu… Est-ce que ce n'est pas vous qui chantez à l'Eldorado[1] : « C'est moi qui suis le drapeau de la France[2] » ?

MADAME DUVERGER, *réprimant une envie de rire et tout en se levant* : Non, Monsieur, non ! je ne suis pas artiste… *(Se présentant.)* Baronne Duverger…

BOUZIN : Ah ? ça n'est pas ça, alors ! *(Il s'incline et remonte. Au même moment, Firmin revient à la salle à manger, un papier plié en long à la main.)*

Scène 9

LES MÊMES, FIRMIN

BOUZIN, *anxieux, allant à lui* : Eh bien ?… Vous avez dit à Mme Lucette Gautier, pour ma chanson ?

FIRMIN : Oui, monsieur.

BOUZIN : Qu'est-ce qu'elle a dit ?

FIRMIN : Elle a dit qu'elle était stupide et que je vous la rende.

BOUZIN, *changeant de figure et sèchement* : Ah ?

---

1. L'Eldorado, fondé en 1858, est l'un des cafés-concerts les plus connus, situé au 4, boulevard de Strasbourg.

2. La France, en deuil de l'Alsace et de la Lorraine cédées à la Prusse en 1870, connaît une vogue de chansons patriotiques à la Belle Époque.

FIRMIN : Voilà, monsieur. *(Il lui remet la chanson.)*

BOUZIN, *vexé* : C'est très bien ! D'ailleurs, ça ne m'étonne pas, pour une fois que ça sort de son genre ordinaire.

FIRMIN, *amicalement, descendant un peu* : Écoutez, mon cher ! *(Bouzin qui a pris son chapeau sur la chaise, descend un peu.)* Une autre fois, avant d'entreprendre un travail pour Madame, venez donc en causer avec moi d'abord.

BOUZIN, *avec dédain* : Avec vous ?

FIRMIN : Oui ! vous comprenez : je suis habitué à voir ce qu'on fait pour elle, je sais ce qu'il lui faut.

BOUZIN, *dédaigneux* : Je vous remercie bien ! mais je travaille toujours sans collaborateur... *(Remontant.)* Je vais porter cette chanson à Yvette Guilbert[1] qui sera moins difficile, et elle a du talent au moins, elle !

FIRMIN : Comme vous voudrez, Monsieur. *(Il redescend.)*

BOUZIN, *ronchonnant* : Stupide, ma chanson ! Ah ! là ! là ! *(Indiquant le bouquet.)* Et moi qui !... *(Il prend le bouquet, comme pour le remplacer, remonte jusqu'au fond avec, puis se ravisant.)* Non ! *(Il repose le bouquet sur le piano, puis à Firmin.)* Bonjour, mon ami !

FIRMIN : Bonjour, monsieur ! *(Sortie de Bouzin.)*

MADAME DUVERGER : Et pour moi, avez-vous... ?

FIRMIN : Oui, madame ; mais c'est bien ce que j'ai dit à Madame, Madame a du monde et elle ne peut causer d'affaires en ce moment.

MADAME DUVERGER, *contrariée* : Oh ! Que c'est ennuyeux !

FIRMIN : Madame ne peut pas passer un peu plus tard ?...

MADAME DUVERGER : Il faudra bien, c'est pour une

---

1. Yvette Guilbert (1867-1944) fait ses débuts à l'Eldorado en 1890. Fine « diseuse » à la diction précise, douée de grandes qualités d'interprétation, elle triomphe dans *Madame Arthur* et *Le Fiacre*. Immédiatement reconnaissable à son nez retroussé, elle fut portraiturée par Toulouse-Lautrec.

soirée de contrat qui a lieu aujourd'hui même ; vous direz à Madame que je repasserai dans une heure.

FIRMIN : Oui, madame ! *(Mme Duverger remonte.)* Par ici, madame !

Mme Duverger sort la première, suivie de Firmin qui referme la porte sur lui. Au même moment, Chenneviette passe la tête par l'entrebâillement de la salle à manger.

Scène 10

DE CHENNEVIETTE, LUCETTE,
BOIS-D'ENGHIEN, DE FONTANET

DE CHENNEVIETTE *ouvrant la porte toute grande* : Tout le monde est parti, nous pouvons entrer !

TOUS, *avec satisfaction* : Ah ! *(Ils entrent, parlant tous à la fois et tenant chacun une tasse de café à la main. Chenneviette va à la cheminée, Fontanet descend à gauche de la table.)*

LUCETTE, *à Bois-d'Enghien* : Qu'est-ce que tu as, mon chéri, on dirait que tu es triste ?

BOIS-D'ENGHIEN : Moi, pas du tout ! *(À part.)* Seulement je suis embêté à la perspective de rompre tout à l'heure ! *(Il va s'asseoir sur le canapé.)*

LUCETTE, *qui est passée derrière le canapé, l'enlaçant brusquement par le cou au moment où il va avaler une gorgée de son café* : Tu m'aimes ?

BOIS-D'ENGHIEN : Je t'adore ! *(À part.)* Je ne sais pas comment je vais lui faire avaler ça ! *(Lucette fait le tour et vient se mettre à genoux sur le canapé ; à la droite de Bois-d'Enghien.)*

DE FONTANET, *qui est assis à gauche de la table, apercevant le bouquet et brusquement*: Oh! le superbe bouquet!

TOUS: Où ça? où ça?

DE FONTANET, *l'indiquant*: Là! là!

TOUS, *regardant dans la direction*: Oh! superbe!

LUCETTE: Tiens, qui est-ce qui a envoyé ça?

DE CHENNEVIETTE *qui est allé prendre le bouquet sur le piano, descendant avec, au milieu de la scène*: Attends, il y a une carte! *(Lisant.)* Camille Bouzin, officier d'Académie! *(Il s'incline en faisant claquer sa langue en signe d'admiration railleuse.)* 132, rue des Dames!

LUCETTE, *prenant le bouquet que lui présente Chenneviette*: Comment, c'est Bouzin?... Oh! vraiment, je suis touchée, le pauvre garçon, moi qui lui ai fait rendre sa chanson d'une façon si...

DE CHENNEVIETTE, *achevant*: ... Sans façon!

LUCETTE: Oui. *(À Fontanet.)* Vous savez, c'est l'auteur de: « Moi j'pique des épingues » dont je vous ai lu un couplet pendant le déjeuner.

DE FONTANET, *se souvenant*: Ah! oui! oui!

LUCETTE, *se dirigeant avec le bouquet vers la cheminée*: Mais aussi, c'est vrai, pourquoi est-elle aussi stupide, sa chanson? Si seulement il y avait quelque chose à faire. *(Respirant le bouquet.)* Oh! il embaume! *(Subitement.)* Tiens, qu'est-ce qu'il y a donc dedans?... un écrin! *(Elle le tire du bouquet et met ce dernier dans un des vases de la cheminée.)*

TOUS: Un écrin!

LUCETTE, *redescendant à droite de la table*: Mais, oui! *(L'ouvrant.)* Oh! non, c'est trop! c'est trop! regardez-moi ça: une bague rubis et diamants! *(Elle met la bague à son doigt.)*

TOUS: Oh! qu'elle est belle!

LUCETTE, *s'asseyant tout en lisant l'adresse marquée au fond de l'écrin*: Oh! et de chez Béchambès encore!... Vraiment, je suis de plus en plus confuse!

DE CHENNEVIETTE, *au-dessus de la table*: C'est ce Bouzin qui envoie ça?

BOIS-D'ENGHIEN: Ah! çà, il est donc riche?

LUCETTE: Dame! à le voir, je ne m'en serais jamais doutée! Il est toujours mis! on lui donnerait deux sous!

DE CHENNEVIETTE: Enfin, il est évident qu'il doit être riche pour faire des cadeaux pareils.

DE FONTANET: Je dirai même plus: riche et amoureux!

LUCETTE, *riant*: Vous croyez?

BOIS-D'ENGHIEN, *qui a gagné la droite, à part*: Tiens, tiens! mais si on pouvait lancer ce Bouzin sur Lucette! c'est ça qui me faciliterait ma retraite.

Pendant l'aparté de Bois-d'Enghien, De Fontanet est remonté à la cheminée.

LUCETTE: Mais, c'est cette chanson! voyons! il doit bien y avoir un moyen de l'arranger?... avec un collaborateur qui la referait par exemple.

BOIS-D'ENGHIEN, *assis sur le canapé*: Un tripatouilleur!

DE FONTANET, *descendant, en traînant derrière lui le pouf sur lequel il s'assied*: Attendez donc!... mais j'ai peut-être une idée! pourquoi n'en ferait-il pas une chanson satirique... une chanson politique, par exemple?

LUCETTE, *assise à droite de la table*: Il a raison.

DE CHENNEVIETTE, *assis à gauche de la table*: En quoi?

LUCETTE, *à Chenneviette*: Attends, nous allons le savoir!

DE FONTANET: Et comme c'est simple! au lieu de: «Moi j'pique des épingles», il met: «Moi j'touche des épingles», et voilà, ça y est, ça devient d'actualité.

TOUS, *échangeant les uns avec les autres des regards approbatifs*: Mais oui!

DE FONTANET, *avec l'importance qui donne le succès*: Vous savez: cet homme qui «pique des épingles dans les p'lotes des femmes qu'il distingue», c'est pas drôle ! c'est pas propre !... Tandis qu'avec... un député, par exemple : « Il touche des épingles[1]. » Eh bien ! au moins...

BOIS-D'ENGHIEN : ... C'est propre.

LUCETTE : Excellente idée ! Il faudra que je lui soumette ça ! *(Elle se lève.)*

DE FONTANET, *se levant, en reculant un peu le pouf que Lucette va reporter à sa place devant la cheminée* : Oh ! des idées, ce n'est pas ça qui me manque ! c'est quand il s'agit de les mettre à exécution.

BOIS-D'ENGHIEN, *qui s'est levé* : Ah ! parbleu ; comme beaucoup de gens !

DE FONTANET : Pourtant, une fois j'ai essayé de faire une chanson, une espèce de scie[2]... *(À Bois-d'Enghien, bien dans la figure.)* Je me rappelle, c'était intitulé : « Ah ! pffu ! ! »

BOIS-D'ENGHIEN, *qui a reçu le souffle en plein visage ne peut retenir un recul de tête qu'il dissimule aussitôt dans un sourire de complaisance à Fontanet ; puis à part, gagnant la droite* : Pff ! ! quelle drôle de manie ont les gens à odeur de vous parler toujours dans le nez !

LUCETTE, *à Fontanet* : Et vous en vîntes à bout ?

DE FONTANET, *bien modeste* : Mon Dieu... comme je pus !

BOIS-D'ENGHIEN, *avec conviction* : Oh ! oui !

Tout le monde éclate de rire.

---

1. En langage familier, « je touche des pots-de-vin ». Cette allusion à la corruption rappelle probablement au public le scandale de Panamá qui agite alors la France.

2. Selon le dictionnaire Littré : « Refrain d'une monotonie préméditée et répété d'autant plus de fois qu'il paraît agacer celui qu'on veut mortifier. » Les scies se colportent par les rues jusqu'à ce qu'on perde de vue de quoi elles parlent, comme « Lambert » ou « Il a des bottes, Bastien ».

DE FONTANET, *qui n'a pas compris, mais riant aussi*: Hein? quoi? pourquoi rit-on?... Est-ce que j'ai dit quelque chose...?

LUCETTE, *riant, indiquant Fernand assis sur le canapé*: Non... non... c'est Fernand qui n'est pas sérieux!

DE FONTANET, *regardant Bois-d'Enghien qui rit aussi, tout en lui faisant des signes de ne pas s'arrêter à ça*: Ah! c'est ça, c'est lui qui n'est pas... Mais qu'est-ce que j'ai bien pu dire? Euh! euh!... Je n'y suis pas du tout!...

LUCETTE, *le rire coupant ses paroles*: Mais je vous dis, ne cherchez pas! ça n'en vaut pas la peine. *(Voulant changer de conversation et toujours en riant.)* Tenez, parlons de choses plus sérieuses. On vous verra ce soir au concert?

DE FONTANET: Oh! non, ce soir, impossible! Je vais dans le monde.

LUCETTE, *toujours sous l'influence du rire*: Du reste, je ne sais pas pourquoi je vous demande ça, je ne chante pas ce soir: c'est mon jour de congé.

DE FONTANET: Oh! bien, ça se trouve bien! Moi, je vais chez une de mes vieilles amies, la baronne Duverger.

BOIS-D'ENGHIEN, *qui riait aussi, changeant de visage, et à part, se levant vivement*: Sapristi! ma future belle-mère!

DE FONTANET: Elle donne une soirée à l'occasion du mariage de sa fille avec monsieur... Attendez donc, on m'a dit le nom...

BOIS-D'ENGHIEN, *anxieux*: Mon Dieu!

DE FONTANET, *cherchant*: Monsieur...? monsieur...?

BOIS-D'ENGHIEN, *passant entre lui et Lucette*: C'est bon, ça ne fait rien, ça nous est égal!

DE FONTANET: Si, si, laissez donc! c'est un nom dans le genre du vôtre!

BOIS-D'ENGHIEN: Mais non! mais non! c'est pas possible! il n'y en a pas! il n'y en a pas!

LUCETTE: Qu'est-ce que tu as, à être agité comme ça?

BOIS-D'ENGHIEN : Je ne suis pas agité ; seulement, je sais bien ce que c'est ! c'est comme les gens qui vous disent : attendez donc, c'est un nom qui commence par un Q...

DE FONTANET, *vivement* : C'est ça !

BOIS-D'ENGHIEN : ... Duval !

DE FONTANET : Ah ! non.

BOIS-D'ENGHIEN : Qu'est-ce ça nous fait le nom de ces gens-là, puisque nous ne les connaissons pas ?

On sonne.

DE CHENNEVIETTE : Au fond, il a raison !

BOIS-D'ENGHIEN : Cherchez donc pas, allez ! cherchez donc pas !

Scène II

LES MÊMES, FIRMIN, *puis* BOUZIN

LUCETTE, *à Firmin qui entre et cherche quelque chose derrière les meubles* : Qu'est-ce que c'est, Firmin ?

FIRMIN, *avec une bonhomie dédaigneuse* : Oh ! rien, Madame, c'est cet homme... Bouzin, qui dit avoir laissé son parapluie.

TOUS : Bouzin !

LUCETTE, *qui est remontée, passant devant Firmin* : Mais faites-le entrer !

FIRMIN, *étonné* : Ah ?

Bois-d'Enghien remonte légèrement, Fontanet gagne la gauche.

LUCETTE, *qui est allée jusqu'à la porte du vestibule* : Mais entrez donc, monsieur Bouzin ! *(L'introduisant.)* Monsieur Bouzin, mes amis !

BOIS-D'ENGHIEN, DE FONTANET, DE CHENNEVIETTE, *lui faisant accueil*: Ah! Monsieur Bouzin!

Firmin sort.

BOUZIN, *très étonné de la réception, saluant, très gêné*: Messieurs, madame, je vous demande pardon, c'est parce que je crois avoir oublié...

LUCETTE, *aux petits soins*: Mais asseyez-vous donc, monsieur Bouzin!

Elle lui a apporté la chaise qui était au-dessus de la table.

TOUS, *même jeu*: Mais asseyez-vous donc, monsieur Bouzin!

Chacun lui apporte une chaise: Bois-d'Enghien, celle au-dessus du canapé, qu'il met à côté de celle apportée par Lucette; Fontanet, celle de la droite de la table, et Chenneviette, celle de gauche; ce qui forme un rang de chaises derrière Bouzin.

BOUZIN, *s'asseyant d'abord, moitié sur une chaise, moitié sur l'autre, puis sur celle présentée par Lucette*: Ah! Messieurs... vraiment!...

LUCETTE, *s'asseyant à côté de lui, à sa droite, Fontanet à droite de Lucette et Bois-d'Enghien à gauche de Bouzin, Chenneviette sur le coin de la table*: Et maintenant, que je vous gronde! Pourquoi avez-vous remporté comme ça votre chanson?

BOUZIN, *avec un rictus amer*: Comment, pourquoi? Votre domestique m'a dit que vous la trouviez stupide!

LUCETTE, *se récriant*: Stupide, votre chanson!... Oh! il n'a pas compris!

TOUS: Il n'a pas compris! il n'a pas compris!

BOUZIN, *dont la figure s'éclaire* : Ah ! c'est donc ça ? Je me disais aussi...

LUCETTE : Oh ! mais d'abord, il faut que je vous remercie pour votre splendide bouquet.

BOUZIN, *embarrassé* : Hein ?... Ah ! le... Oh ! ne parlons pas de ça !

LUCETTE : Comment, n'en parlons pas !... Merci ! c'est d'un galant de votre part.

TOUS : Ça, c'est vrai !... c'est d'un galant...

LUCETTE, *brusquement, montrant sa main avec la bague* : Et ma bague ? vous avez vu ma bague ?

BOUZIN, *qui ne comprend pas* : Votre bague ? Ah ! oui.

TOUS : Ah ! elle est superbe !

LUCETTE, *coquette* : Vous voyez, je l'ai à mon doigt.

BOUZIN, *même jeu* : Oui, en effet, elle est... *(À part.)* Qu'est-ce que ça me fait, sa bague ?

LUCETTE : C'est le rubis, surtout qui est admirable.

BOUZIN : Le rubis ? La chose, là ? Oui, oui ! *(Un petit temps.)* Ah ! là, là, quand on pense que c'est si cher, ces machines-là !

Tout le monde se regarde interloqué, ne sachant que dire.

LUCETTE, *un peu décontenancée* : Oui, mais j'ai su l'apprécier.

BOUZIN : Car enfin, ça n'en a pas l'air, une bague comme ça, ça vaut plus de sept mille francs.

DE CHENNEVIETTE, *quittant sa place, et remontant derrière la table* : Sept mille francs !

LUCETTE, *à Chenneviette* : Mais oui, ça ne m'étonne pas !

Chenneviette gagne par-derrière, jusqu'au-dessus du canapé.

BOUZIN : La vie d'une famille pendant deux ans. Eh bien ! quand il faut verser sept mille francs pour ça, vous savez !...

Ahurissement général.

BOIS-D'ENGHIEN *le regarde, avec l'air de dire : « Mais qu'est-ce que c'est cet homme-là ! » Puis à mi-voix à Chenneviette* : Mais je trouve ça de très mauvais goût, ce qu'il fait là !

DE CHENNEVIETTE, *à mi-voix également* : Lui, il est infect !

Il remonte au fond. Bois-d'Enghien se lève et replace sa chaise à sa place première, au-dessus du canapé.

LUCETTE, *voulant tout de même être aimable* : En tout cas, ça prouve la générosité du donateur !

BOUZIN : Ah ! oui. *(À part.)* Et son imbécillité ! *(Haut.)* Alors, pour en revenir à ma chanson...

LUCETTE : Eh bien ! voilà...

DE FONTANET, *se levant et rapprochant sa chaise de la table* : Ah ! bien, ma chère diva, je vois que vous avez à travailler. Je vais vous laisser.

LUCETTE, *se levant également* : Vous partez ! attendez, je vous accompagne.

Elle reporte sa chaise au-dessus de la table.

DE FONTANET : Oh ! je vous en prie...

LUCETTE, *faisant passer Fontanet et l'accompagnant* : Du tout, du tout ! *(À Chenneviette.)* Tiens, viens avec moi, toi, par la même occasion je te remettrai ce que tu sais pour le petit, tu pourras l'envoyer immédiatement.

DE CHENNEVIETTE : Ah ! bon !

Bouzin, sans se lever, a suivi tout ce mouvement en pivotant petit à petit avec sa chaise, de sorte qu'il est dos aux spectateurs.

LUCETTE : Vous permettez, monsieur Bouzin ? Je suis à vous tout de suite.

Tout le monde sort, à l'exception de Bois-d'Enghien et de Bouzin.

Scène 12

BOIS-D'ENGHIEN, BOUZIN

BOIS-D'ENGHIEN, *qui les a regardés partir, traversant à grands pas la scène, et, brusquement, à Bouzin qui s'est levé et est allé porter sa chaise à gauche de la table* : Eh bien ! voulez-vous que je vous dise, vous ! Vous êtes amoureux de Lucette !

BOUZIN : Moi !

BOIS-D'ENGHIEN : Oui, oui ! Oh ! pas besoin de dissimuler, vous êtes amoureux ! Eh bien ! mais hardi donc ! Du courage ! C'est le moment, allez-y !

BOUZIN : Hein !

BOIS-D'ENGHIEN : Si vous êtes un homme, Lucette est à vous.

BOUZIN : À moi, mais je vous assure.

BOIS-D'ENGHIEN, *vivement* : Chut, la voilà ! pas un mot aujourd'hui !... vous attaquerez demain !

Il retourne à droite en sifflotant, les mains dans ses poches, pour se donner un air détaché.

BOUZIN, *à part* : C'est drôle, pourquoi veut-il que je sois amoureux de Lucette Gautier ?

Scène 13

LES MÊMES, LUCETTE

LUCETTE, *à Bouzin* : Je vous demande pardon de vous avoir laissé.

BOUZIN, *qui est remonté au-dessus de la table* : Mais comment donc ! *(À part.)* Je n'en suis pas amoureux du tout.

LUCETTE, *s'asseyant à droite de la table* : Maintenant, nous allons pouvoir causer sans être dérangés.

BOUZIN, *s'asseyant au-dessus de la table, face au public* : Oui.

LUCETTE : Eh bien ! voilà ! votre chanson, elle est charmante ! Il n'y a pas deux mots : elle est charmante.

BOUZIN : Vous êtes trop aimable ! *(À part, en se baissant pour poser son chapeau sous la table.)* Et cet autre qui avait compris qu'elle était stupide ! Faut-il être bête !

LUCETTE : Mais enfin, vous savez, on a beau dire que le mieux est l'ennemi du bien… votre chanson, je le répète, elle est charmante ; mais, comment dirais-je ?… elle manque un peu de caractère.

BOUZIN, *protestant* : Oh ! cependant…

LUCETTE : Non ! non ! il faut bien avoir le courage de vous parler franchement : c'est plein d'esprit, mais ça ne veut rien dire.

BOUZIN, *interloqué* : Ah !

LUCETTE, *à Bois-d'Enghien, qui, par discrétion, se tient à distance, appuyé à la cheminée* : N'est-ce pas ?

BOIS-D'ENGHIEN : Oui, oui ! *(Descendant s'asseoir à*

gauche de la table.) Et puis, moi, si vous me permettez de donner mon avis, ce que je reproche aussi, c'est la forme.

LUCETTE : Ah ! bien, oui ! évidemment, la forme est défectueuse ! mais encore, la forme, je passe par-dessus !

BOIS-D'ENGHIEN : Et puis enfin, ça... ça manque de traits, c'est un peu gris !

LUCETTE : Oui, tenez !... ça, c'est un peu vrai ce qu'il dit là ! On sent bien que c'est la chanson d'un homme d'esprit, mais c'est la chanson d'un homme d'esprit...

BOIS-D'ENGHIEN : ... Qui l'aurait fait écrire par un autre !

LUCETTE : Voilà !...

BOUZIN, *hochant la tête* : C'est curieux !... *(Un petit temps.)* Enfin, à part ça, vous la trouvez bien ?

BOIS-D'ENGHIEN ET LUCETTE : Oh ! très bien !

LUCETTE : Très bien ! très bien ! *(Changement de ton.)* Alors, voici ce que nous avons pensé... Avez-vous votre chanson sur vous ?

BOUZIN : Ah ! non, je l'ai déposée chez moi.

LUCETTE : Oh ! c'est dommage !

BOUZIN : Mais, ça ne fait rien ! je demeure rue des Dames... c'est à deux pas, je peux courir...

Il se lève.

LUCETTE, *se levant* : Ah ! bien, si ça ne vous dérange pas... Au moins nous pourrons travailler utilement.

BOUZIN : Mais comment donc ; c'est bien le moins ! Et vous savez, tout ce que vous voudrez ! J'ai le travail très facile !

BOIS-D'ENGHIEN : Oui ?

BOUZIN : Moi ! mais je vous fais une chanson comme ça, du premier jet.

BOIS-D'ENGHIEN, *se levant* : Non, vrai ? *(À part.)* C'est

beau de pouvoir faire aussi mauvais que ça, du premier coup !

BOUZIN, *passant au 3 et se dirigeant vers la porte de sortie* : Je vais et je reviens !

LUCETTE, *qui l'a suivi, lui indiquant son parapluie* : Votre parapluie !

BOUZIN : Ah ! c'est juste ! Merci !

Il prend son parapluie derrière le piano et sort, accompagné de Lucette.

Scène 14

BOIS-D'ENGHIEN, *puis* LUCETTE

BOIS-D'ENGHIEN, *gagnant la droite* : Et maintenant, moi, j'ai préparé le terrain du côté de ce bonhomme-là, du Bouzin. Il n'y a plus à tergiverser : mon contrat se signe ce soir, il s'agit d'aborder la rupture carrément.

LUCETTE, *partant à la cantonade* : C'est ça ! ce sera charmant ! Dépêchez-vous !

BOIS-D'ENGHIEN, *s'asseyant sur le canapé, côté le plus éloigné* : Elle !... Par exemple, si je sais comment je vais m'y prendre ?

LUCETTE, *descendant derrière le canapé et venant embrasser Bois-d'Enghien dans le cou* : Tu m'aimes ?

BOIS-D'ENGHIEN : Je t'adore !

LUCETTE : Ah ! chéri !...

Elle le quitte pour faire le tour du canapé et aller s'asseoir à gauche de Bois-d'Enghien.

BOIS-D'ENGHIEN, *à part* : C'est pas comme ça, en tout cas !...

LUCETTE, *assise à sa gauche*: Que je suis heureuse de te revoir, là ! Je n'en crois pas mes yeux ! Vilain ! si tu savais le chagrin que tu m'as fait ! J'ai cru que c'était fini, nous deux !

BOIS-D'ENGHIEN, *protestant hypocritement*: Oh ! « fini » !

LUCETTE, *avec transport*: Enfin, je te r'ai ! Dis-moi que je r'ai ?

BOIS-D'ENGHIEN, avec *complaisance*: Tu me r'as !

LUCETTE, *les yeux dans les yeux*: Et que ça ne finira jamais ?

BOIS-D'ENGHIEN, *même jeu*: Jamais !

LUCETTE, *dans un élan de passion, lui saisissant la tête et la couchant sur sa poitrine*: Oh ! mon nan-nan !

BOIS-D'ENGHIEN : Oh ! ma Lulu !

Lucette couche sa tête en se faisant un oreiller de ses deux bras sur la hanche de Bois-d'Enghien qui se trouve étendu sur ses genoux, de côté et très mal.

BOIS-D'ENGHIEN, *à part*: C'est pas ça du tout ! Je suis mal embarqué !...

LUCETTE, *dans la même position et langoureusement*: Vois-tu, voilà comme je suis bien !

BOIS-D'ENGHIEN, *à part*: Ah ! bien ! pas moi, par exemple !

LUCETTE, *même jeu*: Je voudrais rester comme ça pendant vingt ans !... et toi ?

BOIS-D'ENGHIEN : Tu sais, vingt ans, c'est long !

LUCETTE : Je te dirais : « Mon nan-nan ! » ; tu me répondrais : « Ma Lulu !... » et la vie s'écoulerait.

BOIS-D'ENGHIEN, *à part*: Ce serait récréatif !

LUCETTE, *se remettant sur son séant, ce qui permet à Bois-d'Enghien de se redresser*: Malheureusement, ce n'est pas possible ! *(Elle se lève, fait le tour du canapé, puis avec élan, à Bois-d'Enghien.)* Tu m'aimes ?

BOIS-D'ENGHIEN : Je t'adore !

LUCETTE : Ah ! chéri, va !

Elle remonte au-dessus du canapé.

BOIS-D'ENGHIEN, *à part* : Pristi ! que c'est mal engagé !

LUCETTE, *au milieu de la scène et au-dessus d'un air plein de sous-entendu* : Alors..., viens m'habiller ?

BOIS-D'ENGHIEN, *comme un enfant boudeur* : Non !... pas encore !

LUCETTE, *descendant* : Qu'est-ce que tu as ?

BOIS-D'ENGHIEN, *même jeu* : Rien !

LUCETTE : Si ! tu as l'air triste !

BOIS-D'ENGHIEN, *se levant et prenant son courage à deux mains* : Eh bien ! oui ! si tu veux le savoir, j'ai que cette situation ne peut pas durer plus longtemps !

LUCETTE : Quelle situation ?

BOIS-D'ENGHIEN : La nôtre *(À part.)* Aïe donc ! Aïe donc ! *(Haut.)* Et puisqu'aussi bien, il faut en arriver là un jour ou l'autre, j'aime autant prendre mon courage à deux mains, tout de suite : Lucette, il faut que nous nous quittions !

LUCETTE, *suffoquée* : Quoi !

BOIS-D'ENGHIEN : Il le faut ! *(À part.)* Aïe donc ! Aïe donc !

LUCETTE, *ayant un éclair* : Ah ! mon Dieu !... tu te maries !

BOIS-D'ENGHIEN, *hypocrite* : Moi ? ah ! là là ! ah ! bien ! à propos de quoi ?

LUCETTE : Eh bien ! pourquoi ? Alors, pourquoi ?

BOIS-D'ENGHIEN : Mais à cause de ma position de fortune actuelle... ne pouvant t'offrir l'équivalent de la situation que tu mérites...

LUCETTE : C'est pour ça ! *(Éclatant de rire, en se laissant presque tomber sur lui d'une poussée de ses deux mains contre les épaules.)* Ah ! que t'es bête !

BOIS-D'ENGHIEN : Hein ?

LUCETTE, *avec tendresse, le serrant dans ses bras* : Mais est-ce que je ne suis pas heureuse comme ça ?

BOIS-D'ENGHIEN : Oui, mais ma dignité !...

LUCETTE : Ah ! laisse-la où elle est, ta dignité ! Qu'il te suffise de savoir que je t'aime. *(Se dégageant et gagnant un peu la gauche, avec un soupir de passion.)* Oh ! oui, je t'aime !

BOIS-D'ENGHIEN, *à part* : Allons, ça va bien ! ça va très bien !

LUCETTE : Vois-tu, rien qu'à cette pensée que tu pourrais te marier ! *(Retournant à lui et le serrant comme si elle allait le perdre.)* Ah ! dis-moi que tu ne te marieras jamais ! jamais !

BOIS-D'ENGHIEN : Moi ?... Ah ! bien !

LUCETTE, *avec reconnaissance* : Merci ! *(Se dégageant.)* Oh ! d'ailleurs si ça t'arrivait, je sais bien ce que je ferais !

BOIS-D'ENGHIEN, inquiet : Quoi ?

LUCETTE : Ah ! ça ne serait pas long, va ! Une bonne balle dans la tête !

BOIS-D'ENGHIEN, *les yeux hors des orbites* : À qui ?

LUCETTE : À moi, donc !

BOIS-D'ENGHIEN, *rassuré* : Ah ! bon !

LUCETTE, *qui s'est approchée de la table, prenant nerveusement* Le Figaro *laissé par la baronne* : Oh ! ce n'est pas le suicide qui me ferait peur, si j'apprenais jamais, ou si je lisais dans un journal... *(Elle indique le journal qu'elle tient.)*

BOIS-D'ENGHIEN, *à part, terrifié, mais sans bouger de place* : Sapristi ! un *Figaro* !

LUCETTE : Mais, je suis folle ; puisqu'il n'en est pas question, à quoi bon me mettre dans cet état !

Elle rejette Le Figaro *sur la table et gagne la gauche.*

BOIS-D'ENGHIEN, *se précipitant sur* Le Figaro *et le four-*

rant entre sa jaquette et son gilet. À part: Ouf!... Mais il en pousse donc! il en pousse!

Lucette s'est retournée au bruit. Bois-d'Enghien rit bêtement pour se donner une contenance.

LUCETTE, *revenant à lui, avec élan et se jetant dans ses bras*: Tu m'aimes?

BOIS-D'ENGHIEN: Je t'adore!

LUCETTE: Ah! chéri!

Elle remonte.

BOIS-D'ENGHIEN, *à part*: Jamais!... jamais je n'oserai lui avouer mon mariage, après ça! jamais!

Il gagne la droite et se laisse tomber, découragé, sur le canapé.

Scène 15

LES MÊMES, DE CHENNEVIETTE

DE CHENNEVIETTE, *arrivant du fond, en achevant de coller une enveloppe. À Lucette*: Dis donc, je fais recommander la lettre... As-tu un timbre de quarante centimes?

LUCETTE, *se dirigeant vers sa chambre*: Oui, par là... attends!

DE CHENNEVIETTE: Tiens, voilà quarante centimes!

LUCETTE, *à la bonne franquette*: Eh! je n'en ai pas besoin de tes quarante centimes.

DE CHENNEVIETTE, *vexé*: Mais moi non plus! Il n'y a pas de raison pour que tu me fasses cadeau de huit sous! C'est drôle ça!

LUCETTE : Ah ! Comme tu voudras !...

Elle prend l'argent et entre dans sa chambre.

DE CHENNEVIETTE, *à Bois-d'Enghien* : C'est curieux, tenez ! Voilà de ces petites choses que les femmes ne sentent pas !

BOIS-D'ENGHIEN, *préoccupé* : Oui, oui !

DE CHENNEVIETTE : Qu'est-ce que vous avez ? Vous avez l'air embêté.

BOIS-D'ENGHIEN : Ah ! mon cher ! ce n'est pas embêté qu'il faut dire, c'est désespéré ! *(Se levant et allant à lui.)* : Ah ! tenez ! vous seul pouvez me tirer de là ! C'est pour une chose que je ne sais comment dire à Lucette... Je peux bien dire ça, à vous, vous êtes... presque son mari. Il faut absolument que je la lâche et qu'elle me lâche !

DE CHENNEVIETTE, *tombant des nues* : Qu'est-ce que vous me dites là ?

BOIS-D'ENGHIEN : La vérité, mon cher ! je me marie !

DE CHENNEVIETTE : Vous !

BOIS-D'ENGHIEN : Moi !... Et le contrat se signe ce soir !

DE CHENNEVIETTE : Sapristi de sapristi !

BOIS-D'ENGHIEN, *le prenant par le bras et sur le ton le plus persuasif* : Voyons, au fond, c'est son intérêt, cette rupture !

DE CHENNEVIETTE : Comment, mais c'est tellement vrai, qu'en ce moment, si elle voulait, elle aurait une occasion superbe.

On sonne.

BOIS-D'ENGHIEN : Eh bien ! dites-lui, que diable ! parlez-lui sérieusement, elle vous écoutera.

DE CHENNEVIETTE, *d'un air de doute* : Ah ! ouiche !

Scène 16

LES MÊMES, FIRMIN, *puis* MARCELINE,
LE GÉNÉRAL et ANTONIO, *puis* LUCETTE

FIRMIN, *annonçant*: Le général Irrigua!

DE CHENNEVIETTE: Lui! faites-le entrer! *(Fausse sortie de Firmin. Vivement.)* Non! quand nous serons partis! *(À Bois-d'Enghien.)* Venez, venez… passons par là!

BOIS-D'ENGHIEN: Pourquoi?

DE CHENNEVIETTE: Parce que!… nous gênons!… nous sommes de trop!…

BOIS-D'ENGHIEN: Hein!… est-ce que ce serait…?

DE CHENNEVIETTE: Parfaitement!… C'est l'occasion! là!

BOIS-D'ENGHIEN: Fichtre!… Filons!

Ils s'esquivent furtivement par le fond, comme deux complices.

MARCELINE, *entrant de droite au moment où Firmin se dispose à faire entrer le général*: Qui est-ce qui a sonné, Firmin?

FIRMIN: Le général Irrigua, Mademoiselle!

MARCELINE: Le général! vite! faites-le entrer et allez prévenir ma sœur.

Elle descend entre le piano et le canapé.

FIRMIN: Si Monsieur veut entrer…

LE GÉNÉRAL: Bueno! Yo entre!…

Il entre, suivi d'Antonio portant deux bouquets, un énorme et l'autre tout petit; il tient ce dernier derrière son dos.

MARCELINE, *faisant une révérence*: Général !

LE GÉNÉRAL, *la reconnaissant*: Ah ! madame la sor ! Yo souis bieng la vôtre ! *(Appelant Firmin.)* Carçonne ! *(Firmin ne répond pas. Élevant la voix.)* Carçonne !… Valé de pied !

FIRMIN, *redescendant*: Ah ! c'est moi… ?

LE GÉNÉRAL : Natourellement, c'est vous ! ça n'est pas moi ! *(À part.)* Qué bruto este hombre[1] ! *(Haut.)* Allez dire mâdâme la maîtresse, yo souis là !

FIRMIN : Oui, Monsieur ! *(À part, en se dirigeant vers la chambre de Lucette.)* C'est un général auvergnat, ça ! *(Haut, apercevant Lucette qui sort de sa chambre.)* Ah ! voilà Madame !

Il sort au fond.

LE GÉNÉRAL, *à Lucette qui s'arrête, étonnée, en voyant le général*: Elle ! Ah ! Mâdâme, cette chour est la plouss belle dé ma vie !

LUCETTE, *interrogeant du regard*: Pardon, monsieur… ?

MARCELINE, *le présentant*: Le Général Irrigua, Lucette.

LE GÉNÉRAL, *s'inclinant*: Soi-même !

LUCETTE : Ah ! Général, je vous demande pardon ! *(Saluant Antonin, au fond, 2.)* Monsieur !…

LE GÉNÉRAL, *redescendant un peu*: C'est rienne ! Moun interprète !

LUCETTE : Général, je suis ravie de faire votre connaissance !

LE GÉNÉRAL : Ah ! lé ravi il est pour moi, Mâdâme ! *(À Antonio.)* Antonio… les bouquettes… *(Antonio passe le gros bouquet, sans laisser voir le petit, à Lucette.)* Permettez-moi quelques flors môdiques qué yo vous prie, qué… qué yo vous offre !

LUCETTE, *prenant le bouquet*: Ah ! Général !

LE GÉNÉRAL, *prenant le bouquet minuscule que lui tend*

1. « Quelle brute, cet homme ! »

Antonio et le présentant à Marceline : Et… yo l'ai pensé aussi à la sor !

MARCELINE, *prenant le bouquet* : Pour moi ?… oh ! Général, vraiment !

LE GÉNÉRAL, *à Marceline* : Il est plouss pétite qué l'autre… mais il est plouss portatif !… *(À Antonio.)* Antonio, allez attendre à ma disposition dans la vestiboule !

ANTONIO : Bueno !

Il sort.

LUCETTE : Que c'est aimable à vous !… Justement, j'adore les fleurs !

LE GÉNÉRAL, *galamment* : Qué né lé souis-je !…

MARCELINE, *respirant le parfum de son bouquet et minaudant. Au général* : Moi aussi, je les adore…

LE GÉNÉRAL, *par-dessus son épaule* : Oui, mais yo n'ai dit ça qué pour Madame.

LUCETTE, *qui a enlevé les épingles qui fermaient le bouquet, passant au 2* : Oh ! vois donc ! Marceline ! Est-ce beau ?

LE GÉNÉRAL : Cé lé sont vos souchèttes qué yo mets à vos pieds.

LUCETTE, *riant* : Mes sujettes ?…

LE GÉNÉRAL : Bueno… cé lé sont des rosses qué yo mets aux pieds dé la reine des rosses !

LUCETTE ET MARCELINE, *minaudant* : Aah !

LE GÉNÉRAL, *content de lui* : C'est oun mott !

LUCETTE : Vous êtes galant, Général !

LE GÉNÉRAL : Yo fait cé qu'onn peut !

MARCELINE, *à part* : C'est égal, il ferait bien de prévenir qu'il a de l'accent !

LUCETTE, *à Marceline* : Laisse-nous, Marceline !

MARCELINE : Moi ?

LE GÉNÉRAL, *avec un geste de grand seigneur* : Laisse-nous… la sor !…

MARCELINE : Hein !

LE GÉNÉRAL, *très poli mais sur un ton qui n'admet pas de réplique* : Allez-vous-s'en !... mamoiselle !

Il passe au 2, derrière Lucette.

MARCELINE : Ah ? bon !... *(À part.)* Oh ! c'est un sauvage !

Elle sort par la droite, pendant ce temps, Lucette met le bouquet dans le vase qui est sur la console : le général est remonté au-dessus du canapé et attend que Marceline soit partie.

LE GÉNÉRAL, *brusquement, à Lucette qui est revenue à droite de la table* : Vouss ! C'est vouss ! qué yo souis la... près de vouss... ounique !

LUCETTE, *s'asseyant à droite de la table* : Asseyez-vous donc, je vous en prie !

LE GÉNÉRAL, *avec passion* : Yo no pouis pas !

LUCETTE, *étonné* : Vous ne pouvez pas ?

LE GÉNÉRAL, *même jeu* : Yo no pouis pas ! Yo souis trop émoute ! Ah ! quand yo recevous cette lettre de vouss ! Cette lettre ousqué il m'accordait la grâce dé... oune entrefou pour tous les deusses ; ah ! Caramba ! caramba ![1]... *(Ne trouvant pas de mot pour exprimer ce qu'il ressent.)* Qué yo no pouis dire.

LUCETTE : Eh ! qu'avez-vous ? Vous semblez ému.

LE GÉNÉRAL : Yo le souis ! porqué yo vouss s'aime Loucette, et qué yo vois que yo souis là... tous les deusses... ounique ! *(Devenant entreprenant.)* Loucette !

LUCETTE, *vivement, se levant et passant à gauche de la table* : Prenez garde, Général, vous abordez là un terrain dangereux !

---

1. « Sapristi ! sapristi ! »

LE GÉNÉRAL, *descendant un peu à droite*: Eh! yo n'ai pas peur lé dancher! Dans mon pays yo l'étais ministre de la Gouerre!

LUCETTE, *redescendant en passant au-dessus de la table*: Vous!

LE GÉNÉRAL, *s'inclinant*: Soi-même!

LUCETTE: Ah! Général... quel honneur... Un ministre de la Guerre!

LE GÉNÉRAL, *rectifiant*: Ess... Ess!

LUCETTE, *qui ne comprend pas*: Quoi «Ess»?

LE GÉNÉRAL: Ess-ministre!... yo no le souis plus.

LUCETTE, *sur un ton de condoléance*: Ah?... Qu'est-ce que vous êtes, alors?

LE GÉNÉRAL: Yo souis condamné à morté.

LUCETTE, *reculant*: Vous?

LE GÉNÉRAL, *avec un geste pour la rassurer*: Eh! oui! tout ça, porqué yo lo souis venou en France por achéter por moun gouvernement deusse courrassés, troiss croisseurs et cinq tourpilleurs.

LUCETTE, *ne saisissant pas le rapport*: Eh bien?

LE GÉNÉRAL: Buéno! yo les ai perdous au pacarat.

LUCETTE: Perdus au baccarat[1]!... *(Sur un ton de reproche.)* Oh! Et comment avez-vous fait?

LE GÉNÉRAL, *avec la plus naïve inconscience*: Yo l'ai pas ou de la chance; voilà!... au pacarat c'est toujours le même: quand yo l'ai houit, il a nef! et porqué ça, yo l'ai perdou beaucoup de l'archent.

LUCETTE, *s'asseyant à droite de la table*: C'est mal, ça, Général.

LE GÉNÉRAL, *sur un ton dégagé*: Basta[2], rienne pour

1. Jeu de cartes.
2. «Suffit!»

moi ! yo l'ai touchours assez peaucoup, porqué yo pouisse la mettre à la disposition de usted[1].

LUCETTE : À ma disposition ?

LE GÉNÉRAL, *grand seigneur* : Toute !

LUCETTE : Mais à quel titre ?

LE GÉNÉRAL, *avec chaleur* : À la titre que yo pouisse vous aimerr… porqué yo vouss s'aime, Loucette ! mon cœur elle est trop petite pour contiendre tout ce que yo l'ai dé l'amour !… Par la charme qu'elle est à vouss, vous m'avez priss… vous m'avez… vous m'avez… *(Changeant de ton.)* Pardon ! oun moment… oun moment.

Il remonte au fond.

LUCETTE, *à part* : Eh bien ! où va-t-il ?

LE GÉNÉRAL, *ouvrant la porte et appelant* : Antonio ?

ANTONIO, *à la porte du vestibule* : Chénéral ?

LE GÉNÉRAL, *en espagnol* : Cómo se dice « subyugar » en francés[2] ?

ANTONIO : « Subjuguer », Général.

LE GÉNÉRAL, *lui faisant signe qu'il peut retourner dans le vestibule* : Bueno ! gracías, Antonio[3] !

ANTONIO : Bueno !

Il sort.

LE GÉNÉRAL, *à Lucette, reprenant brusquement sur le ton de la passion* : Vous m'avez « souchouqué » ; aussi tout ce qu'il est à moi est à vouss ! Ma vie, mon argent, chusqu'au dollar la dernière, chusqu'à la missère que yo l'aimerais encore porqu'elle venirait de vouss !

LUCETTE, *hochant la tête ; pleine de doutes* : La misère ! on voit bien que vous ne savez pas ce que c'est !

---

1. « À votre disposition. »
2. « Comment dit-on "subjuguer" en français ? »
3. « Bien ! Merci, Antonio ! »

LE GÉNÉRAL, *descendant à droite* : Oh ! pardone ! yo le sais ! yo l'ai pas tuchurs été riche. Avant que yo le sois entré dans l'armée… comme chénéral ! yo l'avais pas de l'archent, quand yo l'étais professor modique et que yo l'ai dû pour vivre aller dans les familles… où yo donnais des léçouns de francess.

LUCETTE, *retenant son envie de rire* : De français ? Vous le parliez donc ?

LE GÉNÉRAL, *bien naïvement* : Yo vais vous dire ; dans moun pays, yo le parlais bienn ; ici, yo no sais porqué, yo le parlé mal.

LUCETTE, *riant* : Ah ! c'est ça ! asseyez-vous donc !

LE GÉNÉRAL, *exalté* : Yo ne pouis pas ! Defant vous, yo no pouis être assisse qu'à chénoux. *(Il s'agenouille devant elle.)* Fous l'est la divinité qué l'on s'achénouille là devant… oun sainte qué l'on adore…

LUCETTE : Ah ! Général !

LE GÉNÉRAL, *froidement* : Où il est votre chambre ?

LUCETTE, *suffoquée* : Hein ?

LE GÉNÉRAL, *avec passion* : Yo diss : où il est votre chambre ?

LUCETTE : Mais, Général, en voilà une question !

LE GÉNÉRAL : C'est l'amor qu'il parle par ma bouche porqué c'est là qué yo voudrais vivre ! Porqué la champre de la peauté qué l'on l'aime, il est comme le… comme le… *(Se levant.)* Pardon, oun moment, oun moment !

LUCETTE, *à part, railleuse* : Ah ? bon !

LE GÉNÉRAL, *qui est remonté et a ouvert la porte du fond* : Antonio ?

ANTONIO, *comme précédemment* : Chénéral ?

LE GÉNÉRAL : Cómo se dice « tabernáculo » en francess[1] ?

1. « Comment dit-on "tabernacle" en français ? »

ANTONIO : Bueno ! « tabernacle », Chénéral.

LE GÉNÉRAL : Bueno ! gracías, Antonio.

ANTONIO : Bueno !

Il sort.

LE GÉNÉRAL, *allant sans mot dire et bien froidement se remettre aux genoux de Lucette, comme il était précédemment, puis une fois installé, éclatant* : Il est comme la taberlac, où il est la relichion, la déesse qu'on l'adore.

LUCETTE, *posant sa main droite, qui a la bague, sur la main du général qui tient sa main gauche* : Ah ! Général, vous savez tout racheter par une galanterie.

LE GÉNÉRAL, *qui regarde la bague au doigt de Lucette* : Tuchurs ! *(Se levant.)* Ça même fait qué yo pense qué yo vois qué vous l'avez là à lé doigt oun bâgue.

LUCETTE, *d'un air détaché, se levant* : Une bague ! Ah ! là... Ah ! oui ! oh !

LE GÉNÉRAL : Elle est cholie, fous troufez ?

LUCETTE, *même jeu, descendant un peu à gauche* : Pfeu ! c'est une babiole !

LE GÉNÉRAL, *hochant la tête* : Oun bâpiole ?... Qu'est-ce que c'est oun bâpiole ?

LUCETTE : Oui, enfin une bagatelle !

LE GÉNÉRAL, *même jeu* : Oun bâcatil... Si... si !... *(Changeant de ton.)* Pardon, oun moment... oun moment ! *(Allant au fond et appelant.)* Antonio ?

ANTONIO, *comme précédemment* : Chénéral ?

LE GÉNÉRAL : Qué cosa significa « oun bâcatil » en espagnol[1] ?

ANTONIO : Oun bâcatil ? Qu'est-ce que c'est « oun bâcatil » ?

---

1. « Que signifie "oun bâcatil" en espagnol ? »

LUCETTE, *sans bouger de place*: Non, je dis au Général que c'est une bagatelle.

ANTONIO, *comprenant*: Ah! «une bagatelle!» *(Traduisant.)* La Señora dice a usted que es... poca cosa[1].

LE GÉNÉRAL, *comme s'il n'avait jamais connu que ce mot-là*: Ah! si! si... oun bâcatil... Si... si... *(À Antonio et lui faisant signe de sortir.)* Bueno! bueno! bueno! gracías, Antonio!

ANTONIO: Bueno!

Il sort.

LE GÉNÉRAL, *descendant, à Lucette, même jeu*: Oun bâcatil, si, si!

LUCETTE: J'y tiens surtout à cause du souvenir qui s'y rattache.

LE GÉNÉRAL, *ému*: Ah! c'est bienne, Loucette.

LUCETTE: Elle me vient de ma mère!

LE GÉNÉRAL, *ahuri*: Qu'ouss qué tou dis?

LUCETTE, *surprise*: Général?

LE GÉNÉRAL: La bâgue là! ça l'est moi qué yo l'ai envoyée cet matin dans oun bouquette.

LUCETTE: Vous?

LE GÉNÉRAL: Natourellement.

LUCETTE, *passant à droite*: Hein, c'est lui? c'est vous? vous? lui?

LE GÉNÉRAL, *descendant au 1*: Bueno, yo diss!

LUCETTE, *à part*: Oh! c'est trop fort!... et Bouzin, alors?... Il a eu l'audace de... Oh! c'est trop fort... Ah! bien, attends, sa chanson! non, cet aplomb!

LE GÉNÉRAL, *voyant son agitation*: Qu'oust-ce qué vous l'avez?

LUCETTE: Rien! rien!

---

1. «La Señora vous dit que c'est... une chose sans valeur.»

LE GÉNÉRAL, *galamment, mais avec une pointe de raillerie* : Bueno, il vient donc pas la bague de la mère ?

LUCETTE : La bague, là... Oh ! pas du tout ! non ! je croyais que vous vouliez parler d'une autre... Oh ! celle-là, non, non, mais je ne savais pas que c'était vous que j'avais à en remercier.

LE GÉNÉRAL, *modeste* : Oh ! rienne du toute !... *(Gagnant la gauche et avec un geste de grand seigneur.)* C'est oun bâcatil. *(Revenant à elle.)* Et yo me permets d'apporter la bracélette qu'elle va avec.

Il offre un autre écrin qu'il tire de la poche d'un des pans de sa redingote.

LUCETTE, *prenant l'écrin* : Ah ! Général, vraiment vous me comblez ! mais qu'est-ce que j'ai pu faire pour mériter ?...

LE GÉNÉRAL, *très simple* : Yo vous s'aime ! voilà !

LUCETTE : Vous m'aimez ? *(Avec un soupir.)* Ah ! Général, pourquoi faut-il que cela soit... ?

LE GÉNÉRAL, *avec une logique sans réplique* : Porqué céla est.

LUCETTE : Non, non, ne dites pas ça !

LE GÉNÉRAL, *froidement décidé* : Yo lo disse !

LUCETTE, *lui tendant l'écrin qu'il vient de lui donner* : Alors, Général, remportez ces présents que je n'ai pas le droit d'accepter !

LE GÉNÉRAL, *repoussant l'écrin et haletant* : Porqué ? Porqué ?

LUCETTE : Parce que je ne peux pas vous aimer !

LE GÉNÉRAL, *bondissant* : Vous disse ?

LUCETTE, *courbant la tête* : J'en aime un autre.

Elle met sans affectation l'écrin dans sa poche.

LE GÉNÉRAL : Oun autre ! Vousse !... oun homme ?

LUCETTE : Naturellement.

LE GÉNÉRAL, *passant au 2* : Caramba !... Quel il est cet homme... que yo le visse... qué yo le sache...

LUCETTE : Général, calmez-vous !

LE GÉNÉRAL, *avec désespoir* : Ah ! oun mé l'avait bienn disse qu'il était oun homme à vouss, oun homme chôli.

LUCETTE : Oh ! oui, joli !

LE GÉNÉRAL : Mais yo l'avais cru qué nonn... porqué yo l'avais récevou votre lettre... et il essiste ! il essiste ! Oh ! Quel il est cet homme ?

LUCETTE : Voyons, Général, je vous en prie...

LE GÉNÉRAL, *avec un rugissement de rage* : Oh !

LUCETTE, *appuyant gentiment ses deux mains sur son épaule* : Qu'il vous suffise de savoir que si j'avais eu le cœur libre, je ne vous aurais préféré personne.

LE GÉNÉRAL, *avec un désespoir contenu* : Ah ! Loucette, qué vous mé donnez mal au cœur !

LUCETTE : Est-ce ma faute ? Voyez-vous, tant que je l'aimerai, je ne pourrai pas en aimer un autre.

LE GÉNÉRAL, *luttant un peu avec lui-même, puis avec résignation* : Bueno ! Combienne dé temps il faut à vous pour ça ?

LUCETTE, *avec passion* : Combien de temps ? Oh ! je l'aimerai tant qu'il vivra.

LE GÉNÉRAL, *très positif* : Bueno ! Yo so maintenant qué yo dois faire.

LUCETTE : Quoi ?

LE GÉNÉRAL, *même jeu* : Rienne ! Yo se.

LUCETTE, *à part, se rapprochant de la table* : Ah ! mon Dieu, il me fait peur !

Scène 17

LES MÊMES, BOIS-D'ENGHIEN, *puis* FIRMIN

On frappe à la porte de la salle à manger.

LUCETTE : Qu'est-ce que c'est ? Entrez.

BOIS-D'ENGHIEN, *entrouvrant la porte et contrefaisant sa voix* : On demande si Mme Gautier peut venir un instant.

LUCETTE, *qui a reconnu sa voix* : Hein ! Ah ! oui ! oui, tout de suite. *(À part.)* L'imprudent !

LE GÉNÉRAL, *qui est remonté sans bruit en passant derrière le canapé, ouvrant brusquement la porte dont Bois-d'Enghien tient le bouton de l'autre côté. Brutalement* : Qu'est-ce qué vous voulez, vous ?

BOIS-D'ENGHIEN, *qui a été amené en scène, entraîné par le bouton de la porte, très piteux et voulant être aimable, faisant des courbettes* : Bonjour, monsieur.

LUCETTE, *à part* : Ah ! mon Dieu !... *(Vivement, présentant Bois-d'Enghien.)* Monsieur de Bois-d'Enghien, Général, un camarade.

LE GÉNÉRAL, *méfiant* : Ah ?

BOIS-D'ENGHIEN : Un camarade, c'est le mot, un camarade, pas davantage.

On sonne.

LE GÉNÉRAL, *défiant* : Oun câmârâte... pour rienne du toute ?

LUCETTE : Mais je crois bien pour rien du tout.

BOIS-D'ENGHIEN : Oh ! là ! là !... et même moins.

LE GÉNÉRAL : Bueno, alors, si oun câmârâte...

Il lui serre la main et redescend.

FIRMIN, *venant de la salle à manger, à Lucette*: Madame?

LUCETTE: Quoi?

FIRMIN: C'est cette dame qui est déjà venue aujourd'hui pour demander à Madame de chanter dans une soirée: je l'ai introduite dans la salle à manger.

LUCETTE: Ah! bon! j'y vais… *(Firmin sort par le vestibule, en laissant la porte grande ouverte.)*… Vous permettez, Général, un instant.

LE GÉNÉRAL, *s'inclinant*: Yo vous prie!…

Lucette remonte, le général gagne l'extrême droite.

BOIS-D'ENGHIEN, *vivement et bas à Lucette*: Eh! dis donc, mais c'est que j'ai à m'en aller, moi!

LUCETTE: Oh! bien, attends un peu… c'est l'affaire de cinq minutes, cause avec le général.

BOIS-D'ENGHIEN: Bon! mais vite, hein?

LUCETTE: Oui! Elle entre dans la salle à manger.

Scène 18

LE GÉNÉRAL, BOIS-D'ENGHIEN,
puis LUCETTE, LA BARONNE

Un temps pendant lequel les deux personnages échangent de petits rires comme des gens qui n'ont trop rien à se dire.

LE GÉNÉRAL, *rompant le silence*: Il est très amboulatoire, mamoisselle Gautier.

BOIS-D'ENGHIEN: Très «amboulatoire», comme vous dites, Général!

LE GÉNÉRAL, *se rapprochant de Bois-d'Enghien* : Alors, vous l'êtes avec Loucette à la concerte, la même ?

BOIS-D'ENGHIEN : Comment, je suis…

LE GÉNÉRAL : Bueno, puisqué vous l'est câmârâde, yo demande si vous l'est de la café-concerte la même ?

BOIS-D'ENGHIEN : Hein ? Oui, oui, parfaitement… de la même… *(Se reprenant.)* De la même !… *(Même jeu.)* Du même. *(À part.)* Cré nom d'un chien !

LE GÉNÉRAL, *affirmatif* : Vous l'est ténor !

BOIS-D'ENGHIEN : Ténor ; c'est ça… vous avez mis le doigt dessus. *(À part.)* Pendant que j'y suis, n'est-ce pas ?

LE GÉNÉRAL : Yo l'ai visse ça à la tête.

BOIS-D'ENGHIEN : Ah ! vraiment ? vous êtes physionomiste !

Chantonnant.

« Mignonne, quand la nuit descendra sur la terre… Et que le rossignol viendra chanter encor[1]… »

LE GÉNÉRAL, *faisant la grimace et à part* : Oh ! ça l'est oun chanton dé bouilli-bouilli !…

BOIS-D'ENGHIEN, *toussant* : Hum ! hum ! Beaucoup de rhumes, cette année.

LE GÉNÉRAL, *lui faisant signe d'approcher* : Et disse-moi, moussié Bodégué…

BOIS-D'ENGHIEN, *rectifiant* : Non pardon : « Bois-d'Enghien ! »

LE GÉNÉRAL : Bueno ! yo disse… « Bodégué… »

BOIS-D'ENGHIEN, *en prenant son parti* : Oui, enfin !

LE GÉNÉRAL, *sur un ton confidentiel, passant son bras dans le sien* : Vous… le connaît bien mamoiselle Gautier ?

BOIS-D'ENGHIEN, *un peu fat* : Mais, dame… oui !

---

1. « Les blés d'or », chanson célèbre, composée par Doria sur des paroles de Soubise et Lemaître en 1882.

LE GÉNÉRAL : Vous pouvé mé dire alors… elle paraisse, il a oun amant.

BOIS-D'ENGHIEN : Hein ?

LE GÉNÉRAL, *retirant son bras* : Yo lo sais… elle me l'a disse.

BOIS-D'ENGHIEN : Ah ? alors… *(À part.)* Tiens, moi qui faisais la bête pour qu'il ne sache pas !

LE GÉNÉRAL : Oun homme très chôli.

BOIS-D'ENGHIEN, *minaudant* : Mon Dieu, vous savez, je suis bien mal placé…

LE GÉNÉRAL : Mais yo visse pas des l'hommes chôlis, ici.

BOIS-D'ENGHIEN, *à part* : Merci !

LE GÉNÉRAL : Buéno ! Quel il est cet homme, puisque vous le connaît ?

BOIS-D'ENGHIEN, *à part* : Ah ! et puis, après tout, puisqu'il y tient tant… *(Haut.)* Vous voulez absolument que je vous le dise ?

LE GÉNÉRAL : Yo vous prie…

BOIS-D'ENGHIEN, *avec fatuité* : Eh ! bien, c'est… *(Riant.)* Ah ! ah ! ah ! vous voudriez bien le savoir.

LE GÉNÉRAL, *riant aussi* : Si !… *(Sérieux.)* Porqué yo lo touerai !

BOIS-D'ENGHIEN, *ravalant ce qu'il allait dire, et à part, gagnant la gauche* : Me tuer ! Sapristi ! *(Riant au général pour dissimuler son émotion.)* Ah ! ah ! ah ! elle est bonne ! *(Le général rit aussi par complaisance.)*

Ils sont tous les deux à gauche. Pendant ce qui précède, on a vu la porte du vestibule laissée ouverte, et sans être aperçue des deux hommes, passer la baronne reconduite par Lucette.

LUCETTE, *dans le vestibule, une fois la baronne hors de vue du public* : C'est entendu, Madame, à ce soir !

On l'entend fermer la porte, invisible au public, du vestibule sur l'escalier.

LE GÉNÉRAL, *s'arrêtant de rire et revenant à son idée fixe*: Bueno, c'est... ?

BOIS-D'ENGHIEN, *apercevant Lucette*: Hein ? euh ! chut ! oui, tout à l'heure !

LE GÉNÉRAL: Ah ! bueno ! bueno !...

Il gagne la droite.

BOIS-D'ENGHIEN, *à part*: Merci, me tuer !

LUCETTE, *entrant avec des cartes dans la main et tout en se dirigeant vers sa chambre*: Eh bien ! je chante dans le monde, moi, ce soir... *(Au général.)* Je vous demande pardon, Général, un moment !

LE GÉNÉRAL, *s'inclinant*: Yo vous prie...

LUCETTE, *au moment d'entrer dans sa chambre, redescendant un peu et à Bois-d'Enghien*: Tu ne veux pas venir m'entendre ? J'ai des invitations en blanc.

BOIS-D'ENGHIEN: Non, ce soir, je ne peux pas ! *(À part.)* J'ai autre chose à faire.

LUCETTE: Et vous, Général ?

LE GÉNÉRAL: Oh ! si ! avec plaisir !

Il remonte.

LUCETTE: À la bonne heure ! Tenez, Général, voilà une carte.

Elle lui donne une carte.

LE GÉNÉRAL: Muchas gracias !

Il met la carte dans sa poche.

LUCETTE: Je reviens !

Elle sort.

BOIS-D'ENGHIEN, *à part, près et à gauche de la table*: C'est heureux qu'il m'ait prévenu tout de même… moi qui allais lui dire…

LE GÉNÉRAL, *redescendant vers Bois-d'Enghien*: Bueno, comment elle s'appelle ?

BOIS-D'ENGHIEN : Qui « elle » ?

LE GÉNÉRAL : L'hômme.

BOIS-D'ENGHIEN, *ahuri*: Quel homme ?

LE GÉNÉRAL : L'hômme, il est chôli ?

BOIS-D'ENGHIEN, *qui joue machinalement avec l'écrin de la bague laissé sur la table*: Ah ! oui… euh ! *(Regardant l'écrin et avec aplomb.)* Bouzin… il s'appelle Bouzin !

LE GÉNÉRAL : Poussin ?… Bueno ! Poussin, c'est oun hômme morte !

Il gagne la droite. On sonne.

BOIS-D'ENGHIEN, *à part*: Brrrou ! il me donne froid dans le dos !

Scène 19

LES MÊMES, FIRMIN, BOUZIN

FIRMIN, *annonçant*: Monsieur Bouzin !

LE GÉNÉRAL : Hein !

BOIS-D'ENGHIEN : Lui ! Fichtre !

Firmin sort.

BOUZIN, *entre du fond, à droite. Très jovial, posant son parapluie contre la chaise qui est au-dessus du canapé*: Je rapporte la chanson… Lucette Gautier n'est pas là ?

BOIS-D'ENGHIEN, *voyant le général qui remonte vers lui, se précipitant entre eux*: Hein ! non… oui…

Pendant tout ce qui suit, Bois-d'Enghien effaré, ne sachant que faire et n'osant rien dire, essaye toujours de se mettre entre le général et Bouzin, tandis que Bouzin, au contraire, fait tout ce qu'il peut pour aller au général.

LE GÉNÉRAL, *à Bouzin*: Pardon !… Monsieur Poussin, eh ?

BOUZIN, *très aimable*: Oui, monsieur, oui.

BOIS-D'ENGHIEN, *affolé*: Oui, c'est Bouzin, là, c'est Bouzin !

LE GÉNÉRAL: Enchanté qué yo vous vois !

BOUZIN, *même jeu*: Mais, monsieur, croyez que la réciproque…

LE GÉNÉRAL: Donnez-moi votre carte !…

BOUZIN: Comment donc, mais avec plaisir.

Il cherche une carte dans sa poche, tout en écartant Bois-d'Enghien pour se rapprocher du général.

BOIS-D'ENGHIEN, *résigné, passant au 1* — Ah ! mon Dieu !

LE GÉNÉRAL: Voici le mienne !

Il lui tend sa carte. Bouzin lui remet la sienne.

BOUZIN, *lisant*: Général Irrigua…

LE GÉNÉRAL, *s'inclinant*: Soi-même !

BOUZIN, *s'inclinant également*: Ah ! Général !…

LE GÉNÉRAL: Et maintenant, yo vous prie… vous l'est lipre demain à le matin ?

BOUZIN, *cherchant* : Demain ?... Oui, pourquoi ?

LE GÉNÉRAL, *se montant petit à petit* : Porqué yo veux vous amener à la terrain... porqué yo veux votre tête ! *(Le saisissant au collet.)* Porqué yo veux vous tuer !

BOUZIN : Ah ! mon Dieu ! qu'est-ce qu'il dit ?

BOIS-D'ENGHIEN, *suppliant* : Général...

LE GÉNÉRAL, *secouant Bouzin comme un prunier* : Porqué yo n'aime pas qu'il est oun paquette dans mes roues... et quand il est oun obstacle, yo saute pas par dessous !... Yo le supprime.

Il le fait pirouetter en le tenant toujours au collet, ce qui le fait passer à sa gauche.

BOUZIN : Ah ! mon Dieu, voulez-vous me lâcher ? Voulez-vous me lâcher ?

BOIS-D'ENGHIEN, *essayant de les séparer* : Général ! du calme !

LE GÉNÉRAL, *le repoussant de la main droite tout en secouant Bouzin de la main gauche* : Laisse-moi tranquille, Bodégué. *(À Bouzin, en le secouant.)* Et puis, vous l'est pas chôli du tout, vous savez ! Vous l'est pas chôli !

BOUZIN : Au secours ! au secours !

Tumulte général, cris, etc.

Scène 20

LES MÊMES, LUCETTE

LUCETTE, *accourant au bruit* : Qu'est-ce qu'il y a ? Qu'est-ce qui se passe ?

BOUZIN, *que le général a lâché en le repoussant, à l'entrée de Lucette, reprenant son équilibre* : Ah ! Madame, c'est Monsieur !

LUCETTE : Bouzin ici ! Sortez, Monsieur, sortez !

Le général remonte au 3 au-dessus de Lucette.

BOUZIN : Hein ! mais comment : j'apportais la chanson.

LUCETTE : Eh bien ! remportez-la votre chanson ! Elle est stupide votre chanson !

BOIS-D'ENGHIEN : Stupide !

LE GÉNÉRAL, *avec conviction sans même savoir de quoi il s'agit* : Il est stoupide ! la chanson, il est stoupide !

LUCETTE, *indiquant la porte* : Sortez, Monsieur ! allez, sortez !

BOUZIN : Moi !

BOIS-D'ENGHIEN : On vous dit de sortir, sortez !

LE GÉNÉRAL : Allez, Poussin ! allez-vous-en !

TOUS, *marchant sur lui* : Allez-vous-en ! allez-vous-en ! allez-vous-en !

BOUZIN, *sortant affolé* : C'est une maison de fous !

Tout ce qui précède doit être joué très vite, pour ne pas ralentir le mouvement de la fin de l'acte.

LUCETTE, *redescendant un peu derrière Bois-d'Enghien, qui est redescendu également* : Non, on ne se moque pas du monde comme cet homme-là !

LE GÉNÉRAL, *redescendant aussi* : Merci, Loucette, qué vous l'avez fait pour môi !

LUCETTE : Quoi donc ?

LE GÉNÉRAL : Qué vous avez chassé cet hômme !

LUCETTE : Ah ! bien, si ce n'est que ça, je vous assure qu'il ne viendra plus !

LE GÉNÉRAL, *lui baisant la main* : Merci !

Bouzin, pendant ce qui précède, est rentré à pas de loup pour chercher son parapluie qu'il a laissé en se sauvant ; mais, dans son émotion, il s'empêtre dans les meubles et fait tomber la chaise.

TOUS, *se retournant et apercevant Bouzin* : Encore lui !

BOUZIN, *d'une voix étranglée de frayeur* : J'avais oublié mon parapluie !

Il se sauve.

TOUS : Allez-vous-en, Bouzin, allez-vous-en ! allez-vous-en ! allez-vous-en !

RIDEAU

Acte II

La chambre à coucher de Mme Duverger, dans son hôtel. Grande chambre carrée, riche et élégante, ouvrant au fond par une grande porte à quatre vantaux sur les salons. (Les deux vantaux extrêmes sont fixes et mobiles, à volonté.) À gauche, 3e plan, porte à un battant. À droite, 1er plan, autre porte également à un battant. À gauche, 2e plan, l'emplacement d'un lit de tête (le lit a été enlevé pour la circonstance), il ne reste que le baldaquin et les rideaux du lit, à la place duquel on a mis un fauteuil. Au fond, face au public et à gauche de la porte d'entrée, grande armoire de style, vide. À droite de la porte d'entrée, presque entièrement dissimulée par un paravent à six feuilles (la dernière feuille fixée à l'angle de droite du décor), une toilette de dame avec sa garniture. Devant le paravent, une table carrée, une chaise derrière la table. Une chaise contre le mur de chaque côté de la porte de droite. À gauche, au milieu de la scène une chaise longue placée presque perpendiculairement à la scène, la tête vers le fond, le pied côté du spectateur (le dossier de la chaise longue doit être très peu élevé) ; à gauche également, presque au pied de la chaise longue, un petit guéridon sur lequel est un timbre électrique. À gauche du baldaquin du lit une chaise volante. Du milieu, du panneau compris sous le baldaquin, émerge une tulipe électrique qui permet en temps ordinaire de lire dans le lit. Un lustre allumé au milieu de la pièce. Au fond, dans le second salon, face au public, une cheminée. Dans cet acte, tout le monde est en tenue de soirée.

Scène I

VIVIANE, MISS BETTING, *en tenue de ville,*
puis LA BARONNE

VIVIANE, *près du guéridon, à Miss Betting qui, à genoux près d'elle, achève de lui lacer son corsage* : Will it soon be done, Miss[1] ?

MISS BETTING : A minute, it is ready !... A pin please[2].

VIVIANE, *lui donnant une épingle* : Again ! Then you wish my lover to pick his fingers[3].

MISS BETTING, *moitié riant, moitié grondant* : Oh ! Miss Viviane, shocking[4] !

Elles rient.

LA BARONNE, *entrant du fond* : Eh, bien ! Viviane, tu es prête ?

VIVIANE : Mais quand Miss aura fini de m'épingler. Je ne sais pas si elle conspire contre mon fiancé, mais je suis plus hérissée de pointes qu'un vieux mur garni de tessons de bouteilles... *(Étourdiment.)* On dirait vraiment qu'elle craint l'escalade !

---

1. « Sera-ce bientôt terminé, Miss ? »
2. « Un instant, c'est prêt. Une épingle, s'il vous plaît. »
3. « Encore ! Vous voulez vraiment que mon fiancé se pique les doigts. »
4. « Oh, Miss Viviane, c'est choquant ! »

LA BARONNE, *estomaquée*: Qu'est-ce que tu dis là? malheureuse enfant!... Tu emploies des comparaisons!...

VIVIANE, *naïvement*: Je ne vois pas ce que tu trouves de mal dans ce que j'ai dit!

LA BARONNE, *à part, avec un sourire indulgent*: C'est vrai!... Pauvre petite!

VIVIANE, *changeant de ton*: Oh! maman, tu devrais bien dire à Miss que ce n'est pas gentil à elle de ne pas rester pour mon contrat.

LA BARONNE: Comment, elle n'y assistera pas?

VIVIANE: Non! Moi qui aurais tant voulu lui montrer mon fiancé!...

LA BARONNE, *à Miss qui vient de se lever, sur un ton aimablement grondeur*: Oh! mais pas du tout, Miss, il faut que vous restiez pour notre soirée.

MISS, *souriant*: What?

LA BARONNE, *essayant de se faire comprendre*: Non... Je dis: «Miss, il faut que vous restiez pour notre soirée.» *(Voyant que Miss sourit sans comprendre — avec l'accent anglais.)* Il faut, vous rester... pour soirée de nous!... Soirée... danse... danse! *(Elle esquisse le mouvement de danser, Miss la regarde en souriant, l'air hébété. Au public.)* Elle n'a pas saisi une syllabe! Ce n'est pourtant pas difficile à comprendre ce que je lui dis!

MISS, *souriant toujours*: What does that mean[1]?

LA BARONNE, *abandonnant la partie à Viviane*: Oh! explique-lui, toi! moi, j'y renonce.

VIVIANE, *à Miss, en anglais*: Mamma wishes you to say if you really can not stay to our soirée[2].

MISS, *à la baronne et très rapidement*: Oh! no! and I

1. «Qu'est-ce que cela veut dire?»
2. «Maman désire que vous lui disiez s'il vous est vraiment impossible de rester à notre soirée.»

much regret it, for it would have given me the pleasure of getting acquainted with Miss Vivian's lover; but my mother is poorly, and I promised to spend the evening with her[1].

LA BARONNE, *qui a écouté cette avalanche de paroles avec un sérieux comique, accompagné de hochements de tête comme si elle comprenait*: Oui, oui, oui! c'est pas la peine de me dire tout ça à moi, je ne comprends pas un mot! *(À Viviane en riant.)* Qu'est-ce qu'elle a dit?

VIVIANE: Elle dit qu'elle regrette bien, parce qu'elle aurait pu faire la connaissance de mon fiancé, mais qu'elle est obligée d'aller retrouver sa mère qui est souffrante.

LA BARONNE, *avec intérêt*: Ah! oui, oui... yes, yes!... maman malade... ill... ill...

MISS, *désolée*: Oh! yes... and I am very anxious about her: at her age, the least illness can become serious[2].

LA BARONNE, *qui n'a pas compris un mot*: Oui, oui, yes, yes!... *(Au public avec pleine conviction.)* Et l'on dit que le français est une langue difficile!...

VIVIANE, *à Miss qui achève de disposer sa toilette*: Are you ready, Miss[3]?

MISS, *à Viviane*: Now it is ready[4].

VIVIANE, *passant au 2*: Ah! c'est pas malheureux! Thank you, Miss.

MISS: Aoh! you are quite lovely so[5]!...

VIVIANE: Oui, je suis chic!

---

1. « Oh, je ne peux vraiment pas! Et je le regrette vivement car cela m'aurait donné le plaisir de faire la connaissance du fiancé de Miss Viviane; mais ma mère ne se sent pas bien et j'ai promis de passer la soirée avec elle. »

2. « Oh oui, et je me fais beaucoup de souci pour elle : à son âge, la moindre maladie peut devenir dangereuse. »

3. « Êtes-vous prête, Miss? »

4. « Maintenant, c'est prêt. »

5. « Ah! vous êtes vraiment ravissante ainsi! »

MISS, *avec conviction* : Aoh ! yes !... tchic ! *(Changeant de ton.)* Now, you don't want me any more, will you ask your mother if I may go[1] ?

LA BARONNE : Qu'est-ce qu'elle dit, « mégo » ?

VIVIANE : Miss demande si elle peut s'en aller.

LA BARONNE : Oh ! si elle veut. Ah ! seulement, dis-lui que je la prie de venir demain de bonne heure, parce que je ne pourrai pas te conduire comme à l'habitude à ton cours de chant... chez M. Capoul[2], et je lui demanderai de t'accompagner à ma place.

VIVIANE : Bon ! *(À Miss.)* Yes, you can ! mamma only begs you to come early tomorrow to take me to my singing lesson, to mister Capoul[3].

MISS, *à la baronne* : Oh ! yes, with pleasure ! Good bye, Miss[4].

VIVIANE, *passant au 1, et s'asseyant au pied de la chaise longue* : Good bye.

MISS, *tout en remontant* : Good bye, Madame.

LA BARONNE, *qui est remontée* : Goud bai ! Goud bai ! *(À part, redescendant.)* Eh ! mais... Je commence à savoir quelques mots, moi !

Sortie de Miss par le fond.

1. « Maintenant que vous n'avez plus besoin de moi, voudriez-vous demander à votre mère si je puis me retirer ? »

2. Joseph-Amédée-Victor Capoul (1839-1924), chanteur d'opéra célèbre dans le monde entier.

3. « Oui ! Maman vous demande simplement de venir tôt demain matin pour m'emmener à ma leçon de chant, chez Monsieur Capoul. »

4. « Oh ! oui, avec plaisir ! Au revoir, Miss. »

Scène 2

VIVIANE, LA BARONNE

LA BARONNE, *allant à Viviane, la regardant avec tendresse, l'embrasse, puis s'asseyant, près d'elle, sur la chaise longue* : Eh bien ! ma chérie, nous voilà arrivées au grand jour !

VIVIANE, *indifférente* : Mon Dieu, oui !...

LA BARONNE, *le bras passé autour de la taille de sa fille* : Tu es contente de devenir la femme de M. de Bois-d'Enghien ?

VIVIANE : Moi ?... Oh ! ça m'est égal !

LA BARONNE, *ahurie* : Comment, ça t'est égal ?

VIVIANE, *positive* : En somme, ça n'est jamais que pour en faire mon mari !

LA BARONNE : Eh bien ! mais... il me semble que ça suffit ! Ah ! çà pourquoi crois-tu donc qu'on se marie ?

VIVIANE : Oh ! pour faire comme tout le monde ! parce qu'il arrive un temps où, comme autrefois on a quitté sa bonne pour prendre une gouvernante, on doit quitter sa gouvernante pour prendre un mari.

LA BARONNE, *renversée* : Oh !

VIVIANE : C'est une dame de compagnie... homme, voilà !

LA BARONNE : Mais il y a autre chose !... Et la maternité, qu'est-ce que tu en fais ?...

VIVIANE : Ah ! oui, la maternité, ça c'est gentil !... mais... qu'est-ce que le mari a à faire là-dedans ?

LA BARONNE : Comment, « ce qu'il a à faire » ?

VIVIANE, *très logique* : Mais dame ! est-ce qu'il n'y a pas un tas de demoiselles qui ont des enfants et un tas de femmes mariées qui n'en ont pas !… Par conséquent, si c'était le mari… n'est-ce pas ?…

LA BARONNE, *va pour lui répondre, puis ne trouvant rien, se levant et gagnant la droite* : Elle est déconcertante ! *(À Viviane qui s'est levée.)* Enfin, en quoi ne te plaît-il pas, M. de Bois-d'Enghien ? Un beau nom ?…

VIVIANE, *gagnant l'extrême gauche et avec une moue* : Pffeu ! noblesse de l'Empire !

LA BARONNE : Il est bien de sa personne !…

VIVIANE, *remontant jusqu'au-dessus de la chaise longue* : Oh ! pour un mari, on est toujours assez bien !… Regarde dans n'importe quel ménage, quand il y a deux hommes, c'est toujours le mari qui est le plus laid… alors !…

LA BARONNE, *qui est remontée parallèlement à sa fille, redescend* : Mais, ça n'est pas obligatoire ! Et puisqu'on se marie, autant chercher dans son époux son idéal complet, quand ça ne serait que pour éviter de le compléter ensuite !

VIVIANE, *allant à elle* : Oh ! bien, oui ! mais comme moi, mon idéal d'homme, c'est justement toujours l'homme que je ne peux pas épouser…

LA BARONNE : Pourquoi ça ?

VIVIANE : Parce que tu ne voudrais pas !… Moi, j'aurais désiré un homme très en vue…

LA BARONNE : Eh bien ! mais je comprends très bien ça… un artiste, par exemple.

VIVIANE : Non… un mauvais sujet.

LA BARONNE, *bondissant* : Qu'est-ce que tu dis ?

VIVIANE : Un homme comme M. de Frenel, tiens ! *(Mouvement de la baronne.)* Je le cite comme j'en citerais tant d'autres. Tu sais, celui que nous avons vu l'été dernier à Trouville ! Ah ! voilà un mauvais sujet qui m'aurait convenu.

LA BARONNE : Oh ! l'horreur… Un garçon qui a une réputation !…

VIVIANE, *appuyant sur le mot* : Détestable ! oui, maman… C'est ça qui vous pose un homme…

LA BARONNE : Oh !

VIVIANE : Un monsieur dont on pouvait citer toutes les maîtresses !

LA BARONNE, *scandalisée* : « Les maîtresses » ! Viviane, où as-tu appris à prononcer ces mots-là ?

VIVIANE, *très naturellement* : Dans l'histoire de France, maman. *(Récitant.)* Henri IV, Louis XIV, Louis XV, 1715-1774.

LA BARONNE, *avec candeur* : Oh ! des rois ! donner un pareil exemple à des jeunes filles !

VIVIANE : Il paraît qu'il y en a même trois qui sont mortes pour lui !

LA BARONNE : Pour Louis XV ?

VIVIANE : Mais non !… pour M. de Frenel… deux d'un coup de revolver et la troisième d'indigestion. *(Changement de ton.)* Aussi, ce que toutes les femmes couraient après lui, à Trouville !…

LA BARONNE, *la ramenant à elle au moment où elle va pour gagner la gauche* : Mais toi, toi ! ça ne me dit pas comment il t'a plu ?

VIVIANE : Tiens ! c'est quand j'ai vu que toutes les femmes en avaient envie ! c'est comme en tout, ça ! Pourquoi désire-t-on une chose ? C'est parce que les autres la désirent… Qu'est-ce qui fait la valeur d'un objet ? C'est l'offre et la demande. Eh bien ! pour M. de Frenel…

LA BARONNE : Il y avait beaucoup de demandes ?

VIVIANE : Tu y es ! Alors je me disais : « Voilà comme j'aimerais un mari ! », parce qu'un mari comme ça, c'est flatteur ! ça devient comme une espèce de légion d'honneur ! et l'on est doublement fier de l'obtenir : d'abord pour la distinction dont on est l'objet, et puis… parce que ça fait rager les autres !…

LA BARONNE : Mais c'est de la vanité, ça ! ce n'est pas de l'amour !...

VIVIANE : Je te demande pardon, c'est ça, l'amour ! C'est quand on peut se dire : « Ah ! ah ! cet homme-là, vous auriez bien voulu l'avoir… Eh bien ! c'est moi qui l'ai, et vous ne l'aurez pas ! » *(Avec une petite révérence.)* C'est pas autre chose, l'amour !

LA BARONNE, *descendant un peu* : Qu'est-ce que tu veux, tu me déconcertes !

VIVIANE, *la rejoignant par derrière, et comme une enfant câline, la tête par-dessus l'épaule de sa mère, l'enserrant de ses deux bras* : Non, vois-tu, maman, tu es encore trop jeune pour comprendre ça !...

LA BARONNE, *riant* : Il faut croire !

Elle l'embrasse.

VIVIANE : Eh bien ! voilà justement ce que je reproche à M. de Bois-d'Enghien ; il est très gentil, très bien, mais… il ne fait pas sensation ! Enfin ! quand on pense… qu'il n'y a pas la plus petite femme qui se soit tuée pour lui !...

LA BARONNE : Est-ce que ça l'empêchera de te rendre heureuse ?

VIVIANE, *quittant sa mère et gagnant la gauche* : Oh ! ça, je n'en doute pas… *(Revenant à sa mère.)* Et puis, si ça n'était pas, avec le divorce[1], n'est-ce pas ? c'est simple !

Elle gagne la gauche.

LA BARONNE, *au public* : Allons ! elle me paraît en bonne disposition pour le mariage !...

1. Référence à la toute nouvelle loi Naquet autorisant le divorce (27 juillet 1884).

Scène 3

LES MÊMES, ÉMILE, *puis* BOIS-D'ENGHIEN

ÉMILE, *du fond*: M. de Bois-d'Enghien, Madame.

LA BARONNE: Lui ! Faites-le entrer.

BOIS-D'ENGHIEN, *très gai, très empressé, un bouquet de fiancé à la main*: Bonjour, belle-maman ! bonjour, ma petite femme !

LA BARONNE: Bonjour, mon gendre !

VIVIANE, *lui souriant en prenant le bouquet qu'il lui présente*: Toujours des fleurs, alors ?

BOIS-D'ENGHIEN: Pour vous, jamais trop ! *(À part.)* Et puis ça m'est égal, j'ai un forfait avec mon fleuriste.

Viviane a déposé le bouquet sur le guéridon.

LA BARONNE: Vous n'embrassez pas votre fiancée ?... Aujourd'hui, ça vous est permis !

BOIS-D'ENGHIEN: Comment donc ! tout le temps ! tout le temps ! *(En l'embrassant, il se pique à une des épingles du corsage de Viviane.)* Oh !

VIVIANE, *moqueuse*: Prenez garde, j'ai des épingles !

BOIS-D'ENGHIEN, *se suçant le doigt*: Vous ne l'auriez pas dit que je ne m'en serais pas aperçu !

VIVIANE: Voilà ce que c'est que de mettre les mains...

BOIS-D'ENGHIEN: Eh bien ! encore une fois, là... sans les mains !

VIVIANE: Ouh ! gourmand !

Il l'embrasse en gardant ses mains derrière le dos.

LA BARONNE, *qui s'est approchée de Bois-d'Enghien, de façon qu'en se retournant, la figure de celui-ci se trouve portée contre la sienne, — tendant la joue* : Et la belle-maman, alors, on ne l'embrasse pas ?

BOIS-D'ENGHIEN, *après avoir fait une légère grimace* : Si ! si ! comment donc ! Ah ! bien… *(Il l'embrasse ; puis à part, au public.)* Le plat de résistance après le dessert.

LA BARONNE, *joviale* : Et moi, au moins, on peut mettre les mains, je n'ai pas d'épingles !

BOIS-D'ENGHIEN : À la bonne heure !

LA BARONNE : Et maintenant, une bonne nouvelle pour vous, mon gendre… L'église ayant tous ses services retenus pour le jour que nous avons fixé, j'ai décidé d'avancer le mariage de deux jours.

BOIS-D'ENGHIEN, *ravi* : Ah ! bien, j'en suis bien aise !… Justement mon fleuriste me disait tout à l'heure : « Comme vous faites durer longtemps vos fiançailles »… *(À Viviane)* Ah ! bien, je suis bien content !

LA BARONNE, *dans le dos de Bois-d'Enghien* : Vous la rendrez heureuse, n'est-ce pas ?

BOIS-D'ENGHIEN, *se retournant* : Qui ça ?

LA BARONNE : Eh bien ! ma fille, voyons ! pas le Grand Turc !

BOIS-D'ENGHIEN : C'est juste ! Je fais des réflexions bêtes.

VIVIANE : Et puis, c'est ce que je disais à maman, avec le divorce, n'est-ce pas ?

BOIS-D'ENGHIEN, *interloqué* : Ah ! vous avez déjà envisagé… ?

VIVIANE : Oh ! moi, je trouve ça très chic, d'être divorcée !

BOIS-D'ENGHIEN : Ah ?

VIVIANE : J'aimerais encore mieux ça que d'être veuve !

BOIS-D'ENGHIEN : Tiens ! Et moi aussi !

LA BARONNE, *un peu au-dessus de Bois-d'Enghien, lui prenant la main gauche de sa main gauche, l'autre main sur l'épaule de son gendre* : D'ailleurs, ce sont là des extrémités auxquelles vous n'aurez jamais à recourir, Dieu merci ! Fernand est un garçon sérieux, rangé…

VIVIANE, *avec un soupir* : Oh ! oui !…

BOIS-D'ENGHIEN : Ça !…

LA BARONNE, *quittant la main de Bois-d'Enghien* : Il a sans doute eu, comme tous les jeunes gens, ses petits péchés de jeunesse…

BOIS-D'ENGHIEN, *avec aplomb* : Jamais !…

LA BARONNE, *à mi-voix à Bois-d'Enghien, ravie* : Comment ! pas la moindre petite bonne amie !

BOIS-D'ENGHIEN : Moi ?… Ah ! bien… mais je ne comprends pas ça ! Souvent je voyais des petits jeunes gens de mon âge courir les demoiselles… ça me passait ! Je leur disais : « Mais enfin, qu'est-ce que vous pouvez bien faire avec ces femmes ?… »

VIVIANE, *avec pitié, à part* : Oh ! là, là, là, là !

BOIS-D'ENGHIEN : Moi, je n'ai jamais aimé qu'une seule femme !…

Viviane et la baronne, se rapprochant vivement et chacune sur un ton différent ; la première, comme s'il y avait : « Serait-ce possible ! » l'autre comme elle dirait « Je le savais bien ! » : Ah !

BOIS-D'ENGHIEN : C'était ma mère !

Viviane, qui s'était rapprochée avec une lueur d'espoir, retourne où elle était, avec déception.

LA BARONNE, *touchée* : C'est bien, ça !

BOIS-D'ENGHIEN : Je m'étais toujours dit : « Je veux me réserver tout entier pour celle qui sera mon épouse. »

LA BARONNE, *lui serrant la main et le montrant à sa fille*: Je te dis ! Tu ne sais pas... tu ne sais pas apprécier l'homme que tu épouses !

BOIS-D'ENGHIEN : Je ne veux pas qu'on puisse dire de moi, comme de tant d'autres, que j'apporte en ménage les rinçures de ma vie de garçon !

VIVIANE : Quelles rinçures ? Des rinçures de quoi ?

BOIS-D'ENGHIEN, *interloqué* : Hein ? De... je ne sais pas ! c'est une expression : on dit comme ça : « Apporter les rinçures de sa vie de garçon ! » Ça ne peut pas se préciser, mais ça fait image !

LA BARONNE : Oui, oui ! il a raison.

BOIS-D'ENGHIEN, *à Viviane* : Eh bien ! moi, au moins, en m'épousant, vous pouvez vous dire que c'est moralement comme si vous épousiez... Jeanne d'Arc.

VIVIANE, le regardant : Jeanne d'Arc ?

BOIS-D'ENGHIEN : Tout sexe à part, bien entendu !

VIVIANE : Pourquoi Jeanne d'Arc ? Vous avez sauvé la France ?

BOIS-D'ENGHIEN : Non ! je n'ai pas eu l'occasion ! Mais tel j'arrive à la fin de ma vie de garçon, et avec l'âme aussi pure... que Jeanne d'Arc à la fin de sa vie d'héroïsme, quand elle comparut au tribunal de cet affreux Cauchon[1] !

LA BARONNE, *sévèrement* : Fernand ! ces expressions dans votre bouche !

BOIS-D'ENGHIEN : Eh bien ! comment voulez-vous que je dise ?... Il s'appelle Cauchon, je ne peux pas l'appeler Arthur !...

VIVIANE, *railleuse* : C'est juste !

LA BARONNE : Fernand, vous êtes une perle...

VIVIANE : Il est encore au-dessous de ce que je croyais !...

1. Pierre Cauchon (1371-1442), évêque de Beauvais, puis de Lisieux, présida le tribunal qui envoya Jeanne d'Arc au bûcher en 1431.

BOIS-D'ENGHIEN, *à part, passant au 3*: C'est un peu canaille, ce que je fais là... mais ça me fait bien voir!...

Scène 4

LES MÊMES, ÉMILE, *puis* DE FONTANET

ÉMILE, *du fond*: Madame, il y a déjà un monsieur d'arrivé.

LA BARONNE: Déjà! qui ça?

ÉMILE: M. de Fontanet!

BOIS-D'ENGHIEN, *à part, sursautant*: Fontanet, fichtre! le bonhomme de ce matin!

LA BARONNE: Qu'est-ce que vous avez? Vous le connaissez?

BOIS-D'ENGHIEN, *vivement*: Moi? pas du tout!

LA BARONNE: Ah! Je croyais! *(À Émile.)* Priez M. de Fontanet de venir nous retrouver ici...

Émile sort.

BOIS-D'ENGHIEN: Hein! Comment, ici?

LA BARONNE: Pourquoi pas? Je ne fais pas de cérémonies avec Fontanet.

BOIS-D'ENGHIEN, *à part*: Mon Dieu! Et impossible de le prévenir! Pourvu qu'il ne mette pas les pieds dans le plat!

ÉMILE, *introduisant Fontanet*: Si Monsieur veut entrer.

Il sort après avoir introduit.

DE FONTANET: Ah! bonjour baronne! bonjour.

BOIS-D'ENGHIEN, *qui s'est précipité à sa rencontre de façon à se mettre entre lui et la baronne*: Ah! la bonne surprise ! Bonjour, ça va bien ? *(Il l'emmène ainsi jusqu'à l'avant-scène.)*

DE FONTANET, *ahuri de cet accueil* : Comment, vous ici !...

BOIS-D'ENGHIEN : Moi-même !

LA BARONNE, *qui ne comprend rien à la scène* : Hein ?

BOIS-D'ENGHIEN, *bas et vivement, à Fontanet* : Pas d'impair, surtout, pas d'impair ! *(Haut.)* Ah ! ce cher Fontanet !

LA BARONNE : Vous le connaissez donc ?

BOIS-D'ENGHIEN : Parbleu, si je le connais !

LA BARONNE : Mais vous venez de nous dire...

BOIS-D'ENGHIEN : Parce que je ne savais pas que c'était de lui que vous me parliez ! Mais je ne connais que lui, ce cher Fontanet !

Il lui serre la main.

DE FONTANET : Comment ! pas plus tard que ce matin, nous avons déjeuné ensemble !

BOIS-D'ENGHIEN, *très troublé* : Hein ! ce matin... Ah ! oui ! oh ! si peu... je n'avais pas faim, alors...

LA BARONNE : Tiens ! Où ça avez-vous déjeuné ?

BOIS-D'ENGHIEN, *faisant des signes à Fontanet* : Eh ! bien, là-bas... vous savez... comment ça s'appelle donc déjà ?...

DE FONTANET : Chez la divette !

BOIS-D'ENGHIEN : L'idiot.

LA BARONNE : Chez la divette ?

VIVIANE : Qu'est-ce que c'est la divette ?

BOIS-D'ENGHIEN, *vivement* : C'est un restaurant ! Le restaurant Ladivette !

DE FONTANET, *à part* : Qu'est-ce qu'il dit ?

BOIS-D'ENGHIEN, *à la baronne et à Viviane, s'efforçant de rire* : Comment, vous ne connaissez pas le restaurant Ladivette ?

LA BARONNE ET VIVIANE : Non !

BOIS-D'ENGHIEN, *riant très fort pour dissimuler son trouble* : Ah ! dites donc, Fontanet, elles ne connaissent pas le restaurant Ladivette !

DE FONTANET, *riant comme lui* : Ah ! ah ! ah ? *(Changement de ton.)* Moi non plus.

BOIS-D'ENGHIEN, *ne pouvant retenir une grimace* : Oh ! *(Reprenant son rire bruyant, mais sans conviction.)* Ni vous non plus ! *(Le montrant au doigt.)* Ah ! ah ! ah ! il va dans un restaurant, et il ne sait même pas comment il s'appelle !... *(Marchant sur lui et lui poussant des bottes de façon à lui faire gagner l'extrémité de la scène.)* Ah ! ce cher Fontanet qui ne connaît pas le restaurant Ladivette ! *(Vivement et bas.)* Taisez-vous donc, voyons !... taisez-vous donc !

LA BARONNE, *qui a ri avec eux, gaiement* : Et où le prenez-vous ce restaurant Ladivette ?

BOIS-D'ENGHIEN, *étourdiment* : Je ne le prends pas !

LA BARONNE : Hein ?

BOIS-D'ENGHIEN : Ah ! « Où je le prends... le restaurant Ladivette ? » *(À Fontanet.)* Belle-maman me demande où je le prends.

LA BARONNE : Eh bien ! oui, où le prenez-vous ?

BOIS-D'ENGHIEN : J'entends bien ! *(À part.)* Quelle fichue idée on a eue de parler du restaurant Ladivette !

VIVIANE : Eh bien ?

BOIS-D'ENGHIEN, *très embarrassé* : Eh bien ! voilà, euh !... C'est un peu loin...

LA BARONNE, *gaiement* : Ça ne fait rien.

BOIS-D'ENGHIEN : Bon ! Eh bien ! n'est-ce pas, vous êtes sur la place de l'Opéra... Vous savez où c'est, la place de l'Opéra ?

LA BARONNE : Mais oui, mais oui !

BOIS-D'ENGHIEN : Vous vous mettez comme ça sur le refuge, vous avez l'Opéra devant vous, et l'avenue dans le dos ! Vous voyez ça ? Bon... *(Se retournant brusquement sur lui-même, et tout le monde avec lui.)* Vous vous retournez vivement ! *(Sur un ton calme.)*... De façon à avoir l'Opéra dans le dos, et l'avenue en face...

LA BARONNE : Mais pardon !... Il aurait été plus simple de commencer par là tout de suite.

BOIS-D'ENGHIEN : Ça, c'est vrai, mais enfin, ça ne s'est pas trouvé comme ça.

LA BARONNE, *au moment où Bois-d'Enghien va continuer* : Et puis, dites donc, vous savez, je vous demande ça... au fond, ça m'est égal !

BOIS-D'ENGHIEN : Oui ? Ah ! bien, alors inutile, n'est-ce pas ? *(À part.)* Ouf !

DE FONTANET, *à part, le considérant* : Qu'est-ce qu'il a donc ?

LA BARONNE, *à Fontanet* : Ce qu'il y a de plus clair dans tout ça, c'est que vous vous connaissez, je n'ai donc pas besoin de vous présenter le fiancé de ma fille.

DE FONTANET : Qui ça, le fiancé de votre fille ?

LA BARONNE : Mais lui ! M. de Bois-d'Enghien !

DE FONTANET : Hein ! comment ? C'est lui qui... *(À part.)* L'amant de Lucette... Oh ! là, là ! je comprends maintenant le restaurant Ladivette ! *(Haut.)* Comment, c'est vous qui... Eh bien ! hein ? quand je vous disais ce matin que le fiancé avait un nom dans le genre du vôtre... hein ?

BOIS-D'ENGHIEN, *à part* : L'animal ! tiens !

À bout de ressources, il lui écrase un pied de toute la force de son talon.

DE FONTANET, *hurlant de douleur* : Oh ! là, là, là ! Oh ! là, là !

TOUS : Qu'est-ce que vous avez ?

BOIS-D'ENGHIEN, *faisant plus de bruit que tout le monde* : Qu'est-ce que vous avez ? Vous avez quelque chose ? Il a quelque chose !... Qu'est-ce que vous avez ? dites-le ?

DE FONTANET, *qui est allé s'asseoir à cloche pied sur le canapé*: Oh! mon pied! Oh! mon pied!

BOIS-D'ENGHIEN, *à part*: Comme ça, ça changera la conversation.

Il remonte.

DE FONTANET, *furieux*: Oh! là, là! C'est vous!... avec votre talon!...

BOIS-D'ENGHIEN: Moi? Comment? Oh!...

DE FONTANET: Oh! là, là! juste sur mon cor.

BOIS-D'ENGHIEN: Vous avez des cors? Il a des cors! Oh! c'est laid, ça!

DE FONTANET: Ah! je ne sais pas si c'est laid, mais quand on vous marche dessus, c'est affreux.

VIVIANE, *de l'autre côté de la chaise longue*: Eh bien! vous sentez-vous mieux, monsieur de Fontanet?

DE FONTANET, *se levant et gagnant le 4 en marchant avec difficulté*: Merci, Mademoiselle merci: ça va un peu mieux!...

BOIS-D'ENGHIEN: Mais oui, mais oui! Ça ne l'empêchera pas de signer à notre contrat quand Me Lantery sera arrivé!

DE FONTANET, *tout en se frottant le pied qu'il ne peut encore poser carrément par terre*: Ah! c'est Me Lantery qui est votre notaire.

LA BARONNE: Oui, oui. Oh! très bon notaire.

BOIS-D'ENGHIEN: N'est-ce pas?

DE FONTANET: Il n'a qu'un défaut, le pauvre homme: ce qu'il sent mauvais!

TOUS, *retenant une envie de rire*: Ah?

DE FONTANET: Vous n'avez pas remarqué? Ffut! *(Il souffle ainsi dans le nez de Bois-d'Enghien.)* Ah! c'est insoutenable!

Il gagne la droite.

BOIS-D'ENGHIEN, *à part*: La pelle qui se moque du fourgon[1].

Scène 5

LES MÊMES, ÉMILE

ÉMILE, *un plateau avec une carte à la main, descendant au 3*: Madame, une dame est là, accompagnée de deux personnes. Elle dit que Madame l'attend! voici sa carte.

LA BARONNE: Ah! parfaitement!... j'y vais!

Émile remonte.

BOIS-D'ENGHIEN: Qu'est-ce que c'est?

LA BARONNE: Ah! voilà, c'est une surprise que je ménage à mes invités.

DE FONTANET: Vraiment?

BOIS-D'ENGHIEN: Mais à nous, vous pouvez bien dire...

LA BARONNE: Non! non! vous verrez, vous verrez! c'est une surprise! vous serez contents! Viens, Viviane!

VIVIANE: Oui, maman!

Sortie de la baronne et de Viviane par le fond.

BOIS-D'ENGHIEN, *qui a accompagné la baronne jusqu'au fond, redescend vivement sur Fontanet*: Mais malheureux, vous ne vous aperceviez donc pas des transes par lesquelles vous me faisiez passer tout à l'heure?

---

1. Ou « l'hôpital qui se moque de la charité » : une personne ridicule qui raille quelqu'un d'également risible. L'expression fait allusion à la pelle à charbon, aussi sale que le « fourgon », qui est un tisonnier.

DE FONTANET : Eh ! mon ami, je l'ai compris après mais est-ce que je pouvais penser que vous étiez le fiancé, vous, l'amant de Lucette Gautier !

BOIS-D'ENGHIEN : Eh ! Lucette ! il y a quinze jours que c'est fini !

DE FONTANET : Comment ! je vous y ai vu ce matin !

BOIS-D'ENGHIEN : Qu'est-ce que ça prouve ça ? Ce matin... c'était en passant... pour prendre congé... P.P.C., l'adieu... de l'étrier[1] !

Il gagne la gauche.

DE FONTANET : Ah ?

BOIS-D'ENGHIEN, *revenant vivement à lui* : Surtout, n'est-ce pas ? Si vous voyez Lucette Gautier, pas un mot de mon mariage ! Elle le saura bien assez tôt !

DE FONTANET : Entendu ! entendu !

Voix dans la coulisse.

DE FONTANET : Tiens ! voilà la baronne qui revient !

BOIS-D'ENGHIEN, *d'un air indifférent* : Avec sa surprise, sans doute.

DE FONTANET : Tiens ! Voyons-la... *(Bois-d'Enghien reste à l'avant-scène. Fontanet remonte et une fois au fond, parlant dans la coulisse.)* Comment, c'est elle !... Comment, c'est vous !

Il disparaît dans le second salon.

BOIS-D'ENGHIEN, *pris, lui aussi de curiosité* : Qui ça, « vous » ? Qui ça, « elle » ? *(Il remonte, regarde et bondissant.)* Miséricorde !... Lucette Gautier ! *(Il se précipite vers la porte*

1. Allusion au « coup de l'étrier », le dernier verre que l'on boit avant de partir. L'expression voile mal le sous-entendu grivois : il s'agit d'étreindre Lucette une dernière fois.

de gauche qu'il trouve fermée.) Dieu ! c'est fermé ! *(Affolé, ne sachant où donner de la tête.)* Lucette ici ! Pourquoi ? Comment ? *(Il veut traverser la scène pour gagner la porte de droite, mais il s'arrête brusquement au moment de passer devant la porte du fond, en voyant les autres qui arrivent ; il n'a que le temps de rebrousser chemin et de se jeter dans l'armoire du fond.)* Ah ! à la grâce de Dieu !

Il referme les battants sur lui.

Scène 6

LES MÊMES, LA BARONNE, VIVIANE, LUCETTE, MARCELINE, DE CHENNEVIETTE

Tous les personnages sont dans la pièce du fond.

DE FONTANET : Ah ! bien, c'est égal ! Pour une surprise, voilà bien une surprise !

LA BARONNE : N'est-ce pas ? *(À Lucette.)* Tenez, Mademoiselle, si vous voulez entrer par ici…

DE FONTANET, *à part* : Dieu ! le malheureux ! *(Haut et vivement, barrant l'entrée à tous les personnages.)* Non ! non ! pas ici ! pas ici !

TOUS, *étonnés* : Pourquoi ?

DE FONTANET : Parce que… Parce que… *(Jetant un rapide regard dans la pièce et ne voyant plus Bois-d'Enghien. À part.)* Personne ? *(Haut.)* Ah ! et puis ici, si vous voulez, vous savez !

TOUS : Mais, dame !

DE FONTANET, *à part* : Il a filé, je respire.

Tout le monde entre par la porte du fond dont les quatre vantaux sont ouverts.

LA BARONNE, *à Lucette*: Voilà, Mademoiselle... J'espère que cette pièce vous conviendra.

LUCETTE: Mais, comment donc, Madame! J'y serai divinement!

LA BARONNE, *à Marceline qui porte un gros carton à robe*: Tenez, si vous voulez poser ça là, ma fille...

MARCELINE: Sa fille! En voilà une façon de me parler!

Elle porte le carton sur la table du fond.

LUCETTE, *présentant Chenneviette qui tient le sac de cuir dans lequel sont les objets de toilette et de théâtre de Lucette*: Voulez-vous me permettre de vous présenter M. de Chenneviette, que je me suis permis d'amener, mon plus vieil ami et un peu mon parent... par alliance; en même temps que mon régisseur quand je vais en soirée.

LA BARONNE: Enchantée, Monsieur.

Chenneviette s'incline.

MARCELINE: Il n'y a pas de danger que ma sœur pense à me présenter, moi!

LA BARONNE: Vous voyez, Mademoiselle; vous trouverez tout ce qu'il vous faut ici! C'est ma chambre à coucher que j'ai fait aménager pour la circonstance...

LUCETTE: Je suis vraiment désolée de vous avoir donné tant de mal!

LA BARONNE: Du tout! J'ai tenu à en faire une loge digne d'une étoile comme vous!

LUCETTE: En effet. *(Apercevant le fauteuil placé sous le baldaquin du lit.)* Que vois-je?... Un trône!...

TOUS: Un trône!

LUCETTE: Ah! vraiment, c'est trop!

LA BARONNE: Où ça, un trône? ça? Ce n'est pas un trône, c'est le baldaquin de mon lit! J'ai fait enlever le lit et j'ai mis le fauteuil à la place.

LUCETTE, *un peu dépitée* : Ah ! je disais aussi…

MARCELINE, *à part* : C'est bien fait ! C'est pas un trône !

LA BARONNE, *qui va successivement aux différents objets qu'elle désigne, suivie à une certaine distance, de Chenneviette qui remplit son emploi de bon régisseur* : Vous trouverez là, derrière ce paravent, le nécessaire pour la toilette !… *(S'approchant de l'armoire comme pour l'ouvrir.)* Voici une armoire où vous pourrez ranger vos costumes ; elle est vide !

Elle quitte l'armoire et descend à gauche de la chaise longue.

LUCETTE : Parfait !

Chenneviette reste à partir de ce moment au-dessus de la chaise longue.

LA BARONNE : Sur cette table, un timbre électrique, si vous avez besoin de quelqu'un, vous n'avez qu'à sonner ! D'ailleurs cette porte… *(Elle va à la porte de gauche.)* Tiens ! Qui est-ce qui l'a donc fermée ? *(À Viviane qui est au fond près de l'armoire, causant avec Fontanet.)* Bichette, veux-tu faire le tour ? La clef est de l'autre côté.

VIVIANE : Oui, maman.

Elle sort par le fond.

LA BARONNE, *gagnant le 3* : Cette porte donne sur le couloir de service… Votre femme de chambre aura encore plus vite fait d'aller à la cuisine elle-même…

MARCELINE, *piquée* : La femme de chambre ? Quelle femme de chambre ?

LA BARONNE : Mais, Mademoiselle… est-ce que vous n'êtes pas ?…

MARCELINE, *pincée* : Pas du tout, Madame ! Je suis la sœur de Mlle Gautier !

LA BARONNE : Oh ! pardon, Mademoiselle ! je suis désolée…

MARCELINE, *aigre* : Il n'y a pas de mal. *(À part.)* On lui en donnera des femmes de chambre !

Elle remonte à la table s'occuper de son carton.

VIVIANE, *entrant de gauche* : Voilà, c'est ouvert !

Elle descend au 1, à gauche de la chaise longue, et prend son bouquet sur le guéridon.

LA BARONNE : Maintenant, si vous voulez bien, Mademoiselle, venir jusqu'au salon pour voir si tout est à votre convenance : l'emplacement du piano, de l'estrade…

LUCETTE : Oh ! ça, ça regarde mon régisseur ! *(À Chenneviette.)* Chenneviette, à toi, mon ami !

DE CHENNEVIETTE : J'y vais… *(Il remet le sac à Lucette, puis à la baronne.)* Si Madame veut m'indiquer.

LA BARONNE, *remontant* : Nous vous accompagnons. Vous venez, Fontanet ?

DE FONTANET, *qui est dans le salon du fond, adossé à la cheminée* : Je suis à vos ordres !

LUCETTE, *qui a ouvert son petit sac sur le guéridon* : Pendant ce temps-là, aidée de ma sœur, moi, ici, je vais faire ma petite installation.

LA BARONNE, *au fond au moment de sortir* : C'est cela, viens Viviane !… Mais qu'est donc devenu ton fiancé ?

VIVIANE : Je ne sais pas, maman. Il prend l'air, sans doute.

Elle sort avec sa mère en emportant son bouquet.

Scène 7

LUCETTE, MARCELINE,
BOIS-D'ENGHIEN *dans l'armoire.*

MARCELINE, *qui a ouvert son carton dont elle a déposé le couvercle devant elle sur la chaise, entre le dossier et la table*: C'est agréable, on me prend pour ta femme de chambre.

LUCETTE: Eh bien ! il n'est pas écrit sur ta figure que tu es ma sœur !

MARCELINE: Non, mais tu aimes ça, toi, quand on peut m'humilier !

LUCETTE: Allons, au lieu de grogner, déballe donc plutôt mes costumes qui se froissent dans ce carton et pends-les dans l'armoire !

MARCELINE, *tout en déballant*: Oh ! toi, tu seras cause que je ferai un coup de tête, un jour !

LUCETTE: Et qu'est-ce que tu feras ? mon Dieu !

MARCELINE, *gagnant le milieu de la scène avec un costume de théâtre sur le bras*: Je prendrai un amant !

LUCETTE: Toi !

MARCELINE: Oh ! mais tu ne me connais pas !

Elle pétrit nerveusement, et sans faire attention à ce qu'elle fait, le costume qu'elle a sur le bras.

LUCETTE, *riant*: Oh ! là, là ! un amant, elle ! *(Changeant de ton.)* Fais donc attention, tiens, à la façon dont tu portes ces effets... *(Passant à droite pendant que Marceline est à l'armoire.)* Ah ! pristi, non, tu n'es pas femme de chambre, parce que si tu étais femme de chambre, tu ne resterais pas longtemps au service des gens...

MARCELINE, *allant à l'armoire* : C'est surtout au tien que je ne resterais pas ! *(Tirant vainement le battant de l'armoire.)* Mais qu'est-ce qu'elle a, cette armoire ?... On ne peut pas l'ouvrir !

LUCETTE, *qui, derrière la table, est en train de remettre le couvercle sur le carton* : Elle est peut-être fermée, tourne la clé.

MARCELINE : C'est ce que je fais : il n'y a pas moyen !

LUCETTE : Comment, il n'y a pas moyen !... (Allant à l'armoire.) Ah ! là, là ! même pas capable d'ouvrir une armoire !... Tiens, ôte-toi de là ! *(Elle la bouscule pour se mettre à sa place et essaye d'ouvrir.)* C'est vrai que c'est dur !

MARCELINE : Là, je ne suis pas fâchée !...

LUCETTE, *s'épuisant à tirer* : C'est drôle, on dirait que la résistance vient de l'intérieur ! *(À Marceline.)* Essayons à nous deux, bien ensemble.

LUCETTE ET MARCELINE : Une, deux, trois. Aïe donc !

La porte cède, Bois-d'Enghien entraîné par l'élan, manque de tomber sur elles.

LUCETTE ET MARCELINE, *poussant un cri strident* : Ah !

Elles reculent épouvantées, n'osant regarder.

LUCETTE : Un homme !

MARCELINE. Un cambrioleur !

BOIS-D'ENGHIEN, *qui a repris son équilibre dans l'armoire, bien calme* : Ah ! tiens ! c'est vous ?

LUCETTE : Fernand !

MARCELINE : Bois-d'Enghien !

LUCETTE, *moitié colère, moitié tremblante* : Eh bien ! qu'est-ce que tu fais là, toi ?

BOIS-D'ENGHIEN, *sortant de l'armoire*: Moi? eh bien! tu vois, je... je vous attendais!

LUCETTE, *même jeu*: Dans l'armoire!

BOIS-D'ENGHIEN: Hein! oui, dans... l'armoire... tu sais quelquefois, dans la vie, on a besoin de s'isoler... Et ça va bien depuis tantôt?

LUCETTE: Ah! que c'est bête de vous faire des frayeurs pareilles!

MARCELINE: Il faut être idiot, vous savez, pour remuer les sangs comme ça!

BOIS-D'ENGHIEN, *avec un rire forcé pour dissimuler son embarras*: Ah! ah! je vous ai fait peur! Ah! ah! Alors j'ai réussi, c'était une plaisanterie!

LUCETTE: Tu appelles ça une plaisanterie!

BOIS-D'ENGHIEN, *même jeu*: Oui, je me suis dit, elle arrive, elle ouvre l'armoire et elle me trouve dedans... C'est ça qui est une bonne farce!

LUCETTE: Ah! bien, elle est jolie, la farce!

MARCELINE: Elle est stupide!

BOIS-D'ENGHIEN: Merci! *(À part, descendant à gauche.)* Mon Dieu! pourvu que les autres n'arrivent pas!

Scène 8

LES MÊMES, DE CHENNEVIETTE

DE CHENNEVIETTE: Tout est prêt là! *(Apercevant Bois-d'Enghien.)* Ah! Bois-d'Enghien!

BOIS-D'ENGHIEN: Chenneviette!

DE CHENNEVIETTE: Ah! çà, comment? Vous êtes ici, vous?

BOIS-D'ENGHIEN, *essayant de se donner l'air dégagé*: Mon Dieu, oui! Mon Dieu, oui!

LUCETTE: Et tu ne sais pas où je l'ai trouvé? Dans l'armoire!

DE CHENNEVIETTE: Comment, dans l'armoire?

BOIS-D'ENGHIEN, *se tordant, mais sans conviction*: Oui, oui, hein! c'est drôle?

DE CHENNEVIETTE, *à part*: Ah! çà, il est fou!

MARCELINE, *qui, pendant ce qui précède, est allée accrocher les effets de théâtre dans l'armoire, emportant le carton*: J'emporte ça par là.

LUCETTE: Bon! bon!

MARCELINE, *maugréant, en sortant de gauche*: Par la porte de la femme de chambre!

Elle sort.

LUCETTE, *à Bois-d'Enghien*: Mais, au fait, tu connais donc les Duverger, toi?

BOIS-D'ENGHIEN, *avec aplomb*: Oui, oui... oh! depuis longtemps! J'ai vu la mère toute petite!

TOUS: Hein?

BOIS-D'ENGHIEN, *se reprenant*: Euh!... La mère m'a vu tout petit, alors...

LUCETTE: Ah? c'est drôle...

BOIS-D'ENGHIEN, *se tordant en gagnant la gauche*: Hein! n'est-ce pas? c'est drôle, c'est très drôle...

LUCETTE, *le regardant avec étonnement, ainsi que Chenneviette*: Mais qu'est-ce qu'il a donc à rire comme ça?

BOIS-D'ENGHIEN, *redevenant subitement sérieux et bondissant, sur Lucette, pendant que Chenneviette descend au 1*: Et maintenant, tu vas me faire le plaisir de ne pas chanter dans cette maison, hein?

LUCETTE, *ahurie*: Moi?... Et pourquoi ça?

BOIS-D'ENGHIEN : Pourquoi ! elle demande pourquoi ?... Parce que... parce... qu'il y a des courants d'air, là !...

LUCETTE : Où ça ?

BOIS-D'ENGHIEN, *ne sachant plus ce qu'il dit* : Partout !... au-dessus de l'estrade !

LUCETTE : Au-dessus de l'estrade !... il y a des c... *(Brusquement.)* Je vais en parler à la baronne !

Elle remonte.

BOIS-D'ENGHIEN, *la rattrapant de sa main droite et la faisant redescendre au* 2 : C'est ça, ça fera des cancans ; elle saura que c'est moi qui t'en ai parlé...

LUCETTE : Mais non, mais non ! je ne prononcerai pas ton nom !... *(On aperçoit la baronne dans le second salon.)* Voici la baronne, je vais en avoir le cœur net.

BOIS-D'ENGHIEN, *se précipitant à droite* : Ma belle-mère ! Je file !

LUCETTE : Eh bien ! où vas-tu ?

BOIS-D'ENGHIEN, *dans l'embrasure de la porte* : Tu ne m'as pas vu ! Tu ne m'as pas vu !

Il disparaît.

LUCETTE : Est-il drôle !

DE CHENNEVIETTE, *qui a assisté à cette scène, avec un profond ahurissement. (À part.)* : C'est égal, je serais curieux de connaître le fin mot de tout ça !

Scène 9

DE CHENNEVIETTE, LUCETTE, LA BARONNE

LA BARONNE : Où peut être passé mon gendre ?

LUCETTE : Ah ! Madame, je ne suis pas fâchée de vous

voir. *(La baronne descend ainsi que Lucette.)* Il paraît qu'il y a des courants d'air dans votre salon ?

LA BARONNE, *avec un soubresaut* : Dans mon salon !

LUCETTE, *polie, mais sur un ton qui n'admet pas de réplique* : Oui, Madame ! on me l'a dit… et je vous avouerai que je ne peux pas chanter avec un vent coulis sur les épaules.

LA BARONNE, *dans tous ses états, ne sachant qui prendre à témoin, tantôt à Lucette, tantôt à De Chenneviette* : Mais, Madame, je ne sais pas ce que vous voulez dire !… un vent coulis dans mon salon !… mais c'est insensé… Voyons, Monsieur… ? oh ! dans mon salon ! Madame ! un vent coulis !… mais venez voir par vous-même si vous trouvez le moindre courant d'air !

LUCETTE : Eh bien ! c'est ça ! parfaitement ! allons voir ! Parce que vous comprenez, moi chanter dans ces conditions-là…

LA BARONNE : Mais venez, mais je vous en prie ! *(En s'en allant.)* Dans mon salon, un vent coulis !… Non ! non !…

Ces dernières phrases sont dites en s'en allant, les deux femmes parlant ensemble.

Scène 10

DE CHENNEVIETTE, BOIS-D'ENGHIEN, *puis* VIVIANE, *puis* LUCETTE *et* LA BARONNE

DE CHENNEVIETTE, *gagnant la droite* : Oh ! là, là, là, là ! parbleu, il n'y en a pas de courant d'air ! il n'y en a pas !

BOIS-D'ENGHIEN, *comme un boulet, surgissant par la porte de gauche et tout essoufflé* : Ouf ! vous êtes seul ?

DE CHENNEVIETTE : Allons, bon ! vous arrivez par là, vous !

BOIS-D'ENGHIEN : Oui, parce que j'étais parti par là. *(Il indique la porte de droite.)* Et alors j'ai fait...

Il indique d'un geste qu'il a fait le tour par en haut et qu'il est redescendu par la gauche.

DE CHENNEVIETTE : Eh bien ! qu'est-ce qu'il y a ? Qu'est-ce qui se passe ?

BOIS-D'ENGHIEN : Ce qu'il y a ? Il y a que j'ai une maison de cinq étages suspendue sur ma tête ! que Lucette est ici, et que c'est mon contrat de mariage qu'on va signer tout à l'heure.

DE CHENNEVIETTE, *bondissant* : Non ?

BOIS-D'ENGHIEN, *accablé* : Si !

DE CHENNEVIETTE, *se frappant la cuisse* : Nom d'un pétard !

Par ce mouvement il se trouve tourner à demi le dos à Bois-d'Enghien, et regarder l'avant-scène droite.

BOIS-D'ENGHIEN : Oh ! oui, nom d'un pétard ! *(Faisant pivoter Chenneviette sur lui-même en le poussant sur l'épaule droite et en le tirant sur l'épaule gauche de façon à lui faire faire un tour complet.)* Et c'est ce pétard qu'il faut absolument que vous m'évitiez en trouvant le moyen d'emmener Lucette, de gré ou de force.

DE CHENNEVIETTE : Mais comment ! comment ?...

BOIS-D'ENGHIEN : Ah ! je ne sais pas ; mais il faut !

DE CHENNEVIETTE, *se tournant comme précédemment* : Je vais essayer...

BOIS-D'ENGHIEN, *le faisant pivoter comme précédemment* : Où est-elle en ce moment ? Où est-elle ?

DE CHENNEVIETTE, *furieux de se voir bousculé de la sorte et se dégageant* : Avec la baronne, dans le salon, en train de s'expliquer sur votre vent coulis.

Il remonte.

BOIS-D'ENGHIEN : Ah ! mon Dieu ! ça va éclater alors, c'est évident.

Voix dans la coulisse.

DE CHENNEVIETTE, *vivement à Bois-d'Enghien* : Attention ! les voilà qui reviennent !

BOIS-D'ENGHIEN : Oh !

Il se précipite à droite pour s'esquiver, et va donner dans Viviane qui entre de droite.

VIVIANE ET BOIS-D'ENGHIEN, *ensemble* : Oh !

Ils se frottent l'un et l'autre l'épaule cognée. Dans leur élan, Viviane a été portée au 2 et Bois-d'Enghien au 3.

BOIS-D'ENGHIEN, *à part* : Fichtre !... *(Haut, en affectant de rire.)* Ah ! ah ! tiens ! c'est vous ?

VIVIANE : Eh bien ! où étiez-vous ? Voilà une demi-heure que je vous cherche !

BOIS-D'ENGHIEN : Mais moi aussi ! moi aussi... *(Voulant l'entraîner.)* Eh bien ! cherchons ensemble, cherchons ensemble !

VIVIANE, *le retenant* : Cherchons quoi ? Puisque nous nous sommes trouvés.

BOIS-D'ENGHIEN : C'est juste ! *(À part.)* Je ne sais plus ce que je dis !

VIVIANE, *à part* : Mais est-il bête !

DE CHENNEVIETTE, *qui est redescendu à l'extrême gauche* : Il bafouille le pauvre garçon ! il bafouille !

On entend la voix de la baronne.

DE CHENNEVIETTE ET BOIS-D'ENGHIEN : Elles !

Bois-d'Enghien essaye de gagner la porte de droite à pas de loup pour s'esquiver sans être aperçu.

LA BARONNE, *au fond*: Vous voyez, Mademoiselle, que j'avais raison!

LUCETTE: Mais en effet!

LA BARONNE, *au moment où Bois-d'Enghien va disparaître*: Ah! Bois-d'Enghien! Enfin, vous voilà!

BOIS-D'ENGHIEN, *pivotant sur ses talons et avec aplomb*: Mais... je venais.

LA BARONNE, *à Lucette, pour lui présenter Bois-d'Enghien*: Mademoiselle...

BOIS-D'ENGHIEN, *à part*: Oh! là, là! Oh! là, là!

LA BARONNE, *à Lucette qui d'ailleurs fait signe de la tête qu'elle connaît*: Voulez-vous me permettre de vous présenter...

DE CHENNEVIETTE, *se précipitant entre Lucette et la baronne et saisissant Lucette par la main, l'entraîne au fond, non sans bousculer la baronne*: Non, non! c'est pas la peine!... Elle connaît, elle connaît!...

TOUS: Hein!

Tumulte général.

DE CHENNEVIETTE, *l'entraînant*: Viens! viens! avec moi.

LUCETTE, *se débattant*: Mais où! Mais où?

DE CHENNEVIETTE, *même jeu*: Chercher le vent coulis! je sais où il est, je sais où il est est!

LUCETTE, *disparaissant, entraînée de force par Chenneviette*: Mais non, mais non! Oh! mais, voyons!

BOIS-D'ENGHIEN, *qui, seul, n'est pas remonté, à part avec joie*: Oh! mon terre-neuve... je l'embrasserais! je l'embrasserais!

Scène 11

LES MÊMES, *moins* LUCETTE
et DE CHENNEVIETTE

LA BARONNE, *au fond avec Viviane* : Mais qu'est-ce qu'il y a ? Pourquoi l'entraîne-t-il comme ça ?

BOIS-D'ENGHIEN : Pourquoi ? *(Il gagne le fond à pas de géant, se place entre elles deux, les prend chacune par une main et les fait redescendre également à grandes enjambées qu'elles suivent comme elles peuvent.)* Parce que… parce que vous alliez faire un impair énorme !…

LA BARONNE : Un impair, moi !

VIVIANE : Et comment ça !

BOIS-D'ENGHIEN : Vous alliez me présenter : « Monsieur de Bois-d'Enghien, mon gendre, ou le futur, le fiancé… » quelque chose comme ça ?

LA BARONNE : Mais naturellement !

BOIS-D'ENGHIEN, *sur un ton de profond mystère* : Eh bien ! voilà justement ce qu'il ne faut pas !… C'est ce monsieur-là qui m'a prévenu… C'est pour ça qu'il l'a entraînée… Il ne faut jamais prononcer le mot de futur, de gendre ou de fiancé devant Lucette Gautier !

LA BARONNE : Parce que ?

BOIS-D'ENGHIEN : Ah bien ! voilà… parce qu'il paraît… C'est ce monsieur-là qui m'a prévenu… Il paraît qu'elle a eu autrefois un amour malheureux !

VIVIANE, *avec intérêt* : Vraiment ?

BOIS-D'ENGHIEN, *sur un ton lamentable* : Un beau jeune homme qu'elle adorait et qu'elle devait épouser ! Malheureusement il était d'une nature faible. *(Avec un soupir.)* Un beau jour… il a succombé…

LA BARONNE : Ah ! mon Dieu ! à quoi ?

BOIS-D'ENGHIEN, *changeant de ton.* À une vieille dame très riche qui l'a emmené en Amérique…

LA BARONNE ET VIVIANE : Oh !

BOIS-D'ENGHIEN, *sur un ton dramatique* : Alors, flambé, le mariage ! Lucette Gautier ne s'en est jamais remise… Aussi, il suffit de prononcer devant elle les mots : gendre, futur ou fiancé, — c'est ce monsieur-là qui m'a prévenu, — aussitôt, crises de nerfs, pâmoisons, évanouissements !

LA BARONNE : Oh ! mais c'est affreux ! vous avez bien fait de m'avertir !

VIVIANE : Un roman d'amour, c'est gentil !

BOIS-D'ENGHIEN : Eh bien ! voilà, sans moi, hein ? et le monsieur qui m'a prévenu…

LA BARONNE, *pendant que Bois-d'Enghien remonte pour faire le guet* : Ah ! je suis bien contente de savoir ça !

VIVIANE : Oh ! oui !…

Lucette paraît au fond, discutant avec Fontanet et Chenneviette.

BOIS-D'ENGHIEN, *à part* : Eux ! *(Il redescend comme une bombe, saisit Viviane et la baronne chacune par une main et les entraînant à droite.)* Venez venez avec moi !

LA BARONNE ET VIVIANE, *ahuries* : Hein ! Comment ? Pourquoi ?

BOIS-D'ENGHIEN, *les poussant par la porte de droite, Viviane d'abord, la baronne ensuite* : J'ai encore quelque chose à vous dire, à vous montrer ! C'est là-haut. C'est là-haut. Venez…

Il les pousse malgré leurs récriminations et disparaît avec elles, à droite.

Scène 12

LUCETTE, DE CHENNEVIETTE, DE FONTANET,
puis ÉMILE, LE GÉNÉRAL

LUCETTE, *à Chenneviette qui la précède*: Tiens, tu es stupide!

DE CHENNEVIETTE, *à part, descendant à gauche de la chaise longue*: Il est embêtant, Bois-d'Enghien, il me fait jouer les rôles de crétin!

DE FONTANET: Dites donc! je ne vous gêne pas ici?

LUCETTE, *qui s'est assise sur la chaise longue et se met un peu de poudre en se regardant dans une glace à main*: Mais non, mais non!

DE FONTANET, *descendant à droite*: Parce que je me rase par là! C'est vrai, tout le monde a filé, et on me laisse là, tout seul, comme un pauvre pestiféré!

LUCETTE: Ce pauvre Fontanet!

DE FONTANET: C'est vrai, je suis à plaindre!

ÉMILE, *annonçant*: Le Général Irrigua!

DE FONTANET: Qué qu'c'est qu'ça?

LUCETTE: Lui! Ah!

DE CHENNEVIETTE: Comment! on a invité le rastaquouère?

LUCETTE, *sans se lever*: Oui, c'est moi. *(Au général qui paraît au fond.)* Eh! arrivez donc, Général!

LE GÉNÉRAL, *un bouquet à la main, arrivant empressé et allant à Lucette*: Oh! qué yo lo suis en retard! Qué yo lo suis ounpardonnable, porqué yo l'ai perdou oun temps qué yo l'aurais pou passer près de vouss!

LUCETTE: Mais non, mais non! vous n'êtes pas en retard!

DE CHENNEVIETTE : Bonjour, Général !

LE GÉNÉRAL, *le saluant d'un petit coup de tête amical* : Buenos dias. *(Il salue également Fontanet qui s'incline. À Lucette, lui présentant le bouquet qui est composé de fleurs des champs.)* Permettez qué yo vous offre…

LUCETTE, *sans le prendre* : Oh ! des fleurs des champs ! Quelle idée originale !

LE GÉNÉRAL, *galant* : Bueno ! Qué yo l'ai pensé, des fleurs des champs… à l'étoile… des chants !

TOUS, *avec une admiration railleuse* : Ah ! charmant !

LE GÉNÉRAL, *sur un ton dégagé et satisfait* : C'est oun mott !

DE FONTANET, *flatteur* : Ah ! très parisien ! *(Le général s'incline au public en riant.)* C'est vrai, pour un peau-rouge !

LE GÉNÉRAL, *remettant à Lucette le bouquet qui est attaché par un rang de perles* : Mais si la bouquette il est môdique, la ficelle il est bienn !

LUCETTE, *se levant et prenant le bouquet auquel elle enlève le collier qui le lie* : Un collier de perles !… Ah ! vraiment, Général !

LE GÉNÉRAL, *grand seigneur* : Rienn du toute ! C'est oun bâcatil !

DE FONTANET, *au général* : Vous permettez…

Il passe devant le général et va admirer le collier avec les autres.

TOUS : Ah ! que c'est beau !

DE CHENNEVIETTE : Mâtin !

LUCETTE, *se faisant attacher le collier autour du cou par Chenneviette* : Oh ! je suis contente ! Vous n'avez pas idée comme je suis contente !

DE FONTANET : Ah ! c'est d'un goût ! Je trouve ça d'un goût ! *(Le général s'incline modestement.)* Parole, c'est encore mieux que le mot, vous savez !

LUCETTE, *présentant Fontanet sans quitter Chenneviette*

qui lui attache son collier: Général, monsieur Ignace de Fontanet.

LE GÉNÉRAL, *tendant la main*: Yo vous prie.

DE FONTANET: Enchanté, Général! Et tous mes compliments! Cette façon tout à fait grand seigneur de faire les choses...

LE GÉNÉRAL, *qui hume l'air sans se rendre compte de l'odeur qu'il respire*: Oh! yo vous prie!

DE FONTANET, *lui parlant dans le nez avec force courbettes. À mesure que le général, enfin renseigné, se recule, Fontanet, toujours gracieux, marche sur lui. Le général, à la fin, se trouve ainsi acculé à l'extrême droite*: C'est beau d'être à la fois millionnaire et galant, quand il y a tant de millionnaires qui ne sont pas galants et de galants qui ne sont pas millionnaires!

LE GÉNÉRAL, *prenant le 3, toujours suivi par Fontanet*: Si! Si! *(Tirant une petite boîte de son gilet et la tendant à Fontanet.)* Prenez donc oun pastille.

DE FONTANET: Hein? Qu'est-ce que c'est que ça?

LE GÉNÉRAL: Des pastilles qué yo les prends quand yo l'ai foumé oun cigare.

DE FONTANET, *s'inclinant, et bien dans le nez du général*: Alors, inutile, Général, je ne fume pas!

LE GÉNÉRAL, *vivement, élevant son chapeau claque de la main gauche d'un geste qui peut être pris pour un geste de regret, mais qui en réalité n'a d'autre but que d'élever un rempart qui mette son odorat à l'abri*: Yo le regrette! *(Tendant la boîte de la main droite.)* Prenez tout de même!

DE FONTANET: Pour vous être agréable.

LE GÉNÉRAL: Yo vous rends grâce! *(Le général regagne la gauche, suivi et obsédé par De Fontanet qui continue de lui parler; il se défend comme il peut contre lui, grâce à son claque qu'il tient comme une barrière entre eux et avec lequel il fait, ainsi que de la tête, des gestes d'acquiescement comme on fait avec une personne avec qui on ne tient pas à prolonger une discussion. Apercevant la baronne qui arrive de droite. À Fontanet.)* Pardon ! *(Il descend un peu au 4.) (Fontanet remonte au 3.)*

Scène 13

LES MÊMES, LA BARONNE,
puis BOIS-D'ENGHIEN, VIVIANE

LA BARONNE, *entrant de droite* : Non ! on n'a pas idée de ce garçon, qui nous fait monter trois étages pour nous dire dans le grenier : « Vous n'avez pas remarqué que vous n'avez pas de paratonnerre sur la maison !... »

LE GÉNÉRAL, *saluant* : Madame !

LUCETTE : Ah ! Madame, permettez-moi de vous présenter un de mes bons amis, le Général Irrigua...

LE GÉNÉRAL, *s'inclinant* : Soi-même.

LUCETTE : Qui a été heureux de profiter d'une de vos cartes d'invitation.

LE GÉNÉRAL, *montrant par acquit de conscience sa carte d'invitation* : Yo l'ai la contremarque !

LA BARONNE, *souriant* : Oh ! c'est inutile... *(Minaudant.)* Vous savez, Général, c'est une soirée toute de famille.

LE GÉNÉRAL, *très gracieux, comme s'il disait la chose la plus polie du monde* : Il m'est écal, yo vienne pour mamoisselle Gautier.

LA BARONNE, *interloquée* : Ah ? alors !... *(À part, pendant que le général va parler à Lucette.)* Eh bien ! au moins, il ne me l'envoie pas dire !

VIVIANE, *arrivant de droite, traînant Bois-d'Enghien* : Eh bien ! venez donc ! Qu'est-ce que vous avez ce soir ?

BOIS-D'ENGHIEN : Hein ! Mais rien !... *(À part.)* Allons, bon ! le Général ici !

LE GÉNÉRAL, *qui s'est retourné, reconnaissant Bois-d'Enghien* : Tienne ! Bodégué ! Qué vous allez nous chanter quéqué chose !

TOUS : Comment, chanter quelque chose ?

LE GÉNÉRAL : Bueno ! Pouisqu'elle est oun ténor !

TOUS : Non ?

VIVIANE : Comment ! Vous chantez, vous ?

BOIS-D'ENGHIEN : Heu ! Oh ! vous savez !... Mais peu !... très peu !

VIVIANE : Oh ! je ne savais pas. Tiens, nous ferons de la musique !

BOIS-D'ENGHIEN, *au public* : Ah ! ça va bien ! ça va très bien !

Scène 14

LES MÊMES, ÉMILE, LE NOTAIRE,
puis BOUZIN *dans le fond.*

ÉMILE : Maître Lantery !

LA BARONNE, *allant à la rencontre du notaire* : Ah ! le notaire ! Bonjour, Maître Lantery.

MAÎTRE LANTERY, *descendant un peu et à droite avec la baronne* : Bonjour, Madame la baronne !... Messieurs, Mesdames !

Le général, après être remonté, redescend causer avec De Chenneviette, à gauche de la chaise longue.

LA BARONNE : Puisque vous voilà, nous allons pouvoir commencer de suite ! Vous avez le contrat ?

MAÎTRE LANTERY : Non, mais un de mes clercs l'apporte ! Ah ! justement le voici !

Bouzin paraît au fond, parlant à Émile.

LA BARONNE : Parfait !

BOIS-D'ENGHIEN, *à part, traversant la scène, allant à Lucette* : Sapristi ! Bouzin ici ! *(À Lucette.)* Dis donc, Bouzin, là !

LUCETTE : Bouzin ? Ah ! bien, si le Général le voit !

Elle occupe le général, en tournant le dos au public, de façon à empêcher le général de se retourner.

LA BARONNE, *qui est remontée à la suite du notaire, qui lui-même est allé retrouver Bouzin dans le second plan* : Mes amis, si vous voulez venir par là, pour la lecture du contrat.

DE FONTANET, VIVIANE, BOIS-D'ENGHIEN : Mais parfaitement.

Ils sortent, sauf Bois-d'Enghien qui gagne la droite.

LA BARONNE, *du fond* : Monsieur de Chenneviette ?

DE CHENNEVIETTE, *qui cause avec le général, à la baronne* : Mais, très honoré, Madame ! *(Au général.)* vous permettez Général ?

LE GÉNÉRAL : Yo vous prie, Cheviotte ! *(Il continue de causer avec Lucette.)*

LA BARONNE, *à Bouzin, dans le second salon* : Eh ! mais, c'est Monsieur que j'ai vu ce matin !

BOUZIN, *la reconnaissant* : Ah ! Madame la baronne !... Ah ! bien, si je m'attendais !... On est en pays de connaissance, alors !...

LA BARONNE : Mon Dieu, oui ! *(Bouzin, le notaire, Viviane,*

Fontanet et Chenneviette disparaissent dans la coulisse ; du fond, à Lucette.) Vous ne voulez pas assister, Madame ?...

BOIS-D'ENGHIEN, *sursautant* : Hein !

LUCETTE : Mon Dieu, Madame, je vais achever mes petits préparatifs ici !

Elle va à l'armoire chercher un corsage que Marceline y a précédemment accroché.

LA BARONNE : Comme vous voudrez, Madame !...

BOIS-D'ENGHIEN, *poussant un soupir de soulagement* : Ouf !

LA BARONNE, *au général* : Et vous, Général ?

LE GÉNÉRAL, *s'inclinant* : Yo vous rends grâce ! yo reste avec mamoisselle Gautier !

Il descend à l'extrême gauche.

LA BARONNE, *à part* : Naturellement. *(Haut.)* Venez Bois-d'Enghien !... *(Elle sort.)*

BOIS-D'ENGHIEN, *empressé* : Voilà, voilà !...

LUCETTE, *redescendant presqu'à la chaise longue, avec son corsage dont elle défait les lacets* : Ah ! tu ne vas pas y aller, toi ?

BOIS-D'ENGHIEN, *subitement cloué au sol* : Ah ! tu crois que... ?

LUCETTE : Mais non ! qu'est-ce que ça te fait, leur contrat ?

BOIS-D'ENGHIEN, *prenant l'air indifférent* : Oh !

LUCETTE : Est-ce que ça t'intéresse ?

BOIS-D'ENGHIEN, *même jeu* : Moi ! Oh ! là, là, là, là !

LE GÉNÉRAL, *comme un argument sans réplique* : Est-ce qué yo l'y vais, moi ?... Bueno ?...

BOIS-D'ENGHIEN : Oh ! vous, parbleu, tiens !... *(à part, au public.)* Il me paraît bien difficile, cependant, de ne pas assister à mon contrat !

LUCETTE, *remontant vers l'armoire* : Si tu y tiens absolument, tu iras un peu à la fin...

BOIS-D'ENGHIEN, *saisissant la balle au bond* : Ah ! oui !

LUCETTE, *s'arrêtant en route* : ... avec moi !

Elle achève d'aller à l'armoire et raccroche son corsage.

BOIS-D'ENGHIEN, *à part* : Ah ! bien, ça serait le bouquet !

TOUS, *dans la coulisse* : Bois-d'Enghien ! Bois-d'Enghien !

BOIS-D'ENGHIEN, *à part* : Allons, bon ! les autres maintenant !... *(Haut et agacé.)* Voilà ! voilà !

LUCETTE, *redescendant à la chaise longue* : Mais qu'est-ce qu'ils ont après toi ?

BOIS-D'ENGHIEN, *affectant de rire* : Je ne sais pas ! je me le demande !

Tout le monde paraît au fond, à l'exception du notaire.

LA BARONNE : Eh bien ! venez donc Bois-d'Enghien ! Qu'est-ce que vous faites ? *(Montrant Bouzin qui est allé se placer par habitude de bureaucrate derrière la table de droite.)* Monsieur vous attend pour lire le contrat !

LE GÉNÉRAL, *apercevant Bouzin et bondissant* : Boussin !

BOUZIN : Le Général ici ! sauvons-nous !

Poursuite autour de la table en va-et-vient, en sens contraire de la part du général et de Bouzin, puis en faisant le tour complet de la table au milieu du tumulte général.

LE GÉNÉRAL, *faisant la chasse à Bouzin* : Boussin ici ! Encore Boussin ! Attends, Boussin ! C'est oun homme morte, Boussin !

Bouzin s'est sauvé par la droite, en faisant tomber au passage la chaise, qui est près de la porte, dans les jambes du général. Le général l'enjambe.

LA BARONNE, *dans le tumulte général* : Eh bien ! qu'est-ce qu'il y a ? Où vont-ils ?

LUCETTE : Ne craignez rien, Madame ! Courez, de Chenneviette... séparez-les.

DE CHENNEVIETTE : J'y vole !

Pendant ce dialogue très rapide au milieu du brouhaha général, ce qui en fait presque une pantomime, Bouzin s'est sauvé par la droite en faisant tomber au passage la chaise qui est à droite de la porte, dans les jambes du général. Le général enjambe la chaise, Bois-d'Enghien, qui s'est précipité, tient le général par une basque de son habit. Chenneviette, qui s'est lancé à son tour, enlève à bras-le-corps Bois-d'Enghien qui lui obstrue le passage, le rejette derrière lui et se précipite à la poursuite. Affolement des personnages qui restent. Un instant après, on aperçoit dans le second salon la poursuite qui continue. Bouzin traverse le premier le fond en courant, puis, successivement, le général et Chenneviette.

LA BARONNE : Mais en voilà une affaire ! Qu'est-ce que c'est que cet homme-là ! Qu'est-ce qu'il a après ce garçon ?

LUCETTE : Excusez-le, Madame, je vous en prie !

LA BARONNE : Enfin, c'est très désagréable ces histoires chez moi. *(Les deux femmes continuent de parler à la fois : Lucette pour excuser le général, la baronne pour manifester son mécontentement. Enfin d'une voix impérative.)* Voyons ! finissons-en ! Nous avons un contrat à lire... Bois-d'Enghien ! donnez le bras à ma fille et venez.

Elle remonte.

LUCETTE, *prise de soupçon*: Mais... pourquoi M. Bois-d'Enghien ?

LA BARONNE, *sous le coup de l'émotion et sans réfléchir*: Comment, pourquoi ?... Parce que c'est son fiancé !

LUCETTE: Son fiancé, lui... *(Poussant un cri strident.)* Ah !

Elle s'évanouit.

TOUS: Qu'est-ce qu'il y a ?

MARCELINE, *qui a reçu Lucette dans ses bras*: Ah ! mon Dieu, ma sœur ! du secours ! elle se trouve mal !...

Tout le monde — à l'exception de la baronne et de Viviane qui, redescendues, restent pétrifiées sur place — entoure Lucette qu'on étend sans connaissance sur la chaise longue.

BOIS-D'ENGHIEN, *revenant à la baronne, lui faisant carrément une scène*: Là ! voilà ! ça y est ! Vous avez prononcé le mot de fiancé, voilà !

LA BARONNE: Moi !

VIVIANE, *faisant aussi une scène à sa mère*: Mais oui, toi !

BOIS-D'ENGHIEN: Et on vous prévient !

Il retourne à Lucette.

VIVIANE: Puisqu'on t'avait dit de ne pas parler de fiancé !

La baronne, énervée, hausse les épaules.

LE GÉNÉRAL, *entrant vivement par le fond gauche, emboîté*

par Chenneviette : Voilà ! yo viens de le flanquer par la porte, Boussin !

DE CHENNEVIETTE, *à part, s'épongeant le front* : Oh ! quelle soirée, mon Dieu !

LE GÉNÉRAL, *apercevant Lucette évanouie* : Dios ! quel il a Loucette ! il est malade ! *(Allant à elle.)* Loucette !

BOIS-D'ENGHIEN, *quittant Lucette et frappant dans ses mains pour presser les gens* : Vite, du vinaigre, des sels !

MARCELINE : J'y cours !

Elle sort par la gauche pendant que Bois-d'Enghien, la baronne et Viviane, comme des gens qui ne savent où donner de la tête, vont chercher des sels sur la toilette du fond.

LE GÉNÉRAL, *tapant dans les mains de Lucette pendant que Chenneviette en fait autant de l'autre côté* : Mademoiselle Gautier ! révénez à moi… révénez à moi !

DE FONTANET, *qui est derrière la chaise longue, naïvement en se penchant sur la figure de Lucette* : Il faudrait lui faire respirer de l'air pur…

BOIS-D'ENGHIEN, *revenant avec un flacon de sels* : Oui, eh bien ! alors retirez-vous de là !

DE CHENNEVIETTE ET LE GÉNÉRAL : Oui, allez-vous-en ! allez-vous-en !

BOIS-D'ENGHIEN, *vivement, repassant au milieu de la scène* : C'est ça, allons-nous-en tous ! *(À la baronne et à Viviane qui sont un peu remontées.)* Laissons ces messieurs avec elle, nous finirons de signer par là, nous !…

TOUS : Oui, oui, c'est ça !

LE GÉNÉRAL, *d'une voix forte, au moment où Bois-d'Enghien va partir avec les deux femmes* : Oun clé ! qu'il a oun clé ?

BOIS-D'ENGHIEN, *très affairé, tirant une clé de sa poche, la donne au général et remontant tout en parlant* : Une clé, voilà. Pourquoi ?

LE GÉNÉRAL : Gracias !

Il la met dans le dos de Lucette.

BOIS-D'ENGHIEN, *redescendant pour prendre sa clé* : Mais vous êtes fous ! c'est la clé de mon appartement ! elle ne saigne pas du nez !

LE GÉNÉRAL, *qui a mis la clé dans le dos* : Yo veux voir si ça fait le même !

LA BARONNE, *s'impatientant, à Bois-d'Enghien* : Eh bien ! voyons ! allons par là, nous !

BOIS-D'ENGHIEN, *cavalcadant sur place comme un homme attiré de deux côtés* : Voilà, voilà ! *(À part.)* Je signe et je reviens.

Tout le monde sort, à l'exception de Fontanet, du général, de Chenneviette et de Lucette évanouie. Les portes du fond se referment. Elles ne s'ouvrent plus, jusqu'à la fin de l'acte, qu'à deux vantaux.

Scène 15

LUCETTE, DE FONTANET,
LE GÉNÉRAL, DE CHENNEVIETTE

LE GÉNÉRAL : Vite ! dé l'eau, dou vinaigre ! quéqué chose ! oun liquide !

DE FONTANET, *remontant chercher de l'eau à la toilette du fond* : Attendez ! Attendez !

DE CHENNEVIETTE : Quelle aventure, mon Dieu !

LE GÉNÉRAL : Ah ! Dios mio ! Mamoisselle Gautier ! Revenez à moi !... Revenez à moi, mamoisselle Gautier !

DE FONTANET, *revenant avec une serviette imbibée d'eau* : Voilà de l'eau !

LE GÉNÉRAL : Gracias ! *(Lui tamponnant le front et suppliant.)* Réviens à moi, Gautier !... Gautier, réviens à moi !...

DE FONTANET, *qui est remonté à sa place première, derrière la chaise longue* : Vous ne croyez pas que si je lui soufflais sur le front...

DE CHENNEVIETTE ET LE GÉNÉRAL, *le repoussant d'un bras et vivement, avec un ensemble touchant* : Non !

DE FONTANET, *redescendant au 3 au milieu de la scène* : La pauvre femme ! ce qui l'a mise dans cet état, c'est le mariage de Bois-d'Enghien...

DE CHENNEVIETTE, *sursautant et à part* : Allons, bon !

LE GÉNÉRAL, *sans cesser de tamponner Lucette, regardant Fontanet* : Dou tenor ! qu'il loui fait soun mariache ?

DE FONTANET : Tiens, vous êtes bon, c'est son amant !

LE GÉNÉRAL, *bondissant et rejetant sa serviette sans s'apercevoir que c'est sur la figure de Lucette* : Hein !

DE CHENNEVIETTE, *à part, indiquant Fontanet* : Là ! l'autre crétin ! *(Apercevant la serviette sur la figure de Lucette.)* Oh ! *(Il la retire et la tamponne à la place du général.)*

LE GÉNÉRAL, *sautant à la gorge de Fontanet et le secouant comme un prunier* : Qu'ousqué tou dis ? Bodégué... il est soun amant ?

DE FONTANET, *dans la figure du général* : Mais oui, qu'est-ce que vous avez ?

LE GÉNÉRAL, *qui a reçu l'haleine de Fontanet dans le nez, a un soubresaut, fait pfff... pour chasser l'odeur ; puis continuant à le secouer mais en ayant soin de tourner la tête au-dessus de son épaule droite* : Il est soun amant, Bodégué ?

DE FONTANET, *à moitié étranglé* : Mais lâchez-moi ! voyons ! qu'est-ce qui vous prend ?

Scène 16

LES MÊMES, BOIS-D'ENGHIEN

BOIS-D'ENGHIEN, *arrivant vivement du fond* : Eh bien ! ça va-t-il mieux ?

LE GÉNÉRAL, *repoussant Fontanet qui manque de tomber et sautant à la gorge de Bois-d'Enghien qu'il fait pirouetter de façon à le faire passer du 3 au 4* : C'est vous qui l'est l'amant de mamoisselle Gautier ?

BOIS-D'ENGHIEN, *suffoqué* : Quoi ! qu'est-ce qu'il y a ?

LE GÉNÉRAL, *le secouant* : C'est vous qui l'est l'amant ?

DE FONTANET, *à part* : Oh ! j'ai fait une gaffe !

Il s'esquive par le fond.

BOIS-D'ENGHIEN : Vous n'avez pas fini ? Voulez-vous me lâcher !

DE CHENNEVIETTE, *essayant de les calmer sans quitter Lucette* : Voyons ! Voyons !

LE GÉNÉRAL, *rejetant Bois-d'Enghien, et bien large* : Bodégué ! vous l'est qu'oun rastaquouère !...

BOIS-D'ENGHIEN : Moi !

LE GÉNÉRAL : Vouss ! et yo vous touerai.

Il retourne à Lucette, lui tape dans les mains.

BOIS-D'ENGHIEN, *furieux* : Ah ! là ! me tuer ! Pourquoi d'abord ? pourquoi ?

LE GÉNÉRAL, *revenant à lui et d'une voix forte* : Porqué yo l'aime et qué yo soupporte pas il est oun baguette dans mes roues !

BOIS-D'ENGHIEN, *criant plus fort que lui* : Eh bien ! vous voyez bien que je me marie !... Qu'est-ce que je demande ? C'est que vous m'en débarrassiez, de votre Lucette !

LE GÉNÉRAL, *subitement calmé* : C'est vrai ? Alors, vous n'aimez plus Loucette ?

BOIS-D'ENGHIEN, *criant toujours et articulant chaque syllabe* : Mais puisque je me marie, voyons !

LE GÉNÉRAL : Ah ! Bodégué ! vous êtes oun ami !

Il lui serre les mains.

DE CHENNEVIETTE : Elle rouvre les yeux !

BOIS-D'ENGHIEN : Laissez-moi seul avec elle ! je vais tenter un dernier va-tout !

LE GÉNÉRAL, *sortant* : Bueno, yo vous laisse ! *(À Lucette, en s'en allant.)* Réviens à lui... Gautier !... Gautier !... Réviens à lui !...

Ils sortent par le fond. Bois-d'Enghien referme la porte sur eux.

Scène 17

BOIS-D'ENGHIEN, LUCETTE,
puis la voix de la BARONNE

LUCETTE, *revenant à elle* : Qu'ai-je eu ? qu'ai-je eu ?

BOIS-D'ENGHIEN, *se précipitant à ses genoux* : Lucette !

LUCETTE, *posant tendrement ses mains sur les épaules de Bois-d'Enghien, et d'une voix plaintive* : Toi ! toi ! c'est toi... mon chéri ?

BOIS-D'ENGHIEN : Lucette, pardonne-moi, je suis un grand coupable ! pardon !

À ces mots, l'expression de la figure de Lucette change, on sent que la mémoire lui revient peu à peu.

LUCETTE, *brusquement, le repoussant, ce qui manque de le faire tomber en arrière* : Ah ! ne me parle pas ! Tu me fais horreur !

Elle s'est levée et gagne la droite.

BOIS-D'ENGHIEN, *allant à elle en marchant sur les genoux, suppliant* : Lulu, ma Lulu !

LUCETTE, *la parole hachée par l'émotion* : Ainsi, c'est vrai !... ce contrat qu'on signait tout à l'heure ?... c'était le tien !

BOIS-D'ENGHIEN, *se levant et comme un coupable qui avoue* : Eh bien ! oui, là ! c'était le mien !

LUCETTE : C'était le sien ! Il l'avoue !... *(Avec dégoût.)* Ah ! misérable !

BOIS-D'ENGHIEN, *suppliant* : Lucette !

LUCETTE, *l'arrêtant d'un geste, avec un rictus amer* : C'est bien ! je sais ce qu'il me reste à faire !

Elle a un grand geste de la main qui signifie : « Le sort est jeté », et passe à gauche.

BOIS-D'ENGHIEN, *inquiet* : Quoi ?

LUCETTE, *ouvrant son sac dans lequel elle fouille* : Tu sais ce que je t'ai promis ?

BOIS-D'ENGHIEN, *à part* : Qu'est-ce qu'elle m'a donc promis ?

LUCETTE, *d'une voix étranglée* : C'est toi qui l'auras voulu ! *(Tirant un revolver de son sac et sanglotant.)* Adieu et sois heureux !

BOIS-D'ENGHIEN, *se précipitant pour la désarmer, et lui paralysant les bras en la tenant à bras-le-corps* : Lucette ! Voyons, tu es folle, au nom du ciel !

LUCETTE, *se débattant* : Veux-tu me laisser… veux-tu me laisser !

BOIS-D'ENGHIEN, *tâchant de prendre l'arme, et cherchant en même temps tous les arguments pour la calmer* : Lucette… je t'en supplie… grâce !… d'abord par convenance… ça ne se fait pas chez les autres.

LUCETTE, *avec un rire amer* : Ah ! ah ! c'est ça qui m'est égal !…

BOIS-D'ENGHIEN, *affolé et la tenant toujours* : Et puis, écoute-moi !… quand tu m'auras entendu, tu verras… tu te rendras compte !… tandis que, si tu te tues, je ne pourrai pas t'expliquer…

LUCETTE, *se dégageant* : Eh bien ! quoi ? quoi ?

BOIS-D'ENGHIEN, *vivement* : Donne-moi ce pistolet !

LUCETTE, *parant le mouvement de Bois-d'Enghien* : Non, non ! Parle ! parle, d'abord !

BOIS-D'ENGHIEN, *avec désespoir* : Oh ! mon Dieu !

VOIX DE LA BARONNE, *dans la coulisse* : Bois-d'Enghien ! Bois-d'Enghien !

BOIS-D'ENGHIEN, *exaspéré* : Voilà ! voilà ! *(Il remonte.)* Oh ! mon Dieu ! mon Dieu ! *(Haut, ouvrant la porte du fond et disparaissant à moitié.)* Voilà !

LUCETTE, *n'en pouvant plus* : Oh ! j'ai chaud !…

Elle tire sur le guidon du revolver, ce qui fait sortir un éventail avec lequel elle s'évente nerveusement.

BOIS-D'ENGHIEN, *à la cantonade, avec mauvaise humeur* : Eh bien ! oui, tout de suite ! *(Fermant la porte du fond.)* Ce qu'ils sont embêtants !

LUCETTE, *à part* : Ah ! il n'est pas encore fait, ton mariage, mon bonhomme !…

Elle referme l'éventail, remet le revolver dans le sac et remonte au-dessus du guéridon, à gauche de la chaise longue où elle s'agenouille.

BOIS-D'ENGHIEN, *allant à elle et suppliant*: Lucette, je t'en prie ! du courage ! au nom de notre amour même !

LUCETTE, *les bras en l'air, se laissant tomber tout de son long, à plat ventre, sur la chaise longue*: Notre amour ! est-ce qu'il existe encore ?

Elle sanglote, la figure cachée dans ses bras, et ses bras croisés et appuyés sur le sommet du dossier de la chaise longue.

BOIS-D'ENGHIEN, *s'accroupissant derrière la chaise longue, de façon à faire face à Lucette quand elle relèvera la tête*: Comment, s'il existe !

LUCETTE, *relevant la tête avec des hoquets de douleur*: Puisque tu te maries !

BOIS-D'ENGHIEN, *même jeu*: Eh bien ! qu'est-ce que ça prouve ? Est-ce que la main droite n'est pas indépendante de la main gauche ?... Je me marie d'un côté et je t'aime de l'autre !

LUCETTE, *se redressant à moitié et les genoux sur la chaise longue, avec l'air d'abonder dans son sens ; d'une petite voix flûtée*: Oui ?

BOIS-D'ENGHIEN, *avec une conviction jouée*: Parbleu !

Il va la rejoindre à droite de la chaise longue en longeant le meuble.

LUCETTE, *à part, au public*: Oh ! comédien !

BOIS-D'ENGHIEN, *à part, tout en allant la rejoindre*: Ce que je la lâche, une fois marié !... *(Haut, en s'asseyant sur la chaise longue, côté droit.)* Ma Lulu !...

LUCETTE, *à genoux, côté gauche de la chaise longue jouant son jeu pour lui donner le change*: Mon nan-nan !... Tu m'aimes ?...

BOIS-D'ENGHIEN : Je t'adore !

LUCETTE : Chéri, va ! *(Elle se redresse, toujours à genoux, et sa main droite, en venant s'appuyer sur le guéridon, se pose sur le bouquet. À part.)* Oh ! quelle idée ! *(Reprenant la comédie qu'elle joue et les deux bras autour du cou de Bois-d'Enghien.)* Alors, nous pourrons nous aimer encore comme autrefois ?...

BOIS-D'ENGHIEN, *jouant la même comédie* : Mais dame !

LUCETTE, *avec une joie feinte* : Oh ! quelle joie !... moi qui me disais... Tu ne sais pas ce que je me disais ? « C'est fini, nos amours d'autrefois ! »

BOIS-D'ENGHIEN : Nos amours ? Oh ! là, là, là, là !

LUCETTE, *montrant le bouquet du général, en tenant toujours du bras gauche Bois-d'Enghien par le cou* : Tiens ! regarde ces fleurs des champs ! Elles ne te rappellent rien ?

BOIS-D'ENGHIEN, *sur le même ton sentimental* : Si !... Elles me rappellent la campagne !

LUCETTE, *avec un soupir, se redressant sur ses deux genoux et les bras en l'air, comme pour embrasser les images qu'elle évoque ; pendant que Bois-d'Enghien, le bras droit autour de sa taille, l'écoute, le corps un peu courbé* : Oui ! le temps où nous allions, comme deux étudiants, nous ébattre dans les blés !

BOIS-D'ENGHIEN, *à part* : Ah ! voilà ce que je craignais : « Les petits oiseaux dans la prairie », les « Te souviens-tu ? ».

LUCETTE, *s'accroupissant à nouveau sur ses genoux pour rapprocher sa figure de la sienne en lui prenant le menton de la main droite* : Te souviens-tu... ?

BOIS-D'ENGHIEN, *à part, le menton dans la main de Lucette* : Là, qu'est-ce que je disais ?...

LUCETTE : ... Nous nous roulions dans l'herbe, et moi, je prenais un bel épi... comme ça... *(Elle tire un épi de seigle du bouquet.)* et je te le mettais dans le cou !...

Profitant de ce que Bois-d'Enghien l'écoute, la tête un peu baissée, elle lui plonge l'épi dans le cou.

BOIS-D'ENGHIEN, *se débattant*: Oh ! voyons, qu'est-ce que tu fais ?

LUCETTE, *enfonçant toujours*: Et alors, il descendait... *(Appuyant sur chaque syllabe en faisant au public un clignement de l'œil, comme pour dire: «Attends un peu !»)* Il descendait...

BOIS-D'ENGHIEN, *qui s'est levé, essayant de rattraper l'épi dans son cou*: Oh ! mais c'est stupide ! je ne peux pas le rattraper !

LUCETTE, *seule, à genoux sur la chaise longue, hypocritement et d'une voix flûtée*: Vrai ? Il te gêne ?

BOIS-D'ENGHIEN : Mais dame !

LUCETTE, *avec une compassion feinte*: Aaah !... *(Changeant de ton.)* Eh ben !... Enlève-le !

BOIS-D'ENGHIEN, *faisant des efforts désespérés pour retirer l'épi*: Comment, « enlève-le » ! il est sous mon gilet de flanelle !

LUCETTE, *sur le ton le plus naturel*: Déshabille-toi !

BOIS-D'ENGHIEN, *furieux*: Ah ! tu es folle ! ici ? Quand ma soirée de contrat a lieu à côté... ?

LUCETTE, *se levant et descendant en faisant le tour de la chaise longue*: Qu'est-ce que tu as à craindre ?... Nous fermons tout... *(Elle remonte et ferme au fond et à gauche, puis redescendant.)* Si on vient, on trouvera ça tout naturel, puisqu'on sait que j'ai à m'habiller ; on croira que tu es parti !...

BOIS-D'ENGHIEN : Mais non, mais non !...

LUCETTE, *avec lyrisme*: Ah ! tu vois bien que tu ne m'aimes plus !

BOIS-D'ENGHIEN : Mais si, mais si !

LUCETTE : Sans ça, tu ne regarderais pas à te déshabiller devant moi.

BOIS-D'ENGHIEN, *toujours occupé de son épi qui le gêne et sur le même ton que son «Mais non, mais non!» et son «Mais si, mais si!»*: Mon Dieu! mon Dieu!... *(Jouant des coudes pour faire descendre son épi.)* Oh! mais c'est affreux, ce que ça pique!...

LUCETTE: Mais ne sois donc pas bête!... va derrière ce paravent, et cherche-le, ton épi!

BOIS-D'ENGHIEN, *remontant*: Ah! ma foi, tant pis! je n'y tiens plus!... C'est bien fermé, au moins?

LUCETTE: Mais oui, mais oui... *(Bois-d'Enghien pénètre derrière le paravent dont il développe les feuilles autour de lui; pendant ce temps Lucette a une pantomime au public, un geste expressif de possession, en même temps qu'elle murmure à voix basse: «Cette fois, je te tiens!» Puis, pendant ce qui suit, elle va doucement tourner la crémone de la porte du fond, puis tirer le verrou de la porte de gauche.)* Et moi-même je vais commencer à m'habiller pour les choses que j'ai à chanter! *(Elle est allée prendre sa jupe de théâtre dans l'armoire et redescend près de la chaise longue.)*

BOIS-D'ENGHIEN, *derrière le paravent*: C'est égal! c'est raide, ce que tu me fais faire!

LUCETTE, *enlevant la jupe qu'elle a sur elle*: Quoi? pourquoi? Tu as un épi qui te gêne, c'est tout naturel que tu le cherches.

BOIS-D'ENGHIEN: Oh! oui! tu as une façon d'arranger les choses!... *(On aperçoit, au-dessus du paravent, sa chemise qu'il est en train d'enlever.)* Ah! je le tiens, le coquin!

LUCETTE, *de la chaise longue, avec une passion simulée*: Tu l'as! ah! donne-le-moi?

BOIS-D'ENGHIEN: Pourquoi?

LUCETTE: Pour le garder, il a été sur ton cœur!

BOIS-D'ENGHIEN, *tout en restant à demi abrité par le paravent, il paraît en pantalon et en gilet de flanelle, le fameux épi à la main*: Mais non! je l'avais dans les reins.

Il fait mine de retourner derrière son paravent.

LUCETTE : Donne-le tout de même !

BOIS-D'ENGHIEN, *le lui apportant* : Le voilà !

Il veut retourner au paravent, mais Lucette a mis le grappin sur sa main et d'un mouvement brusque l'attire à elle.

LUCETTE, *avec une admiration feinte* : Oh ! que tu es beau comme ça !

BOIS-D'ENGHIEN, *fat* : Oh ! voyons !...

Il fait mine de retourner, Lucette l'attire de nouveau à elle.

LUCETTE, *même jeu* : Est-il beau ! mon Dieu, est-il beau !

BOIS-D'ENGHIEN : Je t'assure ! Si on entrait... c'est bien fermé ?

LUCETTE : Mais oui, mais oui... *(L'attirant contre elle.)* Ah ! te sentir là près de moi... *(Se frappant sur la poitrine de la main droite, tout en le tenant de la main gauche.)* Tout à moi !... en gilet de flanelle !...

BOIS-D'ENGHIEN : Oh ! voyons !

LUCETTE : Et quand je pense... quand je pense que tout cela va m'être enlevé. Oh ! non, non, je ne veux pas... je ne veux pas !... *(Elle l'a saisi n'importe comment par le cou, ce qui le fait glisser à terre, tandis qu'elle se laisse tomber assise sur le canapé, paralysant ses mouvements en le tenant toujours par le cou.)* Mon Fernand, je t'aime, je t'aime, je t'aime.

Elle finit par le crier.

BOIS-D'ENGHIEN, *affolé* : Mais tais-toi donc ! mais tais-toi donc ! Tu vas faire venir !

LUCETTE, *criant* : Ça m'est égal ! qu'on vienne !... On

verra que je t'aime. Oh ! mon Fernand ! je t'aime, je t'aime !...

Elle sonne, la main droite appuyée sur le timbre électrique qui retentit tant et plus[1].

BOIS-D'ENGHIEN, *à genoux et toujours tenu par le cou, perdant la tête* : Allons, bon ! le téléphone[2], à présent !... On sonne au téléphone ! Oh ! là, là !... mais tais-toi donc ! tais-toi donc !

Pendant tout ce qui précède, cris continus de Lucette.

VOIX DU DEHORS : Qu'est-ce qu'il y a ? Ouvrez !

BOIS-D'ENGHIEN : On n'entre pas ! Mais tais-toi donc ! Mais tais-toi donc !

La porte du fond cède et tous les personnages de la soirée paraissent à l'embrasure. Marceline paraît à gauche.

Scène 18

LES MÊMES, LA BARONNE, VIVIANE, DE CHENNEVIETTE, LE GÉNÉRAL, MARCELINE, DE FONTANET, *Invitées et Invités*

TOUT LE MONDE : Oh !

BOIS-D'ENGHIEN : On n'entre pas, je vous dis ! On n'entre pas !

---

1. Feydeau réutilisera le procédé en 1896 : dans *Le Dindon*, on glisse des timbres électriques sous le matelas du mari volage pour le surprendre avec sa maîtresse.
2. Première allusion au téléphone dans le théâtre de Feydeau.

LA BARONNE, *cachant la tête de sa fille contre sa poitrine* : Horreur ! En gilet de flanelle !

LUCETTE, *comme sortant d'un rêve* : Ah ! jamais ! jamais je n'ai été aimée comme ça !

BOIS-D'ENGHIEN : Qu'est-ce qu'elle dit ?

TOUS : Quel scandale !...

LA BARONNE : Une pareille chose chez moi ! sortez, Monsieur ! Tout est rompu !...

BOIS-D'ENGHIEN : Mais, Madame !...

LE GÉNÉRAL, *qui vient d'entrer, et descendant vers Bois-d'Enghien* : Demain, à la matin, yo vous touerai !

BOIS-D'ENGHIEN, *désespéré* : Mon Dieu ! mon Dieu !...

RIDEAU

Acte III

Le théâtre est divisé en deux parties. La partie droite, qui occupe les trois quarts de la scène, représente le palier du deuxième étage d'une maison neuve ; au fond, escalier praticable, très élégant, montant de droite à gauche. Contre la cage de l'escalier, face au public, une banquette. Au premier plan, à droite, porte donnant sur l'appartement de Bois-d'Enghien ; bouton électrique à la porte ; à droite de la porte, un siège en X appareillé à la banquette. À gauche, premier plan, dans la cloison qui coupe le théâtre en deux, et formant vis-à-vis à la porte de droite, autre porte ouvrant directement sur le cabinet de toilette de Bois-d'Enghien. La porte se développe intérieurement dans le cabinet, de l'avant-scène vers le fond. C'est ce cabinet de toilette qui forme la partie gauche du théâtre. À gauche, deuxième plan, une fenêtre ouvrant sur l'intérieur. Au fond à gauche, face au public, une porte à un battant ouvrant extérieurement sur un couloir. À droite de la porte, grande toilette-lavabo avec tous les ustensiles de toilette ; flacons, brosses, peignes, éponges, verre et brosse à dents, serviettes, etc. À gauche, premier plan, une chaise avec, dessus, des vêtements d'homme pliés ; au-dessus, un fauteuil. Entre le fauteuil et la fenêtre, une patère à laquelle est suspendu un peignoir de femme ; par terre, une paire de mules de femme. À la cloison de droite, près du lavabo, portemanteau à trois champignons. Les deux portes du palier sont munies à l'intérieur de vraies serrures ouvrant et fermant à clé.

Scène I

JEAN, *puis un fleuriste.*

Au lever du rideau, Jean, dans le cabinet de toilette, et près du fauteuil, est en train de faire les bottines de son maître. Il tient une bottine à la main et la frotte avec une flanelle.

JEAN, *tout en frottant*: C'est épatant!... Le lendemain du soir où l'on a signé son contrat, ne pas être encore rentré à dix heures du matin! C'est épatant! *(Il pose la bottine qu'il tenait et prend l'autre qu'il frotte également.)* Moi, je ne pose pas pour la morale, mais quand on est fiancé on doit rentrer coucher chez soi... *(Il souffle sur la bottine pour la faire reluire.)* Ou alors on fait ce que je faisais... on couche avec sa future femme!... *(Le fleuriste, qui est monté pendant ce qui précède avec une corbeille de fleurs sur la tête, s'arrête sur le palier, regarde la porte de droite et celle de gauche, et va sonner à droite.)* Qui est-ce qui sonne! Ça n'est pas monsieur, il a sa clé. *(Indiquant la porte au fond qui ouvre sur le couloir.)* Ah! bien, si tu crois que je vais faire le tour pour t'ouvrir... *(Il ouvre la porte du cabinet qui donne sur le palier.)* Quoi? qu'est-ce que c'est?

LE FLEURISTE, *de l'autre côté du palier, va à lui*: Ah! pardon!... le mariage Brugnot?

JEAN, *avec humeur*: Eh! c'est au-dessus, le mariage Brugnot! au troisième!

LE FLEURISTE: Le concierge m'a dit au deuxième.

JEAN: Eh bien! oui! au-dessus de l'entresol.

LE FLEURISTE : Je vous demande pardon.

Jean referme la porte avec mauvaise humeur. Le fleuriste monte au-dessus.

JEAN : C'est assommant ! C'est le sixième depuis ce matin pour le mariage Brugnot. Si ça continue, je mettrai un écriteau : « La mariée est au-dessus ! »

Scène 2

JEAN, BOIS-D'ENGHIEN

Bois-d'Enghien en habit, sous son paletot, l'air défait, la chemise chiffonnée, la cravate mise de travers, paraît sur le palier.

BOIS-D'ENGHIEN : En voilà une nuit !

Il sonne à droite longuement.

JEAN : Allons, bon ! encore un pour le mariage Brugnot ! *(Ouvrant brusquement la porte du cabinet de toilette sur le palier et d'un air dur.)* C'est pas ici, c'est au-dessus !

BOIS-D'ENGHIEN : Hein ?

JEAN, *reconnaissant Bois-d'Enghien* : Monsieur ! Comment, c'est Monsieur !

BOIS-D'ENGHIEN, *grincheux, entrant dans le cabinet, et gagnant le 1* : Vous voyez bien que c'est moi !

JEAN : Oh ! Monsieur, dix heures du matin ! un lendemain de soirée de contrat ! Est-ce que c'est une heure pour rentrer ?

BOIS-D'ENGHIEN, *même jeu* : Ah ! fichez-moi la paix !

JEAN : Oui, Monsieur !

BOIS-D'ENGHIEN, *donnant à Jean son paletot et son*

chapeau : Non, je vous conseille de parler... vous à cause de qui j'ai dû passer ma nuit à l'hôtel !

JEAN : À l'hôtel, à cause de moi ?

BOIS-D'ENGHIEN : Absolument ! Si vous aviez été là quand je suis rentré cette nuit... Mais non, j'ai eu beau sonner, carillonner...

JEAN : Mais Monsieur n'avait donc pas sa clé !

BOIS-D'ENGHIEN : Mais si !... je l'avais bien emportée ; seulement je l'ai oubliée dans le dos de quelqu'un !

JEAN, *allant accrocher le chapeau et le paletot à la patère de droite* : Ah ! si Monsieur laisse sa clé n'importe où !

BOIS-D'ENGHIEN, *enlevant son habit, son gilet, sa cravate et son faux col pendant ce qui suit* : Est-ce que c'est ma faute !... D'abord pourquoi n'étiez-vous pas là ? Où étiez-vous ?

JEAN : Monsieur le demande ! Mais chez ma femme ! chez Mme Jean... C'était mon jour... Monsieur sait bien qu'il m'a autorisé une fois par semaine à honorer Mme Jean.

BOIS-D'ENGHIEN : Oui. Eh bien ! vous êtes embêtant avec Mme Jean.

JEAN, *piqué* : Embêtant... pour Monsieur !

BOIS-D'ENGHIEN : Naturellement, pour moi !

JEAN : Ah ! oui ! parce que pour Mme Jean...

BOIS-D'ENGHIEN, *rageur* : Qu'est-ce que ça me fait, Mme Jean. Je ne m'occupe que de moi là-dedans.

JEAN, *narquois* : Je le vois, Monsieur.

BOIS-D'ENGHIEN, *même jeu* : Je vous demande un peu ce qu'elle a de si attrayant, Mme Jean !

JEAN : Monsieur me dispensera de lui donner des détails... Je dirai seulement à Monsieur que je n'ai pas encore de petits Jean, et comme ce n'est pas Monsieur qui m'en donnera... ni personne...

BOIS-D'ENGHIEN : Allons, c'est bon... Et tenez, au lieu de tenir des propos inutiles et pendant que j'y pense, à cette clé, vous allez me faire le plaisir d'aller tout de suite...

JEAN, *sans attendre la fin de la phrase* : … La réclamer, oui, Monsieur.

BOIS-D'ENGHIEN, *l'arrêtant* : Mais non ! mais non ! Attendez donc ! Je la laisse où elle est !… Mais d'aller chercher un serrurier pour qu'il me mette une autre serrure à laquelle mes anciennes clés ne pourront pas aller.

JEAN : Ah ! bon, oui, Monsieur.

Il remonte pour sortir par le fond.

BOIS-D'ENGHIEN, *lui indiquant la porte du palier* : Non, tenez, passez par là… ce sera plus vite fait.

JEAN : Bien, Monsieur. Monsieur a là tout ce qu'il faut pour se changer.

BOIS-D'ENGHIEN : Bon, bon, faites vite !

Jean sort, sans la fermer, par la porte donnant sur le palier et descend.

Scène 3

BOIS-D'ENGHIEN, *puis un monsieur et une dame.*

BOIS-D'ENGHIEN, *s'asseyant sur le fauteuil et enlevant son pantalon* : Ah ! je m'en souviendrai de la nuit du 16 avril 1893 ! Elle doit être contente de son ouvrage, Lucette… Un scandale épouvantable ; moi, expulsé de la maison ; mon mariage fichu… Elle doit être contente. Oh ! mais si elle croit qu'elle l'emportera en paradis. *(Il est en caleçon et va à sa toilette dont il fait couler le robinet pour remplir sa cuvette.)* Et par-dessus le marché, cette nuit, dans cet hôtel… en habit… sans linge, sans rien de ce qu'il faut pour la toilette… J'ai dû coucher avec ma chemise de jour ! Ah ! je m'en souviendrai !

Il se plonge la tête dans sa cuvette et se débarbouille.

Le monsieur et la dame paraissent sur le palier. Le monsieur va pour monter plus haut.

LA DAME, *indiquant la porte entrebâillée* : Mais non, mon ami, ça doit être là.

LE MONSIEUR : Tu crois ?

LA DAME : Mais oui, tu vois la porte est entrebâillée comme ça se fait les jours de cérémonie !

LE MONSIEUR : Ah ! je veux bien. *(Il entre carrément, suivi de sa femme, chez Bois-d'Enghien.)* C'est drôle, tu crois que c'est là… ?

Il gagne le 1.

BOIS-D'ENGHIEN, *du fond, la figure ruisselante d'eau et son éponge à la main* : Eh bien ! qu'est-ce que vous demandez ?

LE MONSIEUR ET LA DAME : Oh ! *(La dame passe à l'extrême gauche.)*

LE MONSIEUR : Oh ! pardon !

LA DAME : Un homme déshabillé !

BOIS-D'ENGHIEN : Qu'est-ce que vous voulez ?

LE MONSIEUR, *interloqué.* Le mariage Brugnot, ça n'est pas ici ?

BOIS-D'ENGHIEN : Mais vous le voyez bien que ce n'est pas ici… c'est au-dessus… En voilà des façons d'entrer quand je fais ma toilette.

LA DAME, *passant au 3* : Aussi, monsieur, on ferme sa porte quand on est dans cette tenue.

BOIS-D'ENGHIEN : Non, mais c'est ça, attrapez-moi encore ! Je ne vous ai pas prié d'entrer ! ce n'est pas « entrée libre » ici… Allez-vous-en, voyons ! Allez-vous-en !

Il leur ferme la porte au nez.

LE MONSIEUR : Quel butor !

BOIS-D'ENGHIEN : Non, elle est bonne encore celle-là !...

Il s'essuie la figure.

LE MONSIEUR, *montant à la suite de sa femme* : Mais tu vois ! Je savais bien que c'était au-dessus.

LA DAME : Qu'est-ce que tu veux, mamour, on peut se tromper.

Ils disparaissent.

BOIS-D'ENGHIEN : Il ne manque plus que de faire le métier de concierge ici ! Aussi c'est la faute à cet imbécile de Jean qui ne ferme pas sa porte en s'en allant.

Scène 4

BOIS-D'ENGHIEN, BOUZIN,
puis LE GÉNÉRAL *puis* LE FLEURISTE

Bouzin, venant du bas, arrive sur le palier et va vers la porte de droite.

BOUZIN : Bois-d'Enghien... au deuxième ! C'est ici !

Il sonne à droite.

BOIS-D'ENGHIEN, *qui a versé de l'eau dans son verre de toilette et s'apprête à se laver les dents* : Allons, bon ! On sonne, et Jean qui n'est pas là. Qui est-ce qui peut venir à cette heure-ci ! Tant pis ! On attendra !

BOUZIN : Ah ! çà ! il n'y a donc personne !

Il ressonne.

BOIS-D'ENGHIEN : Encore !... Je ne peux pourtant pas aller ouvrir dans ce costume !

BOUZIN, *s'impatientant* : Eh bien ! voyons !

Il sonne longuement.

BOIS-D'ENGHIEN, *entrouvrant sa porte et passant la tête tout en dissimulant son corps derrière le battant de la porte* : Quoi ? Qu'est-ce que c'est ?

BOUZIN, *traversant le palier* : Ah ! Monsieur Bois-d'Enghien, c'est moi !

BOIS-D'ENGHIEN : Vous ! Qu'est-ce que vous voulez ? Je ne suis pas visible !

Il veut refermer sa porte.

BOUZIN, *l'empêchant de fermer* : Ce ne sera pas long, Monsieur. C'est Me Lantery qui m'envoie...

BOIS-D'ENGHIEN, *même jeu* : Mais non, voyons ! Je m'habille !...

BOUZIN, *même jeu* : Oh ! moi, Monsieur, ça n'a pas d'importance.

BOIS-D'ENGHIEN : Après tout, comme vous voudrez... Quoi ? Qu'est-ce qu'il y a ?

Bouzin entre dans le cabinet de toilette dont Bois-d'Enghien referme la porte.

BOUZIN : Eh bien ! voilà ! C'est Me Lantery qui m'a chargé de vous remettre cet exemplaire de votre contrat.

Il tire un contrat plié de sa poche.

BOIS-D'ENGHIEN : De mon contrat ! Ah ! bien ! il tombe bien ! il est joli mon contrat ! Vous pouvez le déchirer, mon contrat !

BOUZIN : Comment ?

BOIS-D'ENGHIEN : Mais d'où arrivez-vous ? Vous ne

savez donc pas qu'il est rompu, mon mariage ? Et tenez ! *(Mettant sa brosse à dents dans sa bouche et l'y maintenant par la pression de ses mâchoires, tandis qu'il prend le contrat des mains de Bouzin.)* Voilà ce que j'en fais de votre contrat !

Il le déchire en deux.

BOUZIN : Oh ! Eh bien ! et moi qui étais chargé de vous remettre la note des frais et honoraires.

BOIS-D'ENGHIEN, *avec un rire amer, pendant que Bouzin ramasse les morceaux du contrat* : Ah ! ah ! ah ! la note des frais, Ah ! ah ! ah ! la note des honoraires ! Ah ! il en a de bonnes ! tout est rompu et il faudrait encore que ça me coûtât de l'argent. Ah ! non !

BOUZIN : Cependant...

Pendant ce qui précède, le général, avec une figure où se dissimule mal une colère contenue, surgit de l'escalier et sonne à droite.

BOIS-D'ENGHIEN : Allons bon !... Qui est-ce qui vient là encore ?

BOUZIN : Pardon, mais...

BOIS-D'ENGHIEN : Oui, oui, tout à l'heure ! Tenez, voulez-vous me rendre un service... je n'ai personne pour ouvrir, voulez-vous y aller ?

BOUZIN : Volontiers !

Il fait mine d'aller à la porte du palier.

BOIS-D'ENGHIEN, *l'arrêtant et lui indiquant la porte du fond* : Non. Tenez, par là... Vous suivez le couloir et à droite... Vous m'excuserez et vous direz que je ne puis recevoir.

BOUZIN : Parfait.

Il sort par le fond, le général ressonne.

BOIS-D'ENGHIEN : Qu'est-ce qu'on a donc à sonner comme ça, ce matin ?

LE GÉNÉRAL, *furieux* : Caray ! *(prononcer : Careï !)* Me van hacer esperar toda la vida ?

Il sonne longuement avec colère.

BOIS-D'ENGHIEN, *riant* : Oh ! oh ! on s'impatiente !

VOIX DE BOUZIN, *à droite* : Voilà, voilà !

LE GÉNÉRAL, *prenant du champ en gagnant à reculons le milieu du palier* : Eh bienne ! voyons ! *(Bouzin ouvre la porte.)* Monsieur Bodégué ?

BOUZIN, *qui a fait deux pas sur le palier, reconnaissant le général* : Ciel ! le Canaque[1] !

Il esquisse une volte-face rapide, se sauve éperdu et ferme brusquement la porte au nez du général.

LE GÉNÉRAL, *furieux* : Boussin ! Quel il a dit ? La Canaque ? Veux-tu ouvrir ? Boussin ! Veux-tu ouvrir ?

Il sonne et frappe à coups redoublés sur la porte.

BOIS-D'ENGHIEN, *au bruit que fait le général, ouvrant sa porte qui donne sur le palier et passant la tête, tout en se cachant derrière le battant de la porte* : Eh bien ! qui est-ce qui fait ce tapage ?... Le Général ?

LE GÉNÉRAL, *entrant comme une bombe chez Bois-d'Enghien, qu'il bouscule au passage* : Vouss ! c'est vouss ! Bueno ! Tout à l'heure, vouss ! Boussin il est ici ?

BOIS-D'ENGHIEN : Mais oui, quoi ?

---

1. Autochtone du Pacifique (Nouvelle-Calédonie, Nouvelles-Hébrides). L'expression familière a des accents xénophobes et signifie « sauvage, individu grossier ».

LE GÉNÉRAL : Il m'a nommé « la Canaque » ! Boussin ! « la Canaque » !

Il a gagné l'extrême gauche, 1.

BOUZIN, *affolé, paraissant au fond* : Monsieur, c'est le Géné... *(Reconnaissant le général.)* Sapristi, encore lui !

Il referme brusquement la porte et disparaît comme un fou.

LE GÉNÉRAL : Loui ! Attends, Boussin ! Attends, Boussin !

BOIS-D'ENGHIEN, *essayant de s'interposer* : Voyons ! voyons !

LE GÉNÉRAL : Laissez-moi ! Tout à l'heure, vouss !

Il repousse Bois-d'Enghien et se précipite par le fond à la poursuite de Bouzin.

BOIS-D'ENGHIEN : Non, mais c'est ça, ils viennent se dévorer chez moi, à présent !

Il ouvre la porte donnant sur le palier pour voir, toujours derrière son battant de porte, ce qui va se passer.

BOUZIN, *apparaissant par la porte donnant de droite, qu'il referme brusquement, s'élance dans l'escalier en passant devant Bois-d'Enghien sans s'arrêter* : Ne lui dites pas que je monte ! Ne lui dites pas que je monte !

BOIS-D'ENGHIEN, *riant* : Non !

Bouzin se cogne dans le fleuriste qui, pendant ce qui précède, est descendu d'un pas pressé.

LE FLEURISTE : Faites donc attention !

Le fleuriste et Bouzin disparaissent, le premier descendant, le second montant.

LE GÉNÉRAL, *surgissant de droite* : Où il est Boussin ? Où il est ?

BOIS-D'ENGHIEN, *derrière son battant* : Tenez, il descend ! il descend !

LE GÉNÉRAL, *se penchant au-dessus de la rampe* : Oui, yo le vois !... *(Se précipitant dans l'escalier qu'il descend quatre à quatre.)* Attends, Boussin ! Attends, Boussin ! Ah ! yo souis oune Canaque !

Il disparaît.

BOIS-D'ENGHIEN, *pendant que Bouzin apparaît effondré sur la rampe de l'escalier* : Oui, cours après ! tu auras de la chance si tu le rattrapes !

Scène 5

BOIS-D'ENGHIEN, BOUZIN, *puis* LUCETTE

BOUZIN, *redescendant, tout défait, après s'être assuré, en jetant un regard par-dessus la rampe, qu'il n'y a plus de danger* : Il est parti ?

BOIS-D'ENGHIEN, *sur le pas de sa porte, riant* : Oui, oui, il est en train de courir après vous !

BOUZIN, *entrant chez Bois-d'Enghien et se laissant tomber sur le fauteuil* : Oh ! là, mon Dieu !

BOIS-D'ENGHIEN, *qui a fermé sa porte* : Eh bien ! j'espère que vous en avez piqué, une course !

BOUZIN : Ah ! ne m'en parlez pas !... Mais qu'est-ce qu'il a après moi, ce sauvage ? Qu'est-ce qu'il a ? Est-ce que je suis voué à cette chasse à courre chaque fois que je le rencontrerai... Enfin, qu'est-ce qu'il me reproche ? Il ne vous l'a pas dit ?

BOIS-D'ENGHIEN, *avec un sérieux comique* : Il vous reproche d'être l'amant de Lucette Gautier.

BOUZIN, *se levant et protestant hautement* : Moi ? mais c'est faux ! Mais dites-lui que c'est faux ! Jamais, vous m'entendez, jamais, il n'y a rien eu entre Mlle Gautier et moi ! *(Se méprenant sur le sourire railleur de Bois-d'Enghien.)* Je vous en donne ma parole d'honneur !

BOIS-D'ENGHIEN, *avec une conviction jouée* : Non ?

BOUZIN, *appuyant* : Jamais ! J'ignore si Mlle Gautier a un sentiment pour moi, — elle ne me l'a jamais dit, — en tout cas... je sais très bien que de mon côté... aussi, si c'est Mlle Gautier qui a été raconter... Eh bien, j'ai le regret de le dire : elle se vante !... *(Suppliant.)* Oh ! je vous en prie, ça ne peut pas durer, cette situation-là ! Voyez le Général, expliquez-lui... et faites cesser ce malentendu dont les conséquences deviennent menaçantes pour moi.

BOIS-D'ENGHIEN : C'est bien, je lui parlerai !

Lucette paraît, venant du dessous.

LUCETTE *s'arrête sur le palier, reprend un instant sa respiration puis, se décidant, va sonner à droite* : Ah ! le premier choc va être dur !

BOIS-D'ENGHIEN, *au son du timbre électrique* : Encore !... *(La figure de Bouzin exprime un sentiment d'épouvante.)* Ah ! Bouzin, je vous en prie, voulez-vous aller ouvrir... ?

BOUZIN, *mettant le fauteuil entre lui et la porte* : Moi ! Oh ! non, non, je n'ouvre plus, je n'ouvre plus !...

BOIS-D'ENGHIEN : Comment ?

BOUZIN : Oh ! non ça n'aurait qu'à être un nouveau général !

Lucette ressonne.

BOIS-D'ENGHIEN, *montrant sa tenue* : Voyons ! je ne peux pourtant pas aller ouvrir comme ça !

LUCETTE : Il doit se douter que c'est moi ! Il n'ouvre pas ! Eh ! je suis bête… j'ai la clé de son cabinet de toilette que j'ai retrouvée dans mon dos…

Elle prend la clé dans sa poche et traverse le théâtre.

BOIS-D'ENGHIEN, *essayant de persuader Bouzin* : Allons, Bouzin ?

BOUZIN, *décidé à ne pas bouger* : Non ! non ! non ! non !

Lucette introduit la clé dans la serrure de la porte de gauche.

BOIS-D'ENGHIEN, *entendant le bruit de la clé dans la serrure* : Eh bien ! Qu'est-ce que c'est ? *(La porte s'ouvre.)* Qui est là ?

LUCETTE, *entrant, et avec une froide résolution* : C'est moi !

BOUZIN : Lucette Gautier !

BOIS-D'ENGHIEN, *passant à l'extrême gauche* : Toi ?… Vous ?

LUCETTE, *même jeu* : Oui, moi !

BOIS-D'ENGHIEN : Ah bien ! par exemple, c'est de l'aplomb !

LUCETTE, *bien nettement* : J'ai à te parler.

BOUZIN, *un peu au fond* : À moi ?

LUCETTE, *haussant les épaules* : Eh ! non ! *(À Bois-d'Enghien.)* À toi ! *(À Bouzin.)* Laissez-nous, monsieur Bouzin.

BOIS-D'ENGHIEN, *le prenant de haut* : Inutile ! Vous n'avez rien à me dire qui ne puisse être dit devant un tiers.

LUCETTE, *autoritaire, scandant chaque syllabe* : J'ai à te parler… *(À Bouzin.)* Laissez-nous, monsieur Bouzin !

BOIS-D'ENGHIEN, *avec une condescendance dédaigneuse* : Soit !… Veuillez m'attendre à côté, Bouzin, je vous appellerai quand… Madame aura fini !

BOUZIN : Bien ! *(Il remonte jusqu'à la porte du fond, puis, à part, au moment de sortir.)* Est-ce qu'elle m'aurait suivi ?

Il sort.

BOIS-D'ENGHIEN, *avec une colère contenue* : Et maintenant, qu'est-ce qu'il y a ? Qu'est-ce que vous voulez ?

LUCETTE : J'étais venue... *(Intimidée par le regard dur de Bois-d'Enghien.)* pour te rapporter ta clé.

BOIS-D'ENGHIEN : C'est très bien, posez-la là !... *(Elle pose la clé sur la toilette.)* Je suppose que vous n'avez rien d'autre à me dire ?

LUCETTE : Si ! *(Avec expansion, se jetant à son cou.)* J'ai à te dire que je t'aime.

BOIS-D'ENGHIEN, *se dégageant* : Oh ! non ! pas de ça, Madame ! c'est fini ces plaisanteries-là !

LUCETTE : Oh !

BOIS-D'ENGHIEN : J'ai pu être bête pendant longtemps, mais il y a limite à tout. Ah ! vous avez cru que ça se passerait comme ça, que vous pourriez briser mon mariage en me ridiculisant par un éclat grotesque et qu'il vous suffirait de revenir et de me dire : « Je t'aime » pour qu'aussitôt tout fût oublié et que je reprisse ma chaîne ?

LUCETTE, *passant au 1, avec amertume* : Sa chaîne !

BOIS-D'ENGHIEN : Oui... Eh bien ! vous vous êtes trompée !... Ah ! vous m'aimez !... Eh bien ! je m'en fiche que vous m'aimiez ! J'en ai par-dessus la tête de votre amour, et la preuve, tenez ! *(Il ouvre la porte.)* La porte est ouverte, vous pouvez la prendre.

LUCETTE, *avec une légitime indignation* : Tu me chasses ! moi ! moi !

BOIS-D'ENGHIEN : Ah !... Et puis, pas d'histoires, hein ? Allez-vous-en !... que ce soit fini, allez-vous-en !...

LUCETTE : Ah ! c'est ainsi ? C'est bien ! Tu n'auras pas besoin de me le dire deux fois !

Elle sort.

Bois-d'Enghien ferme la porte sur elle, mais Lucette qui est revenue sur ses pas, arrêtant le battant au moment où la porte va se refermer, et rentrant dans le cabinet de toilette.

LUCETTE : Mais, prends garde ! Si tu me laisses franchir le seuil de cette porte, tu ne me reverras jamais !

BOIS-D'ENGHIEN : Marché conclu !

LUCETTE : Bon ! *(Même jeu que précédemment. Sortie de Lucette et rentrée au moment où Bois-d'Enghien referme la porte.)* Mais réfléchis-y bien !

BOIS-D'ENGHIEN, *à part* : Oh ! le fil à la patte !

LUCETTE : Si tu me laisses franchir…

BOIS-D'ENGHIEN : Oui, oui, oui, c'est entendu !

LUCETTE : C'est très bien !… *(Elle sort. Bois-d'Enghien referme brusquement la porte sur elle. Lucette se retournant dans l'intention de rentrer comme précédemment.)* Mais tu sais… *(Trouvant la porte close.)* Fernand, veux-tu m'ouvrir ! Fernand, écoute-moi !

BOIS-D'ENGHIEN, *de sa chambre* : Non !

LUCETTE, *à travers la porte* : Fernand, réfléchis bien à ce que tu fais… Tu sais, c'est pour toujours !

BOIS-D'ENGHIEN : Oh ! oui, pour toujours ! oh ! oui, pour toujours !

LUCETTE, *allant s'abattre sur la banquette* : Oh ! ingrat ! sans cœur !

BOIS-D'ENGHIEN, *qui, pendant ce qui précède, est allé décrocher le peignoir de la patère, le mettant en boule, et, après avoir ouvert la porte, le jetant aux pieds de Lucette* : Et tiens, ton peignoir !

Il referme brusquement la porte et court chercher les mules de Lucette.

LUCETTE, *indignée*: Oh!

BOIS-D'ENGHIEN, *rouvrant la porte*: Tiens, tes mules!

Il referme la porte.

LUCETTE, *même jeu*: Oh!... *(À travers la porte, à Bois-d'Enghien.)* Ah! c'est comme ça! Eh bien! tant pis pour toi, tu pourras dire que c'est toi qui m'auras poussée à cette extrémité.

BOIS-D'ENGHIEN: Hein?

LUCETTE, *tirant de sa poche le pistolet du deuxième acte*: Tu sais, mon pistolet? Eh bien! je vais me tuer!

BOIS-D'ENGHIEN, *se précipitant au-dehors, la porte reste grande ouverte*: Te tuer! te tuer! *(Se jetant sur Lucette.)* Veux-tu me donner ça!

LUCETTE, *se débattant*: Jamais de la vie!

BOIS-D'ENGHIEN, *essayant de lui arracher le pistolet*: Veux-tu me donner cela? *(Au public, tout en lui tenant le bras au bout duquel est le pistolet.)* Oh! ce pistolet! je le trouverai donc toujours entre nous?

LUCETTE, *même jeu*: Veux-tu me laisser!

BOIS-D'ENGHIEN: Allons! allons! donne-moi ça!

LUCETTE: Non!

BOIS-D'ENGHIEN: Si! *(Il a saisi le pistolet par le canon, Lucette le tire par la crosse, ce qui fait sortir l'éventail de sa gaine. Restant avec le pistolet en main, l'éventail sorti.)* Hein?

LUCETTE: Oh!

BOIS-D'ENGHIEN: Un éventail!

LUCETTE, *furieuse, trépignant de rage*: Tu sais, Fernand, tu sais...

BOIS-D'ENGHIEN, *avec un rire sarcastique*: Ah! ah! ah! voilà avec quoi elle se tue, un accessoire de théâtre!

LUCETTE, *même jeu*: Tu sais, Fernand, tu sais...

BOIS-D'ENGHIEN: Ah! ah! ah! c'est avec ça qu'elle se tue!... Va donc... cabotine!

LUCETTE, *au comble de la colère*: Tu ne me reverras jamais !

Elle disparaît dans l'escalier.

BOIS-D'ENGHIEN : C'est ça, va donc... *(Posant l'éventail sur la banquette et prenant la robe de chambre et les mules.)* Tu oublies ton peignoir !... *(Il le lui jette par-dessus la rampe, dans la cage de l'escalier.)* et tes mules !

Même jeu.

VOIX DE LUCETTE : Oh !...

BOIS-D'ENGHIEN, *reprenant l'éventail sur la banquette*: Ah ! là ! là !... Et dire que j'ai été assez bête pour donner dans ses suicides !... Avec un éventail ! Ah ! là ! là ! *(Il a rentré l'éventail dans le canon et posé le pistolet sur le siège de droite.)* Enfin, j'aurai la paix maintenant. *(Il est à l'extrême droite et va pour rentrer chez lui ; à ce moment, la fenêtre de son cabinet de toilette s'ouvre brusquement, un courant d'air s'établit et la porte se referme violemment. Il s'est précipité pour l'empêcher, mais il arrive juste à temps pour recevoir la porte sur le nez.)* Oh ! allons bon ! ma porte qui s'est fermée !... *(Appelant et frappant à la porte.)* Ouvrez ! ouvrez !... Ah ! mon Dieu... Personne ! ma clé qui est sur la toilette... et Jean qui est dehors... *(Ne sachant où donner de la tête.)* Mais je ne peux pas rester sur le palier dans cette tenue !... Que faire ?... mon Dieu ! que faire ? *(Appelant dans la cage de l'escalier.)* Concierge, concierge !

BOUZIN, *après avoir frappé à la porte du fond du cabinet de toilette, passant timidement la tête*: Vous ne m'avez pas oublié, Monsieur de Bois-d'Enghien ?... Hein ? personne... Comment, il est parti ?

Voyant la fenêtre ouverte, il la referme.

BOIS-D'ENGHIEN, *effondré sur la banquette* : Ah ! mon Dieu !... Et dire qu'il y a une noce dans la maison !

BOUZIN : Ma foi, je n'ai qu'une chose à faire, je reviendrai.

Il se dirige pour sortir vers la porte sur le palier.

BOIS-D'ENGHIEN : Oh ! si je sonnais... Bouzin entendrait peut-être.

Il va à droite et sonne sans interruption.

BOUZIN, *qui avait déjà la main sur le bouton de la porte, immédiatement pétrifié* : Mon Dieu ! ça doit être encore le Général... et je suis seul !

Il se sauve par le fond pour se réfugier dans le salon.

BOIS-D'ENGHIEN, *continuant de sonner* : Non, non, il ne viendra pas !... Parbleu, il entend ! mais il n'osera pas ouvrir... Ah ! bien, je suis bien, moi, je suis bien ! *(Se penchant au-dessus de la rampe.)* Concierge ! concierge !... *(Brusquement.)* Ah ! mon Dieu ! quelqu'un qui monte *(Il se précipite dans l'escalier qui monte aux étages supérieurs, il disparaît un instant ; il reparaît presque aussitôt, absolument affolé.)* Toute la noce... toute la noce qui descend !... Je suis cerné !... je suis cerné !...

Il se fait tout petit dans l'embrasure de la porte de droite.

Scène 6

BOIS-D'ENGHIEN, *la noce*, LE GÉNÉRAL,
puis un monsieur.

La noce descend du dessus. Tout le monde parle à la fois : LE BEAU-PÈRE : « Dépêchons-nous ! » ; LA MARIÉE : « Mais nous avons le temps ! » ; LE GENDRE : « La mairie, c'est à onze heures ! » *(Etc., etc.)*

TOUS, *apercevant Bois-d'Enghien* : Oh !

BOIS-D'ENGHIEN, *essayant de se donner une contenance : galamment à la mariée* : Madame, tous mes vœux de bonheur !

TOUS, *levant de grands bras* : Quelle horreur !

LE BEAU-PÈRE : Un homme en caleçon !

LE GENDRE : Il faut se plaindre !

LA BELLE-MÈRE : Il faut avertir le concierge !

BOIS-D'ENGHIEN, *décrivant un demi-cercle en faisant force courbettes. Il se trouve ainsi avoir gagné la gauche du palier* : Mesdames, Messieurs !

TOUS : Voulez-vous vous cacher... ! Quelle horreur !

Ils descendent tous, scandalisés, en levant de grands bras, ils se croisent avec le général qui apparaît de droite.

BOIS-D'ENGHIEN, *désespéré* : Quelle position, mon Dieu ! *(Apercevant le général.)* Allons, bon ! le Général !

LE GÉNÉRAL, *ahuri de trouver Bois-d'Enghien dans cette tenue sur le palier* : Bodégué ! en maillotte !

BOIS-D'ENGHIEN, *à part, exaspéré* : Le Général, à présent !... Il ne manquait plus que lui !

LE GÉNÉRAL : Porqué vous l'est en maillotte ?

BOIS-D'ENGHIEN, *furieux* : « Porqué... ! Porqué... ! » porqué vous voyez bien que je ne peux pas rentrer chez moi !... Ma porte s'est fermée sur mon dos...

LE GÉNÉRAL, *riant* : Ah ! ah ! il est rissible !

BOIS-D'ENGHIEN, *même jeu* : Ah ! bien, je ne trouve pas !

LE GÉNÉRAL, *s'essuyant le front* : Ah ! cet Boussin !... vous savez cet Boussin... yo l'ai couru après.

BOIS-D'ENGHIEN, *rageur* : Eh bien ! ça m'est égal !... Vous ne l'avez pas attrapé, n'est-ce pas ?

LE GÉNÉRAL : Si !... yo loui ai flanqué ma botte... Seulement, il n'était pas Boussin... Yo no sé comme est fait... quand il s'est retourné, il était oun autre !

BOIS-D'ENGHIEN : Ah !

LE GÉNÉRAL : Oh ! mais yo lo rattraperai, cet Boussin !

BOIS-D'ENGHIEN, *cassant* : Eh bien !... c'est très bien... mais qu'est-ce que vous voulez que j'y fasse ?

LE GÉNÉRAL : Bueno !... Il n'est pas là la chosse !... yo souis venu que yo vous parle.

BOIS-D'ENGHIEN : Oui. Eh bien ! plus tard... j'ai autre chose à faire que de causer.

LE GÉNÉRAL : Porqué ?...

BOIS-D'ENGHIEN : « Porqué ». Il est étonnant avec ses « porqué » ! Je vous dis que je suis à la porte de chez moi...

LE GÉNÉRAL : Bueno... c'est oune pâcatile ! l'on peut causère sur la palière.

BOIS-D'ENGHIEN : Mais, sacristi, voyons... *(Se penchant par-dessus la rampe en apercevant quelqu'un qui monte.)* Oh ! quelqu'un !

Il se précipite dans l'escalier et gagne les dessus.

LE GÉNÉRAL : Eh bien ! où l'y va ! où l'y va ? *(Montant trois marches et appelant.)* Bodégué ! Bodégué !

BOIS-D'ENGHIEN, *de l'étage supérieur* : Oui, tout à l'heure ! tout à l'heure !

LE GÉNÉRAL : Mais il est fol ! *(Un monsieur apparaît sur le palier, salue le général en passant et gagne l'étage supérieur. Le général rend le salut.)* Buenos dias !... quel il fait là-haut ?... Bodégué !... Bueno Bodégué... Bodégué ! *(Appelant avec le cri des ramoneurs.)* Eh ! Boo-dégué !

VOIX DE BOIS-D'ENGHIEN, *dans les dessus, avec le même cri* : Eh !

LE GÉNÉRAL : Eh ! bienne, vénez !

BOIS-D'ENGHIEN, *reparaissant* : Eh bien ! voilà, mon Dieu, voilà !

LE GÉNÉRAL, *redescendant* : Bueno... que vous l'avez, qué vous filez comme oun lapen ?

BOIS-D'ENGHIEN, *sur le palier* : Je ne peux pourtant pas me montrer dans cette tenue quand il y a des gens qui montent... *(Secouant sa porte qui résiste.)* Oh ! cette porte ! vous n'auriez pas un passe-partout sur vous, n'importe quoi, un rossignol ?

LE GÉNÉRAL, *qui ne comprend pas* : Oun oisseau ?

BOIS-D'ENGHIEN, *haussant les épaules* : Ah ! « oun oisseau » ! *(Revenant à la question.)* Enfin quoi ? Qu'est-ce qu'il y a ?... Qu'est-ce que vous voulez ?

LE GÉNÉRAL : Qué yo l'ai ! yo l'ai qué yo vous l'ai disse hier, yo l'étais vénu qué yo vous tue !

BOIS-D'ENGHIEN, *furieux* : Encore !... Ah ! zut !

LE GÉNÉRAL, *furieux et avec panache* : Bodégué ! yo souis à vos ordres !

BOIS-D'ENGHIEN : Oui ? Eh bien ! allez donc me chercher un pantalon.

LE GÉNÉRAL, *bondissant* : Oun pantalon, moi ! *(Il change*

de ton.) Oh ! yo vous prie qué vous né fait pas le squeptique.

BOIS-D'ENGHIEN, *qui ne comprend pas* : Quoi ?

LE GÉNÉRAL : Yo dis : qué vous ne fait pas le squeptique.

BOIS-D'ENGHIEN, *comprenant* : Ah ? le sceptique. *(Haussant les épaules.)* « Le squeptique ». Qu'est-ce que ça veut dire le squeptique ? Parlez donc français au moins : s, c, é, ça ne fait pas squé, ça fait cé. On dit : « le sceptique », pas « le squeptique ».

LE GÉNÉRAL, *sur le même ton* : Bueno, il m'est égal, squeptique, sceptique, c'est le même.

BOIS-D'ENGHIEN, *furieux* : Oui. Eh bien ! c'est bon !... finissons-en... Vous voulez me tuer ?

LE GÉNÉRAL : Non !

BOIS-D'ENGHIEN : Comment, non ?

LE GÉNÉRAL : Yo l'étais venu pour !... Mais maintenant yo ne vous toue plouss !

BOIS-D'ENGHIEN : Ah ? Eh bien ! tant mieux !

LE GÉNÉRAL, *avec un soupir de résignation* : Non, porqué yo viens de voir Loucette Gautier qu'il est en bas !

BOIS-D'ENGHIEN : Ah ?

LE GÉNÉRAL : Il m'a dit oun chose... qu'elle m'embête, mais que yo n'ai pas le choix... Il m'a dit : yo no serai la votre que si Bodégué il veut encore être le mienne !

BOIS-D'ENGHIEN, *reculant* : Hein ?...

LE GÉNÉRAL : Voilà !... Il m'est dour, allez ! surtout quand yo pense à la sandale d'hier !

BOIS-D'ENGHIEN : La sandale ? Qu'est-ce que c'est que la « sandale » ?

LE GÉNÉRAL : Eh ! la sandale qué vous l'avez fait Loucette et vous chez Madame Duvercher.

BOIS-D'ENGHIEN : Ah ! « le scandale », vous voulez dire ! Vous dites la « sandale », s, c, a, ça fait sca, ça ne fait pas sa !

LE GÉNÉRAL, *le prenant de haut*: Bodégué ! est c'qué tou té foutes de moi ? Tout à l'heure yo l'ai dit « squeptique », vous disse « sceptique » ! bueno. Maintenant yo dis « sandale », vous dis « scandale »... *(Menaçant.)* Bodégué !

BOIS-D'ENGHIEN, *sur le même ton* : Général ?

LE GÉNÉRAL : Prenez garde !

BOIS-D'ENGHIEN : Et à quoi donc ?

LE GÉNÉRAL, *se calmant subitement* : Bueno ! yo vous disse maintenant vous allez raccommoder avé Loucette.

BOIS-D'ENGHIEN : Moi ? *(Se penchant à l'oreille du général comme pour lui faire une confidence, et très haut.)* Jamais de la vie !

LE GÉNÉRAL : Non ?... Alors yo revoutoue !

BOIS-D'ENGHIEN, *descendant à gauche* : Eh bien ! c'est ça, remetuez-moi ! *(Revenant au général.)* Mais, sacristi ! il faudrait s'entendre, cependant ! Tout à l'heure, c'était parce que j'étais avec Lucette ; maintenant, c'est parce que je ne suis plus avec elle ! Qu'est-ce que vous voulez, à la fin ?

LE GÉNÉRAL : Qué yo veux ?... Tou es bête.

BOIS-D'ENGHIEN : Hein ?

LE GÉNÉRAL : Yo veux que Loucette il soit à moi.

BOIS-D'ENGHIEN : Eh bien ! oui, à toi, mais pas à moi. Eh bien ! il y a un moyen tout trouvé.

LE GÉNÉRAL : Vrai ? Ah ! Bodégué, vous l'est oun ami !

BOIS-D'ENGHIEN : Tu vas aller... ça t'est égal que je te tutoie.

LE GÉNÉRAL : Yo vous prie !

BOIS-D'ENGHIEN : Vous allez dire à Lucette que vous m'avez vu et que je refuse tout rapprochement.

LE GÉNÉRAL : Porqué ?

BOIS-D'ENGHIEN, *haussant les épaules, au public* : « Porqué » *(Au général.)* Eh bien ! « porqué » à cause de son vice de constitution.

LE GÉNÉRAL : Hein ?

BOIS-D'ENGHIEN, *à l'oreille du général*: Un vice de constitution qui n'est appréciable que dans la plus stricte intimité.

LE GÉNÉRAL, *à pleine voix*: Il a oun vice dans la constitution, Loucette ?

BOIS-D'ENGHIEN : Elle ?... Pas du tout.

LE GÉNÉRAL, *qui ne comprend pas*: Bueno ?

BOIS-D'ENGHIEN : Eh bien ! justement ! Elle est femme !... Elle a encore plus d'amour-propre que d'amour... et quand vous lui aurez dit... Je la connais, la vanité... elle est à vous !...

LE GÉNÉRAL, *enchanté*: Oh ! yo comprends !... Ah ! Bodégué !... Fernand !... Gracias, gracias !... Muchas gracias !

BOIS-D'ENGHIEN : Allez ! allez ! c'est bon !

LE GÉNÉRAL : Yo cours !... Adieu ! Fernand ! Adieu ! et una buena santé ! Et pouis, tou sais : yo no to toue plouss !

Il s'en va en courant.

BOIS-D'ENGHIEN : C'est ça ! c'est ça ! Ni moi non plouss !

Il le regarde partir.

Scène 7

BOIS-D'ENGHIEN, BOUZIN

BOUZIN, *paraissant au fond à gauche*: Je n'entends plus de bruit... ma foi, je ne vais pas coucher là !

BOIS-D'ENGHIEN : En voilà un raseur avec son occidomanie[1] ! *(Voyant Bouzin qui sort de gauche sur le palier, vivement, en se précipitant.)* Ne fermez pas !

1. Néologisme de Feydeau : manie d'occire, de tuer.

BOUZIN, *qui avait fait déjà le mouvement de fermer la porte, ne peut réprimer ce mouvement à temps, et la porte se referme* : Oh !

BOIS-D'ENGHIEN, *contre la porte* : Ah ! que le diable vous emporte !... Et je vous crie encore : ne fermez pas !

BOUZIN : Qu'est-ce que vous voulez ?... ça a été plus vite que ma volonté.

BOIS-D'ENGHIEN, *passant au 2* : C'est agréable, me voilà encore à la porte de chez moi !

BOUZIN, *riant* : Mais qu'est-ce que vous faites dans cette tenue sur le palier ?

BOIS-D'ENGHIEN : Ce que j'y fais !... Si vous croyez que c'est pour mon plaisir...

BOUZIN : Ah ! ah ! c'est amusant !

BOIS-D'ENGHIEN, *furieux* : Vous trouvez, vous ?... Parbleu ! Ce n'est pas étonnant, vous êtes habillé, vous ! *(Il s'assied sur le siège de droite, sans voir qu'il y a un pistolet dessus. Se relevant aussitôt.)* Oh ! *(Voyant le pistolet ; à part.)* Oh ! quelle idée ! *(Il ramasse le pistolet et, le cachant derrière son dos, il va à Bouzin, et, très aimablement.)* Bouzin !

BOUZIN, *souriant* : Monsieur Bois-d'Enghien ?

BOIS-D'ENGHIEN, *même jeu* : Bouzin, vous allez me rendre un grand service !

BOUZIN, *même jeu* : Moi, Monsieur Bois-d'Enghien ?

BOIS-D'ENGHIEN, *même jeu* : Donnez-moi votre pantalon.

BOUZIN, *riant* : Hein ?... Oh ! Vous êtes fou !

BOIS-D'ENGHIEN, *changeant de ton et marchant sur lui* : Oui, je suis fou ! Vous l'avez dit, je suis fou ! Donnez-moi votre pantalon !

Il braque son revolver sur Bouzin.

BOUZIN, *terrifié et venant s'acculer à l'extrémité de la cloison de séparation* : Oh ! mon Dieu ! Monsieur Bois-d'Enghien, je vous en supplie !

BOIS-D'ENGHIEN, *même jeu*: Donnez-moi, votre pantalon !

BOUZIN : Grâce, Monsieur Bois-d'Enghien, grâce !

BOIS-D'ENGHIEN : Allons, vite ! votre pantalon ! ou je fais feu !

BOUZIN : Oui, Monsieur Bois-d'Enghien... *(terrifié, il défait son pantalon en s'adossant à la cloison.)* Oh ! mon Dieu ! quelle situation ! Moi, en caleçon, dans l'escalier d'une maison étrangère !

BOIS-D'ENGHIEN : Allons ! allons, dépêchons-nous !

BOUZIN : Voilà, voilà, Monsieur Bois-d'Enghien !

Il lui donne son pantalon.

BOIS-D'ENGHIEN, *prenant le pantalon*: Merci !... Votre veste, à présent !

Il braque à nouveau son pistolet.

BOUZIN, *navré*: Hein ?... Mais, Monsieur, qu'est-ce qui me restera ?

BOIS-D'ENGHIEN : Il vous restera votre gilet.... Allons, vite, votre veste !

BOUZIN, *donnant sa veste*: Oui, Monsieur Bois-d'Enghien, oui !

BOIS-D'ENGHIEN : Merci !

BOUZIN, *piteux contre la cloison, tenant son chapeau des deux mains contre son ventre pour dissimuler sa honte*: Oh ! pourquoi ai-je mis les pieds ici ! *(Bois-d'Enghien, pendant ce temps, est allé s'asseoir sur la banquette, avec les vêtements, a posé son pistolet à sa droite et enfile le pantalon de Bouzin. Une fois les deux jambes passées, il se lève et va à droite achever de se boutonner, en tournant le dos aux spectateurs. Bouzin, apercevant le pistolet déposé par Bois-d'Enghien sur la banquette, sa figure s'éclaire et mettant son chapeau.)* Oh ! le revolver ! *(Il va jusqu'à lui à pas de loup et s'en empare. Cela fait, après avoir assuré son chapeau d'une petite tape de la main, il s'avance, l'air vainqueur, le chapeau sur l'oreille et, avec un geste plein de promesses, indiquant Bois-d'Enghien.)* À nous deux, maintenant, mon gaillard ! *(À Bois-d'Enghien, en dissimulant son revolver, et, avec un ton gracieux, comme l'autre avait fait précédemment.)*... Monsieur Bois-d'Enghien ?

BOIS-D'ENGHIEN, *achevant de mettre le pantalon* : Mon ami ?

BOUZIN : Mon pantalon.

BOIS-D'ENGHIEN : Hein ?

Il rit.

BOUZIN, *braquant son revolver, et terrible* : Vous allez me rendre mon pantalon, ou je vous tue !

BOIS-D'ENGHIEN, *continuant de se vêtir* : Oui, mon vieux, oui.

BOUZIN : Oh ! vous savez, je ne ris pas. Mon pantalon ou je tire ! je tire !

BOIS-D'ENGHIEN, *passant la veste* : Parfaitement, allez, allez !

BOUZIN, *appuyant vainement sur la gâchette du pistolet* : Hein ?

BOIS-D'ENGHIEN : Seulement, c'est pas comme ça, tenez, c'est comme ça !... *(Du bout des doigts et aux yeux ébahis de Bouzin, il tire l'éventail du canon du revolver que Bouzin tient toujours par la crosse.)* Vous ne savez pas vous y prendre, mon ami !

BOUZIN : Je suis joué !

Il pose l'éventail tout ouvert sur la banquette.

BOIS-D'ENGHIEN, *riant* : Ah ! ce pauvre Bouzin !

Il reprend l'éventail, le rentre dans le pistolet et le fourre dans sa poche.

LE CONCIERGE, *dans l'escalier*: Venez, Messieurs, venez!

BOUZIN, *se penchant au-dessus de la rampe*: Allons, bon!... Voilà du monde!

Il gravit quatre à quatre les marches qui montent aux étages supérieurs.

BOIS-D'ENGHIEN: C'est égal! ça fait du bien de se sentir habillé, même dans les vêtements d'autrui!

Scène 8

BOIS-D'ENGHIEN, LE CONCIERGE
et deux agents, puis VIVIANE, MISS BETTING,
puis DES DOMESTIQUES *et* LA BARONNE

LE CONCIERGE, *montant, suivi des agents*: Venez, Messieurs, venez!

Il les fait passer devant lui.

BOIS-D'ENGHIEN: Le concierge avec des agents!... Qu'est-ce que vous cherchez?

LE CONCIERGE: Un homme qui est en caleçon dans l'escalier!...

BOIS-D'ENGHIEN: Un homme en caleçon... *(À part.)* Oh! ce pauvre Bouzin! *(Haut.)* Mais je n'ai pas vu!... Messieurs, je n'ai pas vu...

LE CONCIERGE, *sur la première marche de l'escalier*: Si! si!... C'est la noce Brugnot qui a porté plainte, c'est pour ça que j'ai dû aller chercher des agents. *(Montant à la suite des agents.)* Venez, Messieurs, il doit être en haut... il ne pourra toujours aller plus loin que le cintième!... Il n'y a que cinq t'étages dans la maison.

Ils disparaissent dans le dessus.

BOIS-D'ENGHIEN, *qui les a accompagnés jusqu'à la hauteur de cinq marches* : Ah ! le pauvre Bouzin !... Il n'a vraiment pas de chance.

VIVIANE, *paraissant la première sur le palier, à Miss Betting qui la suit* : That way, Miss[1] !

Elle tient un rouleau de musique à la main.

MISS BETTING : All right[2] !

BOIS-D'ENGHIEN, *descendant en deux enjambées* : Viviane ! vous ici !

VIVIANE : Oui, moi !... Moi qui viens vous dire : je vous aime !

BOIS-D'ENGHIEN : Est-il possible !... quoi !... malgré ce qui s'est passé ?

VIVIANE : Qu'importe ce qui s'est passé. Je n'ai vu qu'une chose : c'est que vous étiez bien tel que j'avais rêvé mon mari !

BOIS-D'ENGHIEN : Oui ? *(Au public.)* Ce que c'est que de se montrer en gilet de flanelle !

MISS BETTING, *les interrompant* : I beg you pardon. But who is it[3] ?

VIVIANE, À MISS : Yes, yes... *(Présentant.)* Mon institutrice : Miss Betting ! Mister Capoul !

BOIS-D'ENGHIEN, *ahuri* : Hein ?

MISS BETTING, *saluant de la tête Bois-d'Enghien et minaudant* : Oh yes ! I know Mister Capoul[4]... Paol and Vergéné[5] !...

---

1. « Par ici, Miss ! »
2. « Entendu ! »
3. « Excusez-moi, mais qui est-ce ? »
4. « Oh ! bien sûr ! Je connais M. Capoul... »
5. *Paul et Virginie*, opéra de Michel Carré et Jules Barbier, sur une

Tout ce qui suit doit être joué par Viviane, sans un geste, face au public, pour donner le change à l'institutrice.

BOIS-D'ENGHIEN, *toujours ahuri, à Viviane* : Qu'est-ce que vous dites… « Monsieur Capoul » ?

VIVIANE, *à mi-voix, mais avec énergie* : Mais oui ! vous pensez bien que si j'avais dit à Miss Betting que je voulais aller chez vous, elle ne m'y aurait pas conduite ; alors, j'ai dit que nous allions chez mon professeur de chant.

BOIS-D'ENGHIEN : Non ?… Mais elle va bien voir…

VIVIANE : Mais non. Elle ne comprend pas le français !

BOIS-D'ENGHIEN, *au public* : Ah ! ces petites filles !…

VIVIANE, *romanesque* : Ah ! dites ? Vous avez donc eu beaucoup de femmes qui vous ont aimé ?

BOIS-D'ENGHIEN, *protestant* : Mais…

VIVIANE : Oh ! dites-moi que si…, je ne vous en aimerai que mieux.

BOIS-D'ENGHIEN : Ah ?… Oh ! alors !… des masses !

VIVIANE, *avec joie* : Oui ?… Et il y en a peut-être qui ont voulu se tuer pour vous.

BOIS-D'ENGHIEN, *avec aplomb* : Quinze !… Tenez, pas plus tard que tout à l'heure, voilà un pistolet que j'ai arraché à l'une d'elles.

VIVIANE, *avec transport* : Un pistolet ?… Et je n'aimerais pas un homme tant aimé !… Ah !…

BOIS-D'ENGHIEN, *voulant la prendre dans ses bras* : Ah ! Viviane !

VIVIANE, *vivement* : Chut !… pas de gestes !… pas de gestes !

BOIS-D'ENGHIEN : Hein ?

---

musique de Victor Massé, composé à partir du roman de Bernadin de Saint-Pierre (1787) et créé au Théâtre-Lyrique (Gaîté) le 15 mars 1876.

Viviane, pour se donner une contenance, rit à Miss Betting, qui rit aussi sans comprendre. Bois-d'Enghien en fait autant.

MISS BETTING, *s'interrompant de rire*: But why do we stay on the stairs[1] ?

VIVIANE, *riant*: Ah ! c'est vrai, au fait !

BOIS-D'ENGHIEN, *riant aussi*: Qu'est-ce qu'elle dit ?

VIVIANE: Elle demande ce que nous faisons dans l'escalier… Entrons chez vous !

BOIS-D'ENGHIEN : Oh ! impossible, ma porte est fermée. On est allé me chercher ma clé !

VIVIANE: Cependant… pour ma leçon de chant…

BOIS-D'ENGHIEN, *avec aplomb*: Eh bien ! dites-lui que c'est l'usage… que les grands artistes donnent toujours leurs leçons de chant dans les escaliers… il y a plus d'espace.

VIVIANE, *riant*: Bon ! (À Miss.) Mister Capoul always gives his singing lessons on the stairs[2].

MISS BETTING, *étonnée*: No ?

VIVIANE, *avec aplomb*: Si.

MISS BETTING, *avec conviction*: Oh ! it is curious[3] !

VIVIANE: Sit down, Miss[4] ! *(Elle s'assied sur le tabouret de droite.)* Là. *(Puis, bien large.)* Et maintenant, maman peut arriver !

BOIS-D'ENGHIEN : Votre maman ; mais qu'est-ce qu'elle dira ?…

VIVIANE: Oh ! tu ! tu ! tu ! tu ! il ne s'agit plus de parler maintenant.

BOIS-D'ENGHIEN : Hein ?

---

1. « Mais pourquoi restons-nous dans l'escalier ? »
2. « M. Capoul donne toujours ses leçons de chant dans l'escalier. »
3. « Oh ! c'est étonnant ! »
4. « Asseyez-vous, Miss ! »

VIVIANE, *développant sa musique* : Nous sommes à ma leçon de chant ! Si vous avez quelque chose à me dire, dites-le-moi en chantant.

BOIS-D'ENGHIEN : Comment… vous voulez ?…

VIVIANE : Mais dame, sans ça, ça va éveiller les soupçons de Miss ! *(Lui donnant une partie et en prenant une autre.)* Tenez, prenez ça ! *(Après avoir donné son rouleau de musique à Miss Betting, revenant à Bois-d'Enghien.)* Et maintenant vous disiez… ?

BOIS-D'ENGHIEN : Eh bien ! je disais : « Mais votre maman, qu'est-ce qu'elle dira ? »

VIVIANE, *vivement et bas* : En chantant !… en chantant !…

BOIS-D'ENGHIEN : Oui ! hum !

Chantant sur l'air de Magali, de Mireille[1].

Mais vot'maman, qu'est-ce qu'elle dira ? / Quand ell'saura, ell'voudra pas.

VIVIANE, *même jeu* : Maman, j'y ai laissé un mot / Où j'lui dis : « Si tu veux me voir, / Tu m'trouv'ras chez M'sieur Bois-d'Enghien… ghien ! »

BOIS-D'ENGHIEN, *même jeu* : Ah ! ah ! ah ! ah ! / Ell' qui m'a flanqué à la porte / Hier au soir !

MISS BETTING, *parlé* : Oh ! very nice ! very nice[2].

BOIS-D'ENGHIEN ET VIVIANE : N'est-ce pas ?

MISS BETTING : Oh ! Yes… *(Voulant montrer qu'elle connaît le morceau.) Mirelle* !

BOIS-D'ENGHIEN : Parfaitement, *Mirelle*. *(À Viviane, parlé.)* Oui, mais tout ça, c'est très gentil…

VIVIANE : En chantant… en chantant !…

---

1. Célèbre chant de Magali dans l'opéra-comique *Mireille*, tiré du poème de Frédéric Mistral, adapté par Michel Carré sur une musique de Charles Gounod, créé au Théâtre-Lyrique le 19 mars 1864.

2. « Oh ! très joli ! très joli. »

BOIS-D'ENGHIEN, *continuant l'air de* Mireille *à « Non, non, je me fais hirondelle »* : Oui, mais tout ça, c'est très gentil, ti, ti, ti ! / Si vot' maman dans sa colère / M'envoi' prom'ner après tout ça ?

VIVIANE, *chantant* : Allons donc ! / Est-ce que c'est possible ? / Maman criera, / Mais comm' je me suis compromise / Ell' cédera.

Pendant ce qui précède, les domestiques de la maison, arrivant au bruit des chants, apparaissent successivement, les uns d'en haut, les autres d'en bas.

BOIS-D'ENGHIEN, *joyeux, parlé* : Oui ? *(Chantant avec transport.)* Gais et contents / Nous marchons triomphants, / Et nous allons gaîment / Le cœur à l'ai-ai-se.

TOUS LES DOMESTIQUES, *en chœur* : Gais et contents / Car nous allons fêter, / Voir et complimenter / L'armée françai-ai-se[1] !

Tous les domestiques applaudissent en riant ; ahurissement de Viviane, Miss Betting et Bois-d'Enghien.

TOUS : Oh !

MISS BETTING : What is that[2] !

BOIS-D'ENGHIEN : Qu'est-ce qui vous demande quelque chose à vous ? Voulez-vous vous en aller ! voulez-vous vous en aller !

LES DOMESTIQUES : Oh !

BOIS-D'ENGHIEN : Voulez-vous vous en aller !

---

1. « En revenant de la revue » : célèbre chanson de Désormes sur des paroles de Delormel et Garnier, créée en 1886 à la Scala. Paulus la popularise à l'Alcazar d'été le 14 juillet 1886, et en fait un hymne au général Boulanger.

2. « Qu'est-ce que c'est que cela ? »

Sortie des domestiques.

LA BARONNE, *surgissant*: Viviane! toi, ici... Malheureuse enfant!...

VIVIANE: Maman!

BOIS-D'ENGHIEN, *repoussant la baronne sans la reconnaître*: Voulez-vous vous en aller?... *(La reconnaissant.)* La baronne!

MISS BETTING, *passant devant Viviane*: Oh! good morning, Médème[1].

LA BARONNE: Vous!... Vous n'avez pas honte, Miss, de vous faire le chaperon de ma fille ici!

MISS BETTING: What does that mean[2]?

LA BARONNE: Ah! laissez-moi tranquille! Avec son anglais, il n'y a pas moyen de l'attraper!...

BOIS-D'ENGHIEN: Madame, j'ai l'honneur de vous redemander la main de votre fille.

LA BARONNE: Jamais, Monsieur! *(À Viviane.)* Malheureuse, qui est-ce qui t'épousera après ce scandale?

VIVIANE, *passant au 3*: Mais lui, maman! je l'aime et je veux l'épouser!

LA BARONNE, *Viviane dans ses bras, comme pour la garantir de Bois-d'Enghien*: Lui!... Le je ne sais pas quoi de Mlle Gautier!

BOIS-D'ENGHIEN: Mais je ne suis plus le... «je ne sais pas quoi de Mlle Gautier»!

LA BARONNE: Vraiment, Monsieur! après ce qui s'est passé hier au soir!

BOIS-D'ENGHIEN, *avec aplomb*: Eh bien, justement, ce que vous avez pris pour tout autre chose, c'était une scène de rupture.

1. «Oh, bonjour, Madame.»
2. «Qu'est-ce que cela veut dire?»

LA BARONNE, *railleuse* : Allons donc ! dans cette tenue ?

BOIS-D'ENGHIEN, *même jeu* : Parfaitement : j'étais en train de dire à Mlle Gautier : « Je veux qu'il ne me reste rien qui puisse vous rappeler à moi, rien !... pas même ces vêtements que vous avez touchés ! »

LA BARONNE : Hein ?

BOIS-D'ENGHIEN : Et joignant l'acte à la parole, je les enlevais à mesure... Deux minutes plus tard et je retirais mon gilet de flanelle.

LA BARONNE, *choquée* : Oh !

VIVIANE : Tu vois, maman, que tu peux bien me le donner pour mari !

LA BARONNE, *avec résignation* : Qu'est-ce que tu veux, mon enfant ! si tu crois que ton bonheur est là !

VIVIANE : Ah ! maman !

BOIS-D'ENGHIEN : Ah ! Madame !

VIVIANE, *à Miss Betting* : Ah ! Miss, je l'épouse ! I will marry him[1] !

MISS BETTING, *étonnée* : Mister Capoul ?... Aoh !

Scène 9

LES MÊMES, JEAN, *puis* BOUZIN, LE CONCIERGE, *les deux agents et les domestiques.*

JEAN, *paraissant par la porte du fond du cabinet de toilette* : Tiens, où est donc Monsieur ?

Il ouvre la porte du palier.

BOIS-D'ENGHIEN : Enfin, c'est vous ! *(Sur le pas de la*

1. « Je vais l'épouser ! »

porte.) Tenez, entrez, belle-maman ; entrez, Viviane ; entrez, Miss.

À ce moment on entend un brouhaha venant des étages supérieurs.

TOUS : Qu'est-ce que c'est que ça ?

LE CONCIERGE, *paraissant le premier* : Enfin, nous le tenons ! Nous avons dû faire une chasse à l'homme sur les toits.

Bouzin paraît tout déconfit, traîné par les agents et suivi des domestiques qui le huent.

BOIS-D'ENGHIEN : Bouzin !

LA BARONNE : Le clerc en caleçon !

VIVIANE : Quelle horreur !

MISS BETTING : Shocking[1] !

Elles se précipitent, scandalisées, dans le cabinet de toilette.

LES AGENTS : Allons, venez !

BOUZIN, *se faisant traîner* : Mais non ! mais non ! Ah ! Monsieur Bois-d'Enghien, je vous en prie !

BOIS-D'ENGHIEN, *sur le pas de sa porte* : Qu'est-ce que c'est… ? Voulez-vous vous cacher !

Il entre dans le cabinet dont il ferme la porte sur Bouzin.

BOUZIN : Oh !

LES AGENTS : Allons ! Allons ! au poste ! au poste !

BOIS-D'ENGHIEN, *dans le même cabinet de toilette* : C'est un peu pendable ce que je fais là ! Mais bast ! je connais le commissaire, j'en serai quitte pour aller le réclamer.

1. « C'est choquant ! »

LES AGENTS : Au poste ! au poste !
BOUZIN : J'en appelle à la postérité !
TOUS : Au poste !

Les agents entraînent Bouzin, qui résiste, au milieu des huées des domestiques.

RIDEAU

Avis

Pour obtenir l'effet de la porte qui se ferme au moment voulu au troisième acte, voici comment on s'y prend. La porte est garnie extérieurement, sur le palier, de deux ressorts en caoutchouc, grâce auxquels elle retombe toujours dès qu'elle n'est pas maintenue. Aussi pour éviter, pendant les premières scènes de l'acte où le domestique a à sortir en laissant la porte contre, mais non close, que celle-ci, dans la chaleur du jeu de l'acteur, ne vienne à retomber trop fort et par conséquent à se refermer sur elle-même, ce qui serait un obstacle pour la suite, a-t-on soin de paralyser momentanément le fonctionnement de la serrure, en tenant le bouton de tirage, qui fait jouer le pêne, tendu au moyen d'un crochet placé horizontalement à la serrure. Lorsque l'on n'a plus besoin que la porte soit ouverte, c'est-à-dire au moment où Bois-d'Enghien, chassant définitivement Lucette, lui dit : « Oh ! oui, pour toujours ! Oh ! oui, pour toujours ! », l'artiste chargé du rôle, sans en avoir l'air, défait le crochet, et le bouton retrouve alors toute son action.

Il ne s'agit plus maintenant que de maintenir la porte ouverte quand Bois-d'Enghien sort sur le palier pour arracher le pistolet des mains de Lucette, en même temps que de la faire se fermer, quand il en sera besoin, sous l'influence du courant d'air causé par la fenêtre qui s'ouvre brusquement.

Pour cela, deux fils de rappel, aboutissant au même point derrière le décor (coin droit du fond du cabinet de toilette) de façon à pouvoir être conduits à la coulisse par une même personne. Le premier partant du centre intérieur de la porte (de sorte qu'il n'a qu'à être maintenu tendu à la sortie de Bois-d'Enghien sur le palier pour empêcher le battant de retomber). Le second partant de la fenêtre, côté extérieur, et fixé à un ressort qui empêche la fenêtre de s'ouvrir. Le reste n'est plus qu'une réplique à prendre. Quand Bois-d'Enghien, alors à l'extrémité droite du palier, a posé son pistolet sur le tabouret et au moment même où il dit en se retournant pour entrer chez lui : « Enfin, je vais avoir la paix maintenant », la personne qui conduit les fils, simultanément tire sur le fil de la fenêtre (ce qui fait déclencher le ressort, et la fenêtre munie intérieurement de ressorts en caoutchouc, et dont l'espagnolette est pendante — s'ouvre brusquement) et lâche le fil de la porte (et le battant se referme naturellement, juste à temps pour retomber sur le nez de Bois-d'Enghien).

AUTRE CONSEIL POUR LE PREMIER ACTE : Comme souvent la carte mise par Bouzin dans le bouquet est difficile à trouver, il vaut mieux en placer une d'avance sur le piano, que l'artiste chargé du rôle de Chenneviette aura l'air de tirer du bouquet au moment voulu. De même pour l'écrin contenant la bague ; au lieu de le mettre dans le bouquet, qu'il soit sur la cheminée, d'où Lucette le rapportera, comme si elle venait de le trouver dans les fleurs.

Du tableau au texte

Pierre-Olivier Douphis

Du tableau au texte

Trop tôt
de James Tissot

… un homme assez âgé est entouré de sa jeune femme en robe rose et de ses deux filles à la robe blanche identique…

Les rideaux sont tirés. Le parquet est ciré. Le grand lustre à pampilles en cristal a été précautionneusement nettoyé, tout comme les décorations en stuc des murs et du plafond. Les cinq musiciens sont à leur place et accordent leurs instruments au *la* du piano. La porte qui donne sur l'escalier est ouverte à deux battants pour laisser entrer les invités. Le bal de ce soir s'annonce sous les meilleurs auspices.

La maîtresse de maison en belle robe de soirée jaune et blanc donne ses dernières directives aux musiciens. Elle doit certainement leur demander de jouer les airs à la mode, ceux qui donneront à tout le monde l'envie de danser. Au milieu de la grande salle encore vide, un homme assez âgé, habillé d'un costume queue-de-pie, est entouré de sa jeune femme en robe rose et de ses deux filles à la robe blanche identique. Ces dernières se tiennent sagement au plus près de leurs parents et jettent des regards candides sur tout ce qui les entoure. C'est évidemment leur premier bal. Leurs parents les ont emmenées pour qu'elles fassent ce soir la rencontre de leur vie. Mais, pour l'instant, toute la famille essaie de dissimuler l'embarras causé par le fait d'être arrivé en avance. Et, pour se donner de la contenance, les femmes jouent avec leur éventail, tandis que le père a porté sa main gantée à son menton, comme s'il cherchait quelque chose de spirituel à dire.

Derrière eux, adossés au chambranle d'une porte, un homme barbu longiligne et une jeune femme discutent. L'homme prend cette discussion à la légère, comme le prouve sa façon nonchalante d'étendre les jambes devant lui. Elle, au contraire, joue la gêne en cachant le bas de son visage derrière son éventail. De toute évidence, elle prend un grand plaisir à écouter son interlocuteur. Elle aussi cherche l'amour.

Derrière eux, d'autres invités arrivent par le grand escalier.

Au fond de la salle, deux bonnes passent la tête par l'entrebâillement d'une porte. Elles regardent d'un œil amusé ces premiers invités qui attendent avec impatience le début des festivités.

… la toilette des femmes est, pour Tissot, un élément pictural de première importance…

L'auteur de ce tableau s'appelle Jacques-Joseph Tissot (1836-1902). Ce peintre français, né à Nantes, est parti s'installer à Londres après la guerre franco-prussienne de 1870 et la Commune de Paris. Il anglicise alors son prénom et se fait appeler James Tissot, nom sous lequel il est actuellement connu. Il ne revient en France qu'en 1882, après la mort de sa compagne, Kathleen Newton.

Pendant son long séjour londonien, il acquiert une grande réputation, si bien que la majorité de ses œuvres sont aujourd'hui conservées dans des collections britanniques et américaines. Datant de 1873 et appartenant à la Guildhall Art Gallery, il est certain que ce tableau a été exécuté en Angleterre et qu'il représente une scène de la bonne société anglaise. Bien entendu, ce dernier point n'est pas perceptible à première vue, tant il apparaît qu'à cette époque la mode londonienne est très proche de celle de Paris. Il faudrait être un spécialiste des costumes de la fin du XIXe siècle pour s'apercevoir que certains détails des toilettes féminines sont typiquement anglais.

D'ailleurs, la grande minutie avec laquelle, dans tous ses tableaux, James Tissot a dépeint les robes des femmes de la haute société (et particulièrement les somptueuses robes de soirée) permet d'en reconnaître aisément les formes et les matières. Il est vrai que, puisque son père était drapier, il a été dès sa jeunesse entouré par les étoffes les plus diverses et a pu être fasciné par la dextérité avec laquelle les couturières pouvaient les arranger en superbes toilettes. Au cours de sa carrière, il est devenu le spécialiste de leur représentation picturale. Dans ses œuvres, c'est toujours une débauche de draperies bouillonnées, de volants, de franges, de rubans, de cordons, de liserés, de dentelles, etc. Tant et si bien que, quelquefois, on a l'impression que ce sont les robes qui constituent l'intérêt principal du tableau. En tout cas, la toilette des femmes est, pour Tissot, un élément pictural de première importance. C'est elle qui personnalise et individualise chaque personnage féminin. Grâce au rendu méticuleux des formes, des matières et des couleurs, il dévoile le statut social de la personne qui les porte. Ainsi, dans le tableau que nous avons devant les yeux, nous avons pu reconnaître la femme qui parle aux musiciens comme étant la maîtresse de maison, non seulement du fait de son attitude assurée face à un groupe d'hommes, mais aussi grâce à sa très belle robe de soie jaune pâle décorée de riches dentelles blanches, et parce que le jaune, comme l'or, est la couleur de la richesse. Par ailleurs, nous avons compris que la jeune femme à la robe rose était la femme de l'homme âgé parce que le rose est la couleur de la féminité et de la fidélité. Les deux jeunes personnes qui les accompagnent sont leurs filles comme tend à le prouver le blanc de leur robe, couleur de la pureté et de l'innocence.

… Tissot cherche une nouvelle manière de raconter son époque en s'inspirant de la photographie…

Toutefois, il faut prendre garde ! Toutes les interprétations que nous avons données depuis le début de notre étude ne sont que pures conjectures à partir du titre du tableau, ainsi que de tous les détails que nous avons repérés. Cependant, rien ne nous permet de penser que ces interprétations sont exactes : nous pourrions en donner d'autres qui ne seraient ni plus vraies ni plus fausses, car Tissot a conçu son œuvre de telle sorte que le spectateur peut s'adonner à une multiplicité d'interprétations. Comme un grand nombre d'artistes de la fin du XIXe siècle, il cherche une nouvelle manière de raconter son époque en s'inspirant de la photographie. En effet, lors des prises de vue photographiques, les personnages représentés n'ont pas toujours le temps de s'apprêter, ou bien ils sont parfois saisis au moment même où ils relâchent leur attention. Ils laissent alors voir une image d'eux-mêmes différente de celle qu'ils s'efforcent de montrer à tout le monde. Et, pour mieux dévoiler ces moments de relâchement, les peintres préfèrent représenter les instants qui précèdent ou qui succèdent aux événements qui rythment l'existence des personnes appartenant à la bonne société (rencontres, bals, banquets, visites, mariages, décès, enterrements, etc.) plutôt que ces événements eux-mêmes. Ils parsèment alors leurs tableaux de détails typiques et souvent humoristiques et ils laissent le soin au spectateur d'imaginer les tenants et les aboutissants de la scène qu'il est en train d'observer.

Ainsi, dans son tableau, Tissot nous montre les prémices du bal, alors que rien n'a commencé, où rien n'est joué ni noué. C'est un moment où tout peut avoir lieu. Et c'est ce champ des possibles qui laisse la porte ouverte à l'imagination la plus débridée. Par exemple, si le spectateur est optimiste, il peut se dire que ce soir les deux filles de l'homme âgé trouveront peut-être le parfait amour ou, au contraire, s'il est pessimiste ou cynique, qu'elles tomberont dans le piège d'un aventurier ou d'un coureur de dot. Ou encore qu'elles repartiront aussi seules qu'elles sont arrivées parce qu'elles sont trop exigeantes ou qu'aucun fils de bonne famille ne les aura remarquées au milieu de toutes les autres femmes qui, comme elles, attendent le grand amour. D'ailleurs, ce petit jeu des biographies auquel se prend le spectateur peut se poursuivre à propos de tous les autres personnages du tableau. Qu'en sera-t-il du jeune homme barbu et de la jeune coquette ? Partiront-ils ensemble ou bien lui préférera-t-il une autre ? Et la maîtresse de maison ? Rencontrera-t-elle l'amant dont elle rêve peut-être, celui qui lui offrira tout ce que son époux ne lui donne plus depuis qu'il est accaparé par ses affaires ?

... l'œuvre de Tissot se rapproche du théâtre...

En cela, la peinture de Tissot se rapproche du théâtre qui est, avec le roman et avant la popularisation du cinéma, l'art privilégié pour raconter les aventures et les mésaventures de personnages de fiction. Mais, plutôt qu'à la grande tradition dramatique, il s'associe au théâtre de boulevard, très en vogue à son époque. Ainsi, dans leurs œuvres, le peintre comme le dramaturge dévoilent une véritable tension qui oblige le spectateur à imaginer les multiples solutions qui s'offrent aux personnages pour se dégager de leurs problèmes. Toutefois, cette comparaison s'arrête là car l'œuvre théâtrale finit toujours par montrer la solution finalement choisie (qui est d'ailleurs rarement celle à laquelle le spectateur avait pu penser), alors que la peinture laisse ouvert le champ des possibles et se contente de suggérer les conclusions.

Par contre, le spectateur peut remarquer que, dans son tableau, Tissot figure la salle de bal comme la scène d'un théâtre. Notre peintre n'est pas l'inventeur de cette idée. Il ne fait que représenter picturalement ce qu'édictent les règles complexes et subtiles qui régissent l'étiquette de la haute société, c'est-à-dire la théâtralisation des espaces. Dans ce milieu qui ne fonctionne que sur les apparences, tous les lieux publics sont considérés comme des endroits où chacun doit se mettre en scène et se montrer sous son meilleur jour possible. Là se trouve tout le piquant de l'œuvre de Tissot : il est évident que la famille ne connaît pas ladite étiquette et attend debout au milieu de la salle. Cette difficulté à trouver la bonne place dans la salle, celle où ils étonneront le moins quand les autres invités arriveront, amplifie le ridicule de leur situation. Il s'agit bien là d'une question de mise en scène de soi-même, autant une question de savoir occuper l'espace que de se comporter le plus naturellement du monde. Finalement, on comprend pourquoi l'étiquette demande que l'on diffère au maximum le moment de faire son entrée dans la salle de bal. D'une part, parce que se faire attendre, c'est se faire désirer, et on ne désire que les personnes importantes. D'autre part, parce que se faire annoncer par le majordome devant les autres invités permet de se faire remarquer et de se donner de l'ascendant. Enfin, parce que arriver en retard démontre que l'on a une vie sociale chargée. À l'inverse, les invités qui arrivent en avance font figure de personnes que rien ne retient chez elles et dont le bal est la seule préoccupation de la journée. À moins qu'il ne s'agisse de pique-assiettes qui veulent être les premiers à se servir au buffet... Une telle bévue peut être rédhibitoire, surtout si l'on a deux filles à marier.

... ce tableau est une critique de la « belle » société, tant londonienne que parisienne...

Comme Tissot représente la scène de son tableau comme si elle était prise sur le vif — en s'inspirant de la photographie —, il projette son spectateur à l'intérieur de son œuvre. Il lui donne ainsi une place que l'on serait bien tenté de définir comme celle d'un voyeur. En quelque sorte, il le place dans la position qui est celle des deux bonnes dans l'entrebâillement d'une porte. Et, tout comme celles-ci, le spectateur est invité à sourire de l'embarras des personnes arrivées trop tôt au bal. Toutefois, à l'instar du théâtre, si le spectateur a la possibilité d'adhérer à ce qu'il a devant les yeux, il ne peut pas monter lui-même sur scène. Sa position lui impose une distanciation critique. Il doit alors comprendre que l'œuvre de James Tissot offre un intérêt plus profond que l'interprétation superficielle qu'il a pu en faire en premier lieu. Au-delà de cette première impression, il apparaît maintenant de plus en plus clairement que ce tableau est une critique de la « belle » société, tant londonienne que parisienne. Grâce à ce tableau, le spectateur peut comprendre que le genre d'événements mondains qu'il représente n'est qu'une mise en scène. Et, s'il se fait aussi fin observateur que Tissot, il aura l'occasion de remarquer que les jolis atours ne sont qu'une couche superficielle de vernis. Et qu'il suffit d'un instant de relâchement, d'un regard condescendant, d'un petit geste de mépris pour que se dévoilent tous les mensonges, la mesquinerie, la cruauté, la corruption, en un mot, la vulgarité de cette « belle » société. D'ailleurs, une de ces bassesses consiste à laisser les parvenus, les nouveaux riches, se couvrir de ridicule parce qu'ils ne connaissent pas l'étiquette. Cela alimentera les ragots qui se colporteront bientôt de salon en salon, et de bal en bal.

Car les ragots sont un élément prépondérant de cette société. Ils font la joie de tous, des hommes comme des femmes. On les retrouve d'ailleurs dès les premières scènes de la pièce *Un fil à la patte* de Georges Feydeau :

au détour d'une phrase, les personnages n'hésitent pas à lancer des piques ou à médire de ceux qui ont le dos tourné. On apprend par la bouche de Gontran de Chenneviette (qui apparaît comme la personne la plus clairvoyante de la pièce) que Fernand de Bois-d'Enghien n'est rien d'autre qu'un « joli cœur », pour ne pas dire un gigolo qui vit aux crochets de sa maîtresse, et que Lucette Gautier est une « femme à toquades » (elle est maintenant « toquée » de Bois-d'Enghien comme elle était auparavant « toquée » de Chenneviette lui-même, avec qui elle a eu un fils hors mariage). Puis, Lucette Gautier elle-même ne trouve rien d'autre à dire à propos du mariage de « son amie » Nini Galant avec le duc de Courtille, que « ça fera peut-être une petite dame de moins, ça ne fera pas une grande dame de plus ».

... l'hétérogénéité de la « belle » société de la fin du XIXe siècle...

On le voit, le fond principal des caquetages est le statut social de chacun, la classe à laquelle il appartient. C'est même une seconde nature que de pouvoir juger dès le premier abord qui fait partie de la noblesse de l'Ancien Régime ou de celle des deux empires napoléoniens, qui appartient à la grande, la moyenne ou la petite bourgeoisie, et qui n'est qu'un parvenu. C'est Viviane, la fille de la baronne Duverger, qui nous apprend que Bois-d'Enghien appartient à la noblesse d'Empire, récente donc, et qu'il n'a pas la même légitimité sociale qu'elle. Dans le tableau de Tissot, certains signes confirment que la famille fait partie de la petite bourgeoisie, sa méconnaissance des règles du monde, bien sûr, mais aussi des détails plus anodins — somme toute plus sordides — comme les robes identiques des deux filles qui indiquent qu'elles ont été confectionnées sur le même patron pour diminuer nettement la dépense chez le tailleur.

Toutefois, à cette époque, les passages d'une classe à une autre semblent plus aisés qu'auparavant, et, bien évidemment, il faut qu'ils se fassent sous certaines conditions. Ainsi, Bois-d'Enghien, le nouveau noble, peut se marier avec une Duverger, de la noblesse de l'Ancien Régime, et la cocotte Nini Galant peut épouser le duc de Courtille. Tout cela met bien en évidence l'hétérogénéité de la « belle » société de la fin du XIXe siècle : on y trouve un mélange de vieille noblesse obligée de se mésallier, de nobles d'Empire ruinés, de bourgeois d'affaires, de divettes parvenues et de cocottes bien mariées. Et leur seul point commun est de privilégier leur intérêt personnel, en l'occurrence l'argent, la réussite sociale ou l'amour (et ces trois aspects sont intimement liés entre eux). Dans cette société, tout n'est que mariages arrangés, adultères profitables, liaisons contre nature ou fausses amitiés. Toutes les unions sont bonnes pour arriver aux fins que l'on s'est fixées. L'amour et la camaraderie véritables n'y ont que peu de place. D'ailleurs, c'est peut-être, encore une fois, le cas de la famille du tableau de Tissot. Le spectateur a noté que la femme était beaucoup plus jeune que son mari, ce qui met de nouveau son imagination en ébullition : elle n'a évidemment pas pu s'unir à lui par amour. Elle n'est certainement pas non plus la mère des deux filles. On ne serait pas étonné d'apprendre qu'elle attend le décès de son époux pour mettre la main sur son héritage !

… le piquant de ces œuvres est adouci par leur aspect humoristique…

C'est à ces mêmes turpitudes que s'adonnent les personnages de la pièce *Un fil à la patte*, heureusement édulcorées par l'humour de Georges Feydeau. Bois-d'Enghien désire profiter de l'amour de la divette Lucette Gautier tout en faisant un mariage avantageux avec la noble Viviane Duverger. Les amours de Lucette avec Chenneviette puis Bois-d'Enghien lui permettent d'avoir ses entrées dans le beau monde. La baronne Duverger trouve que Bois-d'Enghien ferait un gendre idéal, même s'il n'est que beau. Bouzin fait parvenir une de ses chansons à Lucette Gautier dans l'espoir qu'elle accepte de la chanter pour atteindre la notoriété qui lui évitera de finir son existence comme clerc d'avocat. Finalement, il n'y a que le général Irrigua qui respecte les codes surannés de l'honneur et de la galanterie, en les mélangeant cependant à une sauvagerie sans nom, ce qui prouve à la fois son origine exotique et son extraction médiocre.

On pourrait alors croire que le tableau et la pièce sont des miroirs que Tissot et Feydeau présentent à cette « belle » société pour lui renvoyer une image guère complaisante. Cependant, c'est largement inexact. Tout comme dans la parabole de Jésus-Christ (« Pourquoi vois-tu la paille qui est dans l'œil de ton frère, et n'aperçois-tu pas la poutre qui est dans ton œil ? »), le spectateur appartenant à cette société imagine que cette critique s'adresse plutôt à son voisin qu'à lui-même. D'autant plus que le piquant de ces œuvres est adouci par leur aspect humoristique. Se substituant à une critique violente et frontale, l'humour présente les choses en forçant à outrance les traits de caractère des personnages. Cet épaississement empêche le spectateur de s'identifier complètement à ces derniers car ceux-ci n'ont pas de véritable profondeur psychologique. Ainsi, même si l'humour se fait critique et touche souvent là où cela peut faire mal, il n'engage pas souvent à une profonde réflexion. Chez Georges Feydeau comme chez James Tissot, la critique a ses limites, peut-être parce que les deux créateurs veulent, eux aussi, continuer à avoir leurs entrées dans le beau monde…

Le texte

en perspective

Violaine Heyraud

Mouvement littéraire

Divertissements comiques à la Belle Époque

EN 1894, DATE DE CRÉATION D'*UN FIL À LA PATTE*, que trouve-t-on dans le « courrier des théâtres » évoqué par Bouzin (I, 8) ? Feydeau écrit dans une période florissante pour les théâtres, entre deux expositions universelles qui achèvent de faire de Paris la capitale des plaisirs, en 1889 et en 1900. Dans cette IIIe République bien implantée, un large éventail de divertissements s'offre à un public friand de spectacles. C'est la « Belle Époque », terme qui apparaît en réalité en 1919 ; les nostalgiques désignent ainsi, rétrospectivement, l'insouciance apparente de la période précédant l'hécatombe de 1914-1918. *Un fil à la patte* emblématise le renouveau du vaudeville, genre comique alors le plus représenté. Pour bien comprendre sa place dans le contexte des années 1890, il ne faut pas oublier que l'histoire chaotique du XIXe siècle a eu des conséquences sur la réglementation des structures théâtrales, modelant en profondeur les pratiques des dramaturges. Le vaudeville est un genre ancien qui, pour continuer à séduire son public, doit faire face à la concurrence de formes nouvelles, souvent musicales.

1.

La place du vaudeville dans un paysage théâtral redessiné

Alors que la grande comédie se joue à la Comédie-Française, le vaudeville, genre populaire, bénéficie de ses propres structures, adaptées à cette forme de théâtre léger, sans grande prétention esthétique, modérément subversive, visant essentiellement à divertir.

1. *La libération des théâtres*

Lorsque Feydeau fait jouer *Un fil à la patte* en 1894, voilà désormais trente ans que les théâtres peuvent s'affranchir de fortes contraintes imposées par la législation. Sous le second Empire, les décrets de 1864 sur la liberté des théâtres mettent fin à un demi-siècle de réglementation très stricte : c'est ce qu'on appelait le système du « privilège », mis en place par Napoléon en 1806 et 1807. Un théâtre ne pouvait pas ouvrir ses portes sans l'autorisation du pouvoir et devait se spécialiser dans un certain genre de pièce. Il était ainsi plus facile de contrôler politiquement les spectacles ; c'était aussi un moyen de limiter la concurrence entre les lieux. Les théâtres dits « principaux », Comédie-Française, Opéra, Opéra-Comique, Théâtre-Italien, subventionnés par l'État, se distinguaient des « théâtres secondaires », limités en nombre, et des spectacles de curiosité.

La nouvelle ère qui s'ouvre en 1864 profite à l'expansion de ces anciens théâtres « secondaires », regroupés sur les Grands Boulevards. L'expression « théâtre des boulevards » a une origine géographique. Par exemple, le boulevard du Temple était connu pour son foisonnement spectaculaire : ses artistes de rue, son Cirque impérial, le Théâtre des Funambules du mime Debureau et, surtout, ses établissements spécialisés dans le mélodrame. Depuis *Cœlina ou l'Enfant du mystère* de Pixerécourt (1800), ces spectacles à sensation attirent par leurs intrigues simples, moralisantes et volontiers manichéennes : de jeunes héroïnes y sont terrorisées par des traîtres et attendent l'homme qui les sauvera. Les actions représentées sont violentes et pathétiques : le boulevard du Temple gagne alors le surnom de « boulevard du Crime ». Ce lieu draine les publics populaires et les bourgeois désireux de s'encanailler ; il inquiète le pouvoir. En 1862, il disparaît dans les grands travaux d'Haussmann pour donner l'actuel boulevard Voltaire et la place de la République. On devine qu'après de longues années de contrôle, la libération des théâtres, alors que la censure sévit toujours, ne peut s'opérer que progressivement.

2. *Structures et lieux du vaudeville*

La fin du « privilège » des théâtres « principaux » n'abolit pas totalement, dans les faits, la territorialisation des genres dans les lieux de la capitale. Le vaudeville garde sa place dans ses fiefs historiques qui lui étaient exclusivement dévolus : les Nouveautés, l'Athénée-Comique et le Palais-Royal, situé entre la Comédie-Française et la place de la Bourse, non loin des Grands Boulevards, et temple de Labiche après la création d'*Un chapeau de paille d'Italie* en 1851. Feydeau s'y est déjà brillamment illustré avec *Monsieur chasse !* en 1892, et *Un fil à la patte* répond à une commande des directeurs de l'établissement, Mussay et Boyer, qui entendent bien à nouveau faire recette. Les théâtres légers qui recevaient des vaudevilles continuent à en produire, mais diversifient davantage leur programmation. Ainsi, le Vaudeville et le Gymnase s'orientent vers la comédie de mœurs, tout comme les Variétés et la Renaissance, salle qui se tourne aussi vers l'opérette. Aux Théâtres des Menus-Plaisirs, Déjazet et Cluny s'ajoutent les théâtres de quartier, au public plus populaire : ils programment des drames, des opérettes et des revues, mais surtout des vaudevilles. Le genre est rentable mais cet éparpillement favorise la concurrence : ces pièces, vite écrites et vite remplacées, doivent combler les attentes d'un public habitué et exigeant. Cette production quasi industrielle n'est pas nouvelle : pensons à Scribe (1791-1861), l'homme aux deux cents vaudevilles.

Les différents genres qui alternent sur les mêmes scènes partagent et s'échangent thématiques et procédés : on observe un même goût pour les sujets grivois, y compris dans les pièces sérieuses, un semblable désir de fidéliser le public et de le séduire par des effets à grand spectacle. Une nouvelle expression se répand : alors que le « théâtre des boulevards » correspondait à une réalité topographique, le « théâtre de boulevard » gagne une signification esthétique large pour parler de pièces brodant sur un petit nombre de schémas traditionnels. Le Boulevard sérieux traite de questions de mœurs dans des procédés sans surprise. Le Boulevard comique, dont le vaudeville fait partie, abuse, par exemple, du triangle amoureux de l'adultère (le mari, la femme, la maîtresse ou l'amant). Ce théâtre « de boulevard », expression péjorative et très imparfaite — encore véhiculée aujourd'hui —, renvoie à une catégorie générique mal définie.

3. *Traditions et avant-gardes*

En cette fin de siècle néanmoins, l'expression « théâtre de boulevard » désigne des genres du passé, par opposition aux avant-gardes dramatiques en train d'éclore. Ces dernières sont essentiellement représentées par deux nouvelles tendances qui s'affichent comme « littéraires ». La première concerne le naturalisme, défendu par André Antoine au Théâtre-Libre fondé en 1887. Antoine s'inspire du Russe Constantin Stanislavski : il est le premier en France à faire éteindre la salle, à insister sur le réalisme des décors et des costumes, sur le naturel des situations et sur un jeu non déclamé. Émile Zola défend le désir de « vérité » de ce théâtre. Pour lui, le vaudeville, avec ses intrigues invraisemblables, ses « trucs » artificiels et son jeu caricatural, est trop éloigné de la réalité du monde contemporain. C'est encore Antoine qui introduit, en France, la fonction de « metteur en scène ». Une deuxième revendication d'originalité se fait entendre dans le symbolisme. Au théâtre, il s'agit de toucher par la représentation une réalité cette fois d'ordre « suprasensible » ou supérieur. Il faut atteindre, derrière la chose montrée, l'idée qu'elle évoque. Ce théâtre laisse ainsi une grande part à la suggestion. Lugné-Poe monte *Pelléas et Mélisande* de Maurice Maeterlinck en 1893 ; la même année, il fonde le Théâtre de l'Œuvre où l'on découvre des auteurs étrangers comme le Norvégien Henrik Ibsen (*Solness le constructeur* en 1895). Ces innovations marqueront l'histoire du théâtre ; pour l'heure, elles restent expérimentales et minoritaires. En 1896, deux ans après *Un fil à la patte*, le public se pressera davantage au Palais-Royal pour assister au *Dindon* de Feydeau qu'au Théâtre de l'Œuvre où s'amorce pourtant une réelle révolution dramatique : le 10 décembre 1896, la première d'*Ubu Roi* d'Alfred Jarry fait grand bruit mais n'attire pas les foules.

Feydeau, partisan d'une tradition, ne renonce pas pour autant à toute ambition littéraire. En 1893, alors qu'il termine *Un fil à la patte*, il cherche aussi à obtenir la Légion d'honneur. Il sait qu'un vaudevilliste n'est pas considéré comme un homme de lettres. Il se méfie d'ailleurs du terme « vaudeville » qui connote un pur divertissement. Sur près de quarante pièces, le mot ne figure que dans cinq de ses titres. Feydeau préfère « pièce » ou, comme dans *Un fil à la patte*, « comédie ». Dans un article de 1905, il prendra la défense du vaudeville et du mélodrame en arguant que la littérature est « l'antithèse du théâtre : le théâtre, c'est l'image de la vie et dans la vie on ne parle pas en littérature ; donc le seul fait de faire parler ses personnages littérairement suffit à les figer et à les rendre inexistants ». Que l'on ne se méprenne pas : cette déclaration sous-entend qu'obtenir une langue authentique relève bel et bien d'un travail littéraire. De plus, il ne faut pas oublier que formes du passé et avant-gardes illustrent parfois les mêmes modes. Les naturalistes, par exemple, emploient les grands moyens pour reproduire, sur scène, un décor au plus près de la réalité : Antoine n'hésite pas, pour sa représentation des *Bouchers* de Fernand Icres le 19 octobre 1888, à étaler de véritables quartiers de viande sur scène ! Le théâtre dans son ensemble vise alors à provoquer un étonnement visuel. Le grand escalier de l'acte III d'*Un fil à la patte* épouse la vogue des décors impressionnants. Et ce ne sont pas seulement les yeux des spectateurs, vite blasés, qu'il faut charmer, mais aussi leurs oreilles.

2.

Le vaudeville sans la musique : un théâtre soumis à la concurrence

Le vaudeville, à l'origine, est un genre musical. Le terme viendrait de « *vau-de-Vire* », la vallée de la Vire en Normandie, région du poète Olivier Basselin qui, vers 1430, mit des textes satiriques sur des airs connus. Le « vaudeville » est d'abord une chanson populaire, puis une chanson utilisée par le théâtre, tel le « vaudeville final » du *Mariage de Figaro* (1784) de Beaumarchais. Il devient finalement un genre théâtral à part entière où le dialogue est entremêlé de couplets. La présence des couplets est imposée par la législation pour privilégier les théâtres subventionnés : le dialogue est intégralement parlé à la Comédie-Française et à l'Odéon, ou continûment chanté à l'Opéra et à l'Opéra-Comique. Le vaudeville met des paroles nouvelles sur des « timbres », airs existants qui parodient l'opéra-comique ou reprennent des chansons connues. Il installe donc une forte connivence avec un public entraîné à guetter les détournements de ces passages musicaux qui sont de cinq types : les couplets de facture délivrent des informations en musique, les couplets de circonstance ont une fonction ornementale, les couplets au « gros sel » font rire par leurs grivoiseries, les couplets d'annonce au public ferment la pièce. Le couplet de situation, enfin, est privilégié par des auteurs comme Eugène Scribe : il permet de faire avancer l'intrigue. Les couplets, en effet, ralentissent l'action et sont perçus comme une contrainte. Les décrets de 1864 permettent enfin de s'en affranchir. Mais cet abandon profite au développement de genres plus récents qui récupèrent l'intérêt du public pour la musique. Ils risquent d'autant plus de faire de l'ombre au vaudeville qu'ils usent, eux aussi, de la veine comique et parodique : l'opérette et le café-concert.

1. *Le succès persistant de l'opérette*

La première opérette daterait de 1847 : *Don Quichotte et Sancho Pança* de Hervé (alias Florimond Ronger), créée au Théâtre-Montmartre. Le genre s'épanouit sous le second Empire avec les succès considérables des compositions de Jacques Offenbach (1819-1880) sur des livrets de Halévy et Meilhac. *Orphée aux Enfers* et *La Belle Hélène* parodient la mythologie antique. *La Vie parisienne* et *La Périchole* illustrent le goût des plaisirs de la société du second Empire, et la gaieté des intrigues n'empêche pas la critique des mœurs. L'opérette survit à la mort d'Offenbach en 1880 ; à la fin du siècle, règnent Edmond Audran et André Messager (*La Fiancée en loterie* en 1896, *Véronique* en 1898). Suivra, au début du XXe siècle, Claude Terrasse (*Les Travaux d'Hercule* en 1901, *Cartouche* en 1912). Francisque Sarcey, critique dramatique de référence au journal *Le Temps*, affirme alors que l'opérette a « tué » le vaudeville. Mais l'opérette elle-même souffre de la concurrence d'un type de spectacle qui fait alors fureur, et que Feydeau choisit comme toile de fond de son intrigue : le café-concert.

2. *L'âge d'or du café-concert*

Les cafés-concerts sont des salles où le public peut boire et fumer en assistant à des prestations diverses, chansons ou numéros de mime. Les théâtres se méfient de ces lieux apparus dès 1731 sur les Champs-Élysées. Ils se développent avec difficulté, mais prennent leur essor après 1864 : on y joue de petites pièces en un acte. Le 31 mars 1867, Camille Doucet, directeur de l'administration des théâtres, autorise ces salles à accueillir des artistes travestis, à monter pantomimes et numéros dansés, à utiliser plusieurs décors. Les pièces qui y sont représentées restent longtemps modestes, parfois médiocres. Mais les chansonniers drainent les foules. Les textes sont volontiers comiques et jouent du sous-entendu grivois, comme dans *Madame Arthur* interprétée par Yvette Guilbert. Certaines chansons font rire par une simplicité et une stupidité affichées, comme le premier succès de Libert : « Qui qu'a... qui qu'a vu Coco ? » La pièce de Feydeau mentionne un café-concert illustre : Bouzin a écrit une chanson pour une artiste de « l'Alcazar d'été », fondé en 1860, où chantent Paulus et Polin. 1893 voit naître l'Olympia, première salle à porter officiellement le nom de « music-hall ». Dans la centaine de cafés-concerts parisiens se presse alors un public mêlé : la baronne Duverger, qui souhaite engager la chanteuse Lucette Gautier pour sa soirée privée, pourrait y croiser le modeste clerc de notaire Bouzin et des spectateurs plus populaires. Comme le vaudeville, les chansons s'inspirent de l'actualité, parlent d'amour et de mariage, thématique à la mode dans cette période de débat autour de la loi Naquet sur le divorce, en 1884. Règne aussi le comique militaire ou « troupier », alimenté par l'esprit revanchard d'un pays qui pleure encore l'Alsace et la Lorraine, annexées à la Prusse en 1871. La satire du monde des casernes, opérée par Feydeau dans *Champignol malgré lui* en 1892, s'inscrit dans une longue suite de pièces qui glorifient ou parodient l'armée. Feydeau pastiche la chanson patriotique avec « C'est moi qui suis le drapeau de la France », supposément chantée à l'Eldorado, autre salle fameuse.

3. Un fil à la patte *et la musique*

Feydeau sait que le théâtre a partie liée avec les formes musicales de l'époque. À ses débuts, il donne ses monologues et ses pièces en un acte dans les salons de riches particuliers ou dans des cercles d'amateurs où fourmillent les bohèmes à la recherche du succès. L'alternance entre numéros chantés et récités fait, là aussi, la joie du public. Conscient de cette effervescence artistique, Feydeau réintroduit dans le troisième acte d'*Un fil à la patte* les couplets alors disparus dans le vaudeville. La jeune Viviane déclare en chanson son amour à Bois-d'Enghien qu'elle fait passer, aux yeux de sa gouvernante anglaise, pour son professeur de musique. C'est là un évident hommage à la comédie classique, *Le Malade imaginaire* de Molière ou *Le Barbier de Séville* de Beaumarchais, où les jeunes amoureuses usent du même stratagème. De plus, Feydeau reprend ici la tradition de l'ancien vaudeville à couplets. Le public reconnaît l'air de l'opéra-comique *Mireille* et rit de ses nouvelles paroles : « Ell' qui m'a flanqué à la porte / Hier au soir ! » Dernier effet de clin d'œil, Bois-d'Enghien répond par un couplet de « caf'conc' ». « En revenant de la Revue », immense succès de Paulus à l'Alcazar, hymne au général Boulanger et à l'armée, permet à Feydeau de se moquer de son personnage : Bois-d'Enghien exprime son enthousiasme amoureux par la métaphore convenue de la victoire militaire, mais ce refrain familier en fait un Don Juan de pacotille. Les références se mêlent donc dans un pot-pourri parodique.

Surtout, Feydeau sait utiliser toutes les possibilités

spectaculaires qui s'offrent à lui : le « caf'conc' » peut lui en fournir. Il prétendra d'ailleurs ne pas craindre sa concurrence dans une réponse ironique lors d'un entretien du 21 août 1897 : « *Champignol malgré lui* a eu 500 représentations, *Le Dindon, L'Hôtel du Libre-Échange, Monsieur chasse !*, le *Fil à la patte*, quelque chose comme un millier de représentations. Je me dis souvent : Ah ! sans ces sacrés cafés-concerts ! » Il y puise plusieurs interprètes. Il remarque par exemple Anna Judic qui joue les fausses ingénues à l'Eldorado et lui offre son monologue « Aux Antipodes » (1883), puis le rôle de la comtesse Plounidec dans *Le Bourgeon* en 1906.

Enfin, le monde des cafés-concerts l'inspire : Lucette Gautier, chanteuse imaginaire d'*Un fil à la patte*, est aussi le premier personnage féminin mi-artiste, mi-femme entretenue, que Feydeau met en scène. Suivra la Môme Crevette, danseuse du Moulin Rouge, dans *La Dame de chez Maxim* (1899). Quel genre de chanteuse Lucette peut-elle représenter ? Les artistes féminines se répartissent en deux grandes catégories. Il y a les « diseuses », bien souvent bonnes musiciennes, qui font entendre leurs textes grâce à leurs qualités de diction et d'interprétation. Il y a aussi les « gommeuses », qui parient davantage sur leurs atouts physiques, leurs costumes excentriques et la sensualité de leurs apparitions tapageuses. À vrai dire, Feydeau reste imprécis dans ses intentions. Lucette ne chante jamais dans la pièce et nous n'avons aucune idée de son répertoire. Les gommeuses, souvent entretenues par de riches protecteurs, donc « cocottes » ou demi-mondaines, sont plus habituées à monnayer leurs charmes qu'à travailler leur chant ; comme elles, Lucette est une séductrice. Mais sa tenue n'est pas explicitement fantasque : Feydeau, pourtant habitué aux nombreuses didascalies explicatives, mentionne très sobrement sa « jupe de théâtre » (II, 17). Lucette serait davantage une « diseuse », comme Yvette Guilbert, à qui Bouzin prétend porter la chanson refusée. Feydeau, au lieu de faire chanter la diva, préfère offrir le spectacle de son milieu hétéroclite. Peut-être conteste-t-il ainsi malicieusement les prétentions artistiques de certains interprètes ou de certains textes. En 1914, dans sa pièce *Je ne trompe pas mon mari*, l'écervelée Bichon sera convaincue des qualités de sa chanson : « Troumali, troumala, / Kakali, Kakala, / Zig, zig, zig, zig ! » Ces onomatopées rappellent les « scies » des chanteuses « épileptiques », comme « Tha-ma-ra-boum-di-hé » de la gommeuse Polaire en 1893 à la Scala. Feydeau sait exploiter le café-concert, mais sa raillerie envers les auteurs de chansons est aussi révélatrice de sa revendication d'une reconnaissance littéraire pour son genre, la comédie-vaudeville.

Pour prolonger la réflexion

Le théâtre français au XIXe siècle :

Anne-Simone DUFIEF, *Le Théâtre au XIXe siècle. Du romantisme au symbolisme*, Paris, Bréal, 2001.

Gérard GENGEMBRE, *Le Théâtre au XIXe siècle*, Paris, Armand Colin, 1999.

Jean-Claude YON, *Histoire culturelle de la France au XIXe siècle*, Paris, Armand Colin, 2010.

Le boulevard du Crime :

Olivier BARA (dir.), *Boulevard du Crime. Le temps des spectacles oculaires*, Revue *Orages. Littérature et culture, 1760-1830*, n° 4, mars 2005.

Jean-Marie THOMASSEAU, *Le Mélodrame*, Paris, PUF, « Que sais-je ? », 1984.

Théâtre et musique au XIXe siècle :

François CARADEC et Alain WEILL, *Le Café-concert*, Paris, Atelier Hachette / Massin, 1980.

Martine CLÉMENT, *Music Hall. Demandez le programme !*, Boulogne-Billancourt, Du May, 2008.

Benoît DUTEURTRE, *L'Opérette en France*, Paris, Le Seuil, 1997.

Henry GIDEL, *Le Vaudeville*, Paris, PUF, coll. « Que sais-je ? », 1986.

Yvette GUILBERT, *La Chanson de ma vie. Mes mémoires* [1927], Paris, Grasset, 1995.

Jean-Claude YON, *Jacques Offenbach*, Paris, Gallimard, coll. « NRF biographies », 2000.

Genre et registre

Le vaudeville, « machine à rire »

EN 1876, ÉMILE ZOLA, ALORS CRITIQUE DRAMATIQUE pour le journal *Le Bien public*, conteste le sous-titre « comédie » donné par Hennequin et Delacour à leur pièce *Les Dominos roses* : « J'aurais préféré vaudeville. Une comédie ne va pas, selon moi, sans une étude plus ou moins poussée des caractères, sans une peinture quelconque d'un milieu réel. » Les critiques n'ont pas manqué tout au long du XIXe siècle au sujet de ce genre réputé « bourgeois », au comique facile ou grossier. Feydeau (1862-1921) contribue pourtant à lui donner ses lettres de noblesse, à la fin d'un siècle où, sous l'impulsion décisive d'Eugène Scribe (1791-1861) puis d'Eugène Labiche (1815-1888), le vaudeville a gagné en subtilité et en complexité : *Un fil à la patte* en est un exemple éclatant.

1.

Apogée d'un genre

Le vaudeville, nous l'avons vu, est d'abord une chanson satirique. Dans son *Art poétique*, en 1674,

Boileau en vante l'esprit frondeur : « Le Français, né malin, forma le vaudeville, / Agréable indiscret, qui, conduit par le chant, / Passe de bouche en bouche et s'accroît en marchant. / La liberté française en ses vers se déploie : / Cet enfant du plaisir veut naître dans la joie. » Du couplet malicieux aux intrigues enchevêtrées de Feydeau, le vaudeville a passé par plusieurs étapes.

1. *Les origines*

Le vaudeville devient une petite pièce légère mêlée de couplets dans les foires Saint-Germain et Saint-Laurent au début du XVIIIe siècle. La Comédie-Française demande l'exclusivité des pièces entièrement parlées ; l'Opéra veut être le seul lieu où l'on chante continûment. Le vaudeville, condamné à l'entre-deux, se définit donc par la présence de couplets au sein de sa trame. Au XVIIIe siècle, les intrigues, encore simples, tiennent souvent de la *commedia dell'arte*, chez Alain René Lesage et Louis Fuzelier. Elles sont volontiers moralisantes chez Charles-François Panard, puis Charles-Simon Favart. Le genre conquiert son propre lieu : au Théâtre du Vaudeville, fondé en 1792, place de la Bourse, on joue Marc-Antoine Désaugiers, Jean-Baptiste Radet et Desfontaines devant un public enclin à se divertir après la Révolution. Le vaudeville obéit à diverses tendances. Il est édifiant dans *Fanchon la vielleuse* (1803) de Jean-Nicolas Bouilly et Joseph Pain, où une chanteuse de foire, fidèle à ses origines modestes, répand ses bienfaits. Le vaudeville de circonstance commente un événement politique ou une invention technique (*Les Montagnes russes* de Scribe en 1816). Le vaudeville parodique détourne les tragédies ou drames romantiques à l'affiche.

2. *Le vaudeville structuré : Scribe et Labiche*

Les péripéties du vaudeville viennent de la farce antique et médiévale : ruses, quiproquos, coups de théâtre. Eugène Scribe améliore son intrigue, alors que le « vaudeville à tiroirs » juxtaposait sans lien des scènes à grand spectacle, ou « clous ». Il dote ainsi d'une logique interne la folie-vaudeville, sous-genre loufoque (*L'Ours et le Pacha*), et étend le vaudeville sur deux actes (*Le Mariage de raison*). Cette amélioration profite aussi à la grande comédie que Scribe pratique pour la Comédie-Française. Ce « carcassier » souhaite toucher l'idéal de la « pièce bien faite », selon l'expression du critique Sarcey, et s'inspire de Beaumarchais et Louis-Benoît Picard (1769-1828). Pour ce dernier, les hommes sont des marionnettes guidées par le hasard ou par les décisions aléatoires de leurs dirigeants (*Les Ricochets*, 1807). Par son soin apporté aux péripéties, Scribe veut montrer que les individus subissent les événements plutôt qu'ils ne les provoquent. Les plus rusés sauront tourner les situations à leur avantage. Les comédies où Scribe raille les ambitions politiques (*Le Verre d'eau*, *Bertrand et Raton*) doivent aussi leur efficacité à sa pratique du vaudeville.

Sous le second Empire, Labiche revendique, lui aussi, l'importance du « plan ». Une situation de départ, souvent une méprise, bouleverse l'existence de bourgeois rangés, entraînés dans une intrigue résolument fantaisiste mais rigoureusement construite : il faut donner l'impression que les événements s'enchaînent d'eux-mêmes jusqu'au dénouement cocasse. Dans sa fameuse « pièce-poursuite », *Un chapeau de paille d'Italie* (1851), Fadinard part le jour de son mariage à la recherche d'un couvre-chef introuvable. Il change de lieu à chaque acte et joue différents rôles, suivi par toute sa noce; le chapeau était à portée de sa main dès la première scène. Cet art de l'intrigue profite aussi bien aux folies-vaudevilles (*L'Affaire de la rue de Lourcine* en 1857) qu'aux œuvres plus ambitieuses, proches de la comédie de caractère (*Le Voyage de M. Perrichon* en 1860). Au XXe siècle, selon Philippe Soupault, Labiche met sa technique au service de la satire des mœurs contemporaines; plus largement, le dramaturge s'intéresse à des défauts atemporels : l'égoïsme, la lâcheté et la bêtise.

3. *Feydeau : vers la complexification du vaudeville*

Dans les années 1880, le vaudeville, délesté de ses couplets depuis 1864, peine à se définir et à se renouveler. Les auteurs sont toujours nombreux : Victorien Sardou, Alexandre Bisson, Albin Valabrègue, Edmond Gondinet, etc. Pour continuer à conquérir le public, Alfred Hennequin (1842-1887) croise quatre ou cinq fils au cœur de l'action. Feydeau, lui, prétend ne pas suivre de canevas, mais reconnaît l'importance de l'élaboration des péripéties : « Il y a des gens qui supposent qu'une pièce, parce qu'elle est légère d'allures et sans prétention, est aisée à construire. Ils ne soupçonnent pas tout ce qui concourt à sa réussite : et la prudence des préparations, et la surprise des coups de théâtre, et l'incident inattendu dont il faut corser l'exposition pour secouer les nerfs des blasés » (propos recueillis par Adolphe Brisson, *Portraits intimes*, 1901). Son audace consiste à exploiter les moyens traditionnels de la farce et de la comédie d'intrigue jusqu'aux limites de l'acceptable : il prolonge ainsi un malentendu invraisemblable pendant trois actes dans *Chat en poche* (1888) où un étudiant en droit, pris pour un ténor, est sommé d'aller chanter à l'opéra. Surtout, il accumule les intrigues secondaires dont chacune développe des quiproquos en cascade, qu'il croise ensuite dans un savant imbroglio. Par un enchaînement causal rigoureux, il touche à l'exagération et à l'entassement quasi fantastique des événements. Après Feydeau, le vaudeville s'assagit : les intrigues se ralentissent et se centrent sur les personnages, comme chez Tristan Bernard, Jules Renard ou Sacha Guitry.

L'histoire du vaudeville en quelques titres

1713	Alain René Lesage, *Arlequin, roi de Serendib.*
1812	Marc-Antoine Désaugiers, *Le Mariage de Dumollet.*
1820	Eugène Scribe, *L'Ours et le Pacha.*
1825	Eugène Scribe, *Le Charlatanisme.*
1851	Eugène Labiche, *Un chapeau de paille d'Italie.*
1857	Eugène Labiche, *L'Affaire de la rue de Lourcine.*
1863	Henri Meilhac et Ludovic Halévy, *Le Brésilien.*
1871	Alfred Hennequin, *Les Trois Chapeaux.*
1899	Georges Feydeau, *La Dame de chez Maxim.*
1905	Sacha Guitry, *Nono.*
1907	Georges Feydeau, *La Puce à l'oreille.*

2.

Le chimiste du rire

Comment faire fonctionner cette machine comique ? Voici comment Feydeau définit sa méthode : « En arrangeant les folies qui déchaîneront l'hilarité du public, je n'en suis pas égayé, je garde le sérieux, le sang-froid du chimiste qui dose un médicament. J'introduis dans ma pilule un gramme d'imbroglio, un gramme de libertinage, un gramme d'observation. Je malaxe du mieux qu'il m'est possible ces éléments. Et je prévois presque à coup sûr l'effet qu'ils produiront. » *Un fil à la patte* permet de repérer les composantes de cette combinaison comique.

1. *L'humain pris dans la mécanique*

L'action prime sur la peinture des personnages, mais Feydeau refuse de mettre en scène de simples pantins. Il confie au journal *Le Matin*, le 15 mars 1908 : « Je pensais que chacun de nous, dans la vie, passe par des situations vaudevillesques, sans toutefois qu'à ces jeux nous perdions notre personnalité intéressante. En fallait-il davantage ? Je me mis aussitôt à chercher mes personnages dans la réalité, bien vivants, et leur conservant leur caractère propre, je m'efforçai, après une exposition de comédie, de les jeter dans des situations burlesques. » Il campe donc d'abord des personnages authentiques pour les soumettre ensuite à une mécanique dramatique perfectionnée qui les emporte dans son mouvement et risque de les broyer dans ses rouages. Feydeau ne dédaigne pas pour autant certaines figures d'emblée très schématiques. L'onomastique, ou étude des noms propres, révèle cette simplification : Marceline, vieille fille gloutonne en quête d'affection, porte le nom de l'acariâtre manipulatrice du *Mariage de Figaro* de Beaumarchais. Le général « Irrigua » prodigue l'argent à flots et déborde de passion. Ces types universels de la comédie sont aussi des « emplois » : ils ont leurs acteurs spécialisés. Mais le salon de Lucette évoque un milieu bien réel qui mêle artistes amateurs, anciennes cocottes, comme Nini, et parasites, comme Chenneviette.

Les personnages, bientôt, sont pris au piège de leurs mensonges. Bois-d'Enghien ne peut avouer à Lucette qu'il épouse une jeune héritière, Viviane Duverger. À l'acte II, pour éviter que les deux femmes ne se parlent, il invente des « parades », des excuses invraisemblables, rit comme un dément, tâche de fuir. Pris de vitesse, il n'agit plus : il réagit, comme par réflexe. De son côté, le médiocre clerc de notaire Bouzin, espérant que Lucette acceptera sa chanson, glisse sa carte de visite dans un bouquet offert par le général Irrigua qui contenait une bague. Tous le croient amoureux et le jaloux Sud-Américain le poursuit sans relâche pendant toute la pièce. On observe ici une illustration de la théorie du philosophe Henri Bergson (*Le Rire*, 1900) : le comique vient du « mécanique plaqué sur du vivant ». L'humain perd sa souplesse et se transforme en machine : machine à mentir pour Bois-d'Enghien, machine à courir pour Bouzin qui revient, tel un diable à ressort, récupérer son parapluie qu'il oublie perpétuellement. Au troisième acte, tous deux sont transportés en plein cauchemar, tour à tour presque nus sur le palier et soumis à la menace d'un revolver. Les courants d'air qui les bloquent sur le seuil semblent figurer une fatalité comique maligne qui s'obstine à les punir : Bouzin paye encore les conséquences de sa tricherie, en apparence bien anodine, du premier acte.

Quelques versions
d'*Un fil à la patte*

Le vaudeville fonctionne à huis clos : il concentre dans un espace restreint une multitude de mouvements. Guy Lefranc, dans son film de 1955, aère la pièce en nous transportant au café-concert. Michel Deville, en 2005, modifie les dialogues, mais conserve l'arithmétique des allées et venues. À la Comédie-Française, le succès de la pièce tient beaucoup à la performance clownesque de l'acteur jouant Bouzin : Robert Hirsch dans la mise en scène de Jacques Charon en 1961 et Christian Hecq dans celle de Jérôme Deschamps en 2010.

2. *La satire : comédie de l'amour et mascarade sociale*

Feydeau présente une société où le respect des convenances est sacré. Il débusque, derrière le vernis des apparences, les lâchetés quotidiennes et l'hypocrisie des lois sociales. La pièce laisse tout d'abord une grande place à la comédie du sentiment. Trois femmes très différentes exposent chacune une vision de l'amour contradictoire. Lucette fait rire par sa crédulité exagérée : Bois-d'Enghien a-t-il vraiment disparu à cause d'« une syncope qui lui a duré quinze jours » (I, 2) ? La vérité dérange. Tout comme Fontanet ne sent jamais que c'est lui qui sent mauvais, Lucette s'aveugle sur sa liaison. Son attitude est ambivalente : jadis femme entretenue, elle souhaite se réserver pour son amant, mais accepte les cadeaux du général. Irrigua évoque le partage qu'elle lui propose à l'acte III, scène 6 : « Il m'a dit : yo no serai la votre que si Bodégué il veut encore être le mienne ! » Mais les tractations amoureuses se pratiquent aussi chez les nobles. Mme Duverger souhaite un gendre irréprochable mais reconnaît à la scène 2 de l'acte II, que l'on peut s'arranger avec le mariage : « autant chercher dans son époux son idéal complet, quand ça ne serait que pour éviter de le compléter ensuite ! » Viviane rêve d'épouser un séducteur pour attiser les jalousies des autres femmes. Le mariage n'est pas affaire de passion mais se soumet crûment aux lois du marché : « Pourquoi désire-t-on une chose ? C'est parce que les autres la désirent… Qu'est-ce qui fait la valeur d'un objet ? C'est l'offre et la demande. »

Ce qui mène les hommes, c'est l'appât du gain et l'ambition. Bois-d'Enghien cherche une promotion sociale par le mariage et Bouzin, à l'inverse, rêve d'être admis dans le monde marginal des artistes. Pour dénoncer ces désirs de respectabilité et de reconnaissance, Feydeau utilise le burlesque : il traite de sujets sérieux par la légèreté et donne une grande importance au corps pour démasquer les instincts les plus profonds des personnages. Ainsi, la faiblesse physique de Bois-d'Enghien pour Lucette manque de ruiner son mariage. Bouzin, toujours attaché à garder une contenance, doit céder son pantalon. Fontanet, avec sa mauvaise odeur et ses cors aux pieds, fournit des effets comiques élémentaires, mais figure aussi l'intrusion de la sphère intime dans la vie publique.

3. *La langue vaudevillesque*

Dans le vaudeville, le langage se fait entendre pour lui-même. Avec la disparition des couplets, la musicalité se loge désormais dans les répliques, les effets de chœurs ou d'échos, parfois très proches de la *commedia dell'arte*, comme à l'acte I, scène 16 : « Hein, c'est lui ? c'est vous ? vous ? lui ? » Le dialogue, par son dynamisme, semble à la fois spontané et très écrit.

Le public est friand de fantaisies verbales. Mais Feydeau résiste à la tentation du « bon mot ». Comme Labiche, il relie la formule amusante à la situation. Ainsi, à l'acte II, scène 6, Viviane, à la recherche de son fiancé caché dans un placard, suggère : « Il prend l'air, sans doute. » Le personnage est moins comique lorsqu'il « fait un mot » (ou, pour le général Irrigua, « un mott ! ») que lorsqu'un « mot malheureux » lui échappe. Fontanet, l'homme qui sent mauvais, déclare avoir composé une chanson tant bien que mal : « Comme je pus ! » (acte I, scène 7). Les doubles sens abondent. Bouzin écrit, par exemple, une chanson grivoise : « Moi, j'pique des éping' / Dans les p'lots des femm's que j'disting'. » Mais Feydeau annonce ici un autre effet : plus loin, Bois-d'Enghien se pique littéralement les doigts en touchant le corsage de sa promise, plein d'épingles, suggérant que la conquête de Viviane est encore lointaine. Le langage s'avère souvent trompeur. Après tout, les mots se déforment : « la divette », Lucette, devient le nom d'un restaurant, « Ladivette » (acte II, scène 4). Les personnages à accent ravissent le public par leur français fautif, mais symbolisent aussi les difficultés de la communication, même entre francophones. Le langage peut laisser perplexe : pourquoi le graphème « sc » se prononce-t-il différemment dans les mots « sceptique » et « scandale » ? Les pièges tendus par les mots trouvent pleinement leur place dans ce monde scénique régi par les apparences trompeuses.

Pour aller plus loin

Sur le vaudeville :

Brigitte BRUNET, *Le Théâtre de Boulevard*, Paris, Nathan, coll. « Lettres Sup », 2004.

Henry GIDEL, *Le Vaudeville*, Paris, PUF, coll. « Que sais-je ? », 1986.

Jacques ROBICHEZ, préface à Labiche, Eugène, *Théâtre*, Robert Laffont, coll. « Bouquins », 1991.

Philippe SOUPAULT, *Eugène Labiche, sa vie, son œuvre* [1945], Paris, Mercure de France, 1964.

Jean-Marie THOMASSEAU (dir.), revue *Europe*, *Le Vaudeville*, nº 786, octobre 1994.

Jean-Claude YON, *Eugène Scribe : la fortune et la liberté*, Paris, Nizet, 2000.

Sur Feydeau :

Henry GIDEL, *Le Théâtre de Georges Feydeau*, Paris, Klincksieck, 1979.

Violaine HEYRAUD, *Feydeau, la machine à vertiges*, Paris, Classiques Garnier, 2012.

Arlette SHENKAN, *Georges Feydeau*, Paris, Seghers, 1972.

Les Nouveaux Cahiers de la Comédie-Française, L'Avant-scène théâtre, novembre 2010.

L'écrivain à sa table de travail

Imposer un style personnel

L'ÉCRITURE D'*UN FIL À LA PATTE* NOUS INFORME sur les difficultés du vaudevilliste qui doit à la fois contenter le public et le surprendre dans ses attentes. Feydeau ne se distingue pas par l'originalité de ses sujets. Il fait du neuf avec du vieux : il part de ficelles vaudevillesques traditionnelles pour élaborer son style personnel et cherche, par un mouvement scénique d'une complexité inédite, à étourdir ses spectateurs. Le succès de la pièce, entrée au répertoire de la Comédie-Française en 1961, ne s'est jamais démenti. L'examen des étapes préparatoires nous permet d'évaluer les raffinements d'une écriture qui ne laisse rien au hasard. Entrons pas à pas dans le processus créateur de Feydeau, de l'idée motrice de la pièce à sa publication.

1.

Une lente genèse

Un fil à la patte est une exception dans l'œuvre de Feydeau, habitué à travailler de façon intensive. La longueur de sa gestation témoigne des conditions d'écriture en cette fin de siècle. Tout commence en janvier 1890, quatre ans avant la première. Feydeau, en bon vaudevilliste, puise ses idées dans l'actualité. Il lit dans le journal les mésaventures d'un authentique Sud-Américain, le général d'Asa : venu à Paris acheter des machines de guerre pour son gouvernement, il a dépensé tout l'argent dont il disposait en distractions faciles. Feydeau ne sait pas encore que, après quelques années d'exil, ce général se fera lyncher dès son retour au pays. Pour l'instant, il juge la situation cocasse et suffisamment fertile pour renouveler le type du « rastaquouère », bien connu dans le vaudeville et l'opérette. Voilà le général Irrigua dessiné ; Feydeau, dans son élan, conçoit les deux premiers actes de sa pièce.

Mais une série de mésaventures retarde l'achèvement du projet. Le 4 février 1890, Maurice Desvallières, ami et collaborateur de Feydeau, lui écrit qu'il vient d'assister à une pièce intitulée *La Maîtresse de langue* au Théâtre des Menus-Plaisirs, qui contient une scène de faux flagrant délit, beaucoup trop proche de celle où Lucette déshabille Bois-d'Enghien par ruse pour empêcher son mariage. Feydeau, déçu, décide d'attendre que la pièce, apparemment médiocre, quitte l'affiche et tombe dans l'oubli. Quelques années plus tard, en 1893, les directeurs du Palais-Royal, Mussay et Boyer, lui commandent une pièce pour le début de l'année 1894 et lui garantissent le meilleur de leur troupe. Feydeau pense alors reprendre sans danger le manuscrit d'*Un fil à la patte* en imaginant dans les rôles principaux le duo à succès de *Monsieur chasse !* : Saint-Germain prendra le rôle de Bouzin et Raimond celui de Bois-d'Enghien. Milher, autre vedette, sera le général. Mais un soir de mars 1893, il va voir la dernière pièce de son ami Albin Valabrègue aux Variétés, *Le Premier Mari de France*. Quelle n'est pas sa surprise de retrouver dans l'acte II la même scène à grand spectacle que dans *Un fil à la patte*... Il écrit donc le 8 mars à Valabrègue : « Ta pièce est un énorme succès et partant restera présente à toutes les mémoires ; je puis donc être sûr que lorsque *Le fil à la patte* verra le jour, on ne manquera pas de dire que j'ai tout pris dans *Le Premier Mari de France* et que j'ai odieusement pillé mon ami Valabrègue. » L'accusation serait infamante pour Feydeau qui brigue au même moment la Légion d'honneur. Heureusement, Valabrègue lui répond qu'il le défendra si on l'accuse de plagiat. Feydeau se remet au travail.

La crainte de Feydeau se justifie : le plagiat est fréquent à l'époque. Au-delà, ce genre de coïncidences révèle que les situations offertes aux dramaturges et puisées dans la réalité contemporaine ne sont pas en nombre illimité. L'épisode choisi par Feydeau se retrouve dans plusieurs pièces, dont *La Station Champbaudet* d'Eugène Labiche (1862), qu'il connaît sans doute. Il prétend, en revanche, dans une lettre à Basset, ne pas avoir lu la comédie d'Eugène Scribe, *Une chaîne* (1841), qui traite du même thème mais frôle le drame. *Un fil à la patte* affiche son caractère comique mais la répétition du mot « chaîne » pour désigner Lucette à l'acte III, scène 5, est bien suspecte : Feydeau n'a peut-être pas confessé toutes ses sources. Toujours est-il qu'il décide de maintenir son intérêt pour un sujet déjà traité : c'est l'occasion de démontrer brillamment sa différence. Il a le champ libre : il n'aura pas de collaborateur sur cette pièce. Qui eût accepté d'accompagner un projet sur une durée aussi longue ? La collaboration est une tradition vaudevillesque très pratiquée par Labiche. Feydeau a travaillé plusieurs fois avec Desvallières, une fois avec Maurice Hennequin ; mais il ne craint pas d'écrire seul. Il ne ménage pas son énergie : alors que *Champignol malgré lui* est encore à l'affiche, il termine avec Desvallières une comédie de mœurs, *Le Ruban*, en octobre 1893, riant de ses propres prétentions à la Légion d'honneur. Il achève en même temps *Un fil à la patte* : malgré un début mouvementé, cette initiative sera donc entièrement personnelle, ce qui avait profité à ses pièces les plus novatrices, *Tailleur pour dames* (1886) et *Monsieur chasse !* (1892).

2.

Aller à l'essentiel

Feydeau se hâte d'achever sa pièce : il ne faut pas se faire à nouveau voler son sujet ! Mais avant de la répéter, une autre étape est nécessaire. En 1894, toute pièce acceptée dans un théâtre doit encore obtenir l'accord de la censure préventive. Depuis la loi du 9 septembre 1835, les censeurs peuvent interdire un texte ou exiger des corrections. Cette réglementation, presque continue depuis 1835, s'accentue en 1852 et la loi sur la liberté des théâtres en 1864 la maintient. Les salles de spectacles sont des ferments potentiels de désordre ; il faut pouvoir les contrôler. On traque les allusions à la politique, les atteintes aux bonnes mœurs et les contestations sociales. Cette situation perdure jusqu'au 17 avril 1906, fin des crédits accordés à la censure théâtrale. À la fin de 1893, les censeurs ne rédigent plus de procès-verbal pour motiver leur décision : ils interviennent directement sur le texte manuscrit qui leur est remis et indiquent leurs oppositions par un « non » lapidaire dans la marge. C'est aux Archives nationales que l'on peut aujourd'hui consulter ces documents : ils nous renseignent sur l'état du texte avant le travail de répétition et les représentations.

Lorsque *Un fil à la patte* arrive à la censure préventive, le manuscrit témoigne déjà des priorités de l'auteur : Feydeau, rappelons-le, donne une étoffe à ses personnages avant de les plonger dans des situations infernales et déshumanisantes. Il se distingue ainsi de Valabrègue : à l'acte II, scène 9 du *Premier Mari de France*, la cocotte Clémentine oblige le jeune Alfred à ôter sa jaquette : « Elle a pris à son insu une boîte de poudre de riz et elle lui blanchit le dos en lançant la poudre à poignées. » Mais Clémentine reste une « utilité », un personnage au service d'une situation. Elle n'a pas le relief de Lucette, dépeinte avec soin dans sa fougue et ses faiblesses.

Par le passé, les censeurs n'avaient pas hésité à raturer le texte de Feydeau. Un an plus tôt, dans *Le Système Ribadier*, présenté au Palais-Royal le 30 novembre 1892, ils avaient biffé une allusion rapide à Ferdinand de Lesseps, à l'origine du scandale politico-financier de Panamá qui ébranlait alors la France. Cette fois-ci, Feydeau a prévenu les objections : la chanson subversive de Fontanet sur la corruption en politique est trop évasive pour susciter des réserves. Les censeurs ne touchent pas plus aux grivoiseries : elles font, après tout, partie du genre.

En revanche, la pièce n'échappe pas à la sévérité d'une autre censure : celle de Feydeau lui-même qui opère des coupes sombres dans ses dialogues. Le manuscrit présente de notables différences avec le texte publié en 1899 : toutes démontrent un même souci d'économie de moyens. Les répétitions ont sans doute révélé quelques faiblesses ou lourdeurs que Feydeau supprime sans hésiter, quitte à sacrifier quelque peu la peinture des personnages : il ôte ainsi à Marceline quelques répliques amusantes qu'il juge nuisibles au rythme général. À l'acte II, un changement majeur se produit. Bois-d'Enghien, venu chez la baronne Duverger pour signer son contrat de mariage, y trouve Lucette, invitée à chanter pour les festivités. Il doit lui cacher la raison de sa présence : il raconte à tout le monde que le mot « fiancé » lui cause des crises de nerfs et qu'il faut éviter de le prononcer devant elle. Dans le manuscrit, le notaire lit sur scène le contrat de mariage, mais remplace prudemment les mots « la fiancée » et « le futur » par « la machin » et « le chose »... La scène se prolonge et Lucette de s'étonner : « Mais on se marie donc en algèbre, maintenant ? » Elle comprend tout lorsque Bois-d'Enghien doit apposer sa signature au contrat. Feydeau s'impose le défi de faire durer une situation grotesque, selon la tradition de la « scène à faire », moment à grand spectacle et instant décisif où tout semble se jouer. Mais il reconnaît qu'en dépit de ses jeux langagiers amusants, la scène défie par trop la vraisemblance : il est plus efficace d'en faire l'économie et de précipiter l'action. Tous quittent donc la scène pour signer le contrat et la Baronne, sous l'effet de l'excitation, lâche le mot interdit.

Cette priorité donnée au mouvement est particulièrement visible dans l'acte III. Dans le manuscrit, tous les personnages réapparaissent pour supplier Bois-d'Enghien de renouer avec Lucette : Marceline, Chenneviette, et même Firmin, le domestique. Dans la version finale, l'intrigue amoureuse s'achève sur une dernière tentative de Lucette, mais personne ne plaidera plus sa cause. Seuls reviennent Bouzin et le général pour animer l'acte par un dernier jeu de courses-poursuites. Le mouvement scénique finit par constituer l'essentiel du spectacle dans cet acte où soixante-quinze allées et venues s'enchaînent. Le tempo ainsi accéléré favorise le comique, mais épuise les personnages dans des courses sans fin, dont ils finissent presque par perdre de vue les raisons. Pourquoi Irrigua s'acharne-t-il à poursuivre Bouzin ? Feydeau a trouvé son originalité dans la mise en scène d'un mouvement incessant, sans but et presque angoissant. Il sait donc se conformer aux attentes d'une époque, mais ébranle les cadres formels du vaudeville par un rythme étourdissant.

3.

L'épreuve de la scène

Le manuscrit soumis à la censure est d'une grande précision dans les dialogues et les effets comiques. Pourtant, le texte publié en 1899 contient quelques raffinements qui doivent sans doute beaucoup au travail avec les comédiens. Le passage à la scène valide la réussite de certaines répliques ou, au contraire, sanctionne leur moindre puissance comique.

Feydeau réclame de longues périodes de répétitions : huit semaines. Doué d'un remarquable instinct théâtral, c'est aussi un excellent comédien. Il ignore qu'il se conduit déjà en « metteur en scène », fonction inaugurée par Antoine à la même époque. Il conçoit sa pièce dans ses dimensions les plus concrètes et se montre un directeur d'acteurs exigeant, allant jusqu'à monter sur scène pour exécuter lui-même ce qu'il souhaite voir. En 1893, Feydeau a trente et un ans ; il n'a pas encore acquis l'assurance que donne la gloire et qui lui permettra, quelques années plus tard, dans *Occupe-toi d'Amélie*, en 1908, de dicter jusqu'à la mélodie de certaines phrases rythmiques. Mais il est déjà très attaché au tempo qu'il voudra toujours plus rapide au fil des ans. Il dirige avec humilité le trio de vedettes qu'il a obtenu et confie en 1911 : « Saint-Germain, Milher, Raimond, ces trois colosses du rire ! Quelle joie et quelle aubaine pour un jeune auteur d'avoir pour interprètes des comiques de cette envergure. Et je ne doutais de rien ; je leur donnais des indications ; je corrigeais leur jeu ; moi, le presque débutant, à ces vieux routiers ! » Pour compléter la distribution, faute d'obtenir l'étoile Marguerite Ugalde, il choisit la jeune Jeanne Cheirel ; l'actrice, lancée par Feydeau, deviendra une grande figure du cinéma, jusque dans les années 1930. Feydeau souhaite la plus grande « sincérité » dans le jeu : les situations extravagantes doivent être vécues comme des catastrophes par les personnages. Feydeau proscrit le clin d'œil au public : l'effet serait manqué. La troupe du Palais-Royal, pourtant réputée pour son jeu exagéré, sait ici rester dans la nuance, et les acteurs, dociles, ont néanmoins leur part de création dans la réussite finale : la première bénéficie de neuf rappels. Feydeau semble avoir atteint ses objectifs. Il a orienté le vaudeville vers un mouvement débridé qui laisse une large place au corps ; certains critiques comparent le jeu de Saint-Germain à de la haute voltige. Un autre exprime, sans le dire, l'angoisse soulevée par le dernier acte et estime que Feydeau a touché « l'extrême limite du point qui sépare la folle gaieté de la sensation pénible. Il chatouille trop violemment les spectateurs, il risque de les faire crier ». Feydeau cherche à produire une réaction physique chez son public : le tordre de rire, l'essouffler. Mais il ne gagne pas seulement le titre de roi des amuseurs ; après la première, les directeurs du théâtre donnent une petite fête et Marianne Feydeau apporte à son mari la croix de la Légion d'honneur qui lui a été attribuée quelques jours plus tôt. Le 9 janvier 1894, Feydeau voit triompher ses jeux de scène clownesques et est consacré comme homme de lettres.

Reste donc à publier la pièce. Il serait bien dommage de priver la postérité des trouvailles que les comédiens inspirent à l'auteur ou qu'ils soumettent à son approbation. Les indications scéniques finales accentuent le burlesque des gags prévus dans le manuscrit. Bois-d'Enghien veut-il se débarrasser des journaux compromettants qui publient ses bans ? Il ne les fourre plus « dans sa poche », mais « contre sa poitrine par l'entrebâillement de son peignoir », effet comique beaucoup plus inattendu. Le texte gagne en dérision et en cruauté. Comment le clerc de notaire ne perçoit-il pas l'hypocrisie de l'accueil exagéré qui lui est réservé ? « Chacun lui apporte une chaise [...] ce qui forme un rang de chaises » derrière lui. Feydeau souligne encore le désarroi de Bouzin lorsqu'il menace Bois-d'Enghien d'un revolver pour récupérer son pantalon. Dans le manuscrit, Bois-d'Enghien lui dévoile qu'il s'agit en réalité d'un pistolet de théâtre et d'un éventail. Dans le texte publié, Bouzin, désespéré, le découvre... en pressant la gâchette. Le public sait qu'il n'y a aucun danger, mais Feydeau esquisse la possibilité qu'un personnage de vaudeville veuille en tuer un autre, ce qui en dit long sur la dimension tragi-comique gagnée par Bouzin au cours des représentations. Feydeau, très maniaque, consigne ses intentions dans de copieuses didascalies et note par des numéros entre parenthèses l'emplacement désiré du comédien sur le plateau. Il va jusqu'à expliquer aux futurs régisseurs comment créer les effets de courants d'air du troisième acte. Son texte s'offre donc, non seulement comme une partition musicale, mais comme une mise en scène idéale dont Feydeau, l'homme-orchestre, assume la paternité.

Pour aller plus loin

Henry GIDEL, *Feydeau*, Paris, Flammarion, 1991.

Henry GIDEL, Notice d'*Un fil à la patte*, Théâtre complet, Paris, Classiques Garnier, 2011, t. II.

Jacques LORCEY, *L'Homme de chez Maxim's. Georges Feydeau, sa vie*. I., Paris, Séguier, « Empreinte », 2004.

Groupement de textes

Courtisanes, cocottes et demi-mondaines au théâtre

LA CHANTEUSE LUCETTE RAPPELLE L'ÉTROITESSE des rapports entre femme de spectacle et femme entretenue. Exubérante, peu pudique, elle accepte les cadeaux du général Irrigua et envisage de se partager entre lui et Bois-d'Enghien : malgré ses ambiguïtés, c'est une figure de « cocotte ». La demi-mondaine intéresse la littérature au XIXe siècle : elle renvoie à une réalité sociologique observable. La « courtisane », entretenue par un protecteur, est une prostituée qui vit dans le luxe et jouit d'une relative liberté. Elle n'est pas attachée à une « maison close » ; elle échappe aussi au contrôle administratif et policier imposé aux prostituées indépendantes. Ses « amis » voient en elle un amour vénal plus raffiné, la considérant presque comme leur maîtresse attitrée. En réalité, les demi-mondaines multiplient souvent les appuis et reçoivent généralement un « amant de cœur » dont il faut soigneusement cacher l'existence. Un abandon, et la ruine guette, car ces femmes, parfois couvertes d'or, dépensent plus que de raison.

Pour contrefaire l'amoureuse, la courtisane recourt à ses qualités d'actrice. En réalité, la frontière entre la femme de spectacle et la demi-mondaine est parfois ténue : il arrive que les comédiennes se vendent pour s'assurer une existence décente. Inversement, certaines femmes qui font commerce de leur corps profitent du théâtre pour gagner leur liberté et éblouir, sous les feux de la rampe, des protecteurs potentiels. Le roman s'empare de ce personnage après *Manon Lescaut* de l'abbé Prévost (1731) : *Splendeurs et misères des courtisanes* de Balzac (1838-1847), *Nana* de Zola (1880). Mais, comme Nana qui commence sa carrière de courtisane sur les planches, cette figure est liée au théâtre. Sur scène, son traitement dramatique évolue. Dans le vaudeville, la cocotte dévoile un peu son épaule, séduit par la souplesse de ses mouvements mais aussi par ses mauvaises manières, héritées de son origine modeste. Tolérée par la société, elle reste une figure marginale et ravit les bourgeois en quête de transgression, prisonniers de désirs sensuels qu'ils ne peuvent réprimer. La courtisane dérange : la puissance du corps et la valeur marchande de l'amour s'observent en réalité dans le « demi-monde » comme dans le « grand monde ». La cocotte de vaudeville puise ses racines dans la comédie latine ; mais la courtisane, au XIXe siècle, intéresse tous les courants littéraires, d'où sa grande fortune théâtrale. Manipulatrice, sacrifiée, cynique ou revendicatrice : la courtisane révèle bien souvent ses ambiguïtés au moment où elle envisage, comme Lucette, d'être la femme d'un seul homme.

PLAUTE (vers 254-184 av. J.-C.)

Le Brutal (189 av. J.-C.)

(trad. de Pierre Grimal, Gallimard, Folio, 1971)

Dans la comédie latine, la courtisane symbolise la ruse et le travestissement. Son entrée est toujours un grand moment : les comédiens sont exclusivement masculins à Rome et le per-

sonnage, incarnation de la féminité, offre une belle performance à l'acteur masqué. Plaute montre une courtisane dénuée de tout scrupule dans l'une de ses dernières pièces, Le Brutal (Truculentus)*. L'intrigue, inspirée d'un modèle grec non identifié, concentre l'intérêt sur les manœuvres de Phronésie qui envoûte et ruine des hommes fort divers : son amant, Diniarque, un jeune paysan, Strabax, l'esclave de ce dernier, Cyamus, rustre peu habitué à la compagnie des femmes et, enfin, le soldat Stratophane. La courtisane va jusqu'à s'emparer d'un enfant abandonné pour en faire l'instrument d'un chantage : pour soutirer de l'argent au militaire, elle lui fait croire que l'enfant est de lui. On apprend bientôt que Diniarque en est en fait le père. Avec un grand pessimisme, la pièce montre le triomphe du cynisme : Diniarque, dans le secret des manigances de Phronésie, cède pourtant à sa manipulation.*

PHRONÉSIE : Tiens, je vois l'homme qui, par amour pour moi, m'a chargée d'administrer sa fortune !
DINIARQUE : Femme, je venais te voir.
PHRONÉSIE : Comme vas-tu, mon bonheur ?
DINIARQUE : Pas de « bonheur » ; trêve de sottises. Il ne s'agit pas de cela maintenant.
PHRONÉSIE : Je sais, par Castor, ce que tu veux, ce que tu souhaites, et ce que tu demandes : tu veux me voir, tu souhaites que je sois ta maîtresse, et tu réclames ton enfant ?
DINIARQUE : Dieux immortels, comme son langage est net, comme, en quelques mots, elle touche le fond des choses !
PHRONÉSIE : Je sais que tu as une fiancée, et un fils de cette fiancée, et que tu dois maintenant te marier, que ton cœur est désormais ailleurs, et que tu vas à l'avenir me considérer comme une femme abandonnée ; mais pense à quel point la petite souris est un animal prévoyant, jamais elle ne confie sa vie à une seule demeure ; si une issue est assiégée, elle a toujours un autre refuge.
DINIARQUE : Lorsque j'aurai le temps, je parlerai avec toi plus longuement de ces choses ; maintenant, rends-moi l'enfant.

PHRONÉSIE : Je t'en prie, permets qu'il reste encore quelques jours chez moi.
DINIARQUE : Pas du tout.
PHRONÉSIE : S'il te plaît !
DINIARQUE : Pourquoi en as-tu besoin ?
PHRONÉSIE : Pour mes intérêts. Pendant trois jours, au moins, le temps de me faire donner quelque chose par le soldat, permets qu'il reste chez moi. Si je l'ai, cela te sera utile à toi aussi ; si tu l'enlèves, alors, je n'ai plus aucun espoir du côté du soldat.
DINIARQUE : Bon, je veux bien ; d'ailleurs, même si je ne le voulais pas, il n'y aurait pas moyen. Eh bien, sers-toi de l'enfant et soigne-le, puisque les soins que tu lui donneras t'ont été payés.
PHRONÉSIE : Je te suis très reconnaissante, par Castor. Lorsque tu craindras quelque chose de désagréable chez toi, viens te réfugier ici chez moi. Tu seras au moins pour moi un ami… de rechange.
DINIARQUE : Porte-toi bien, Phronésie.
PHRONÉSIE : Tu ne m'appelles plus ton petit œil ?
DINIARQUE : Tu verras, c'est un nom qui reviendra. Tu as besoin de moi ?
PHRONÉSIE : Porte-toi bien.
DINIARQUE : Quand je le pourrai, je viendrai te voir.
PHRONÉSIE : Ah, le voilà parti, il est loin. Je puis parler librement. Ah, le vieux proverbe est bien vrai, qui dit : « Avoir des amis, c'est être riche. » Grâce à ce garçon, j'ai encore l'espoir, aujourd'hui, de taper le soldat, que, par Castor, j'aime plus que moi-même — aussi longtemps que j'en tire ce que je désire. Nous ramassons beaucoup, mais on n'en voit pas beaucoup, de ce que l'on nous a donné ; si grand est le désir de paraître des courtisanes.

(V, 4)

Victor HUGO (1802-1885)

Marion de Lorme (1831)

(Gallimard, Pléiade)

Marion de Lorme *est un drame en cinq actes de Victor Hugo, représenté pour la première fois le 11 août 1831 au Théâtre de la Porte-Saint-Martin. Il est composé six mois après* Cromwell, *pièce dont la préface, véritable manifeste du drame romantique, prône la libération du théâtre des canons esthétiques du classicisme. La pièce est censurée en 1829, pour des raisons politiques, et non pour sa mise en scène de la célèbre courtisane du* XVII*e siècle, brillante pour sa beauté et son intelligence. Dans le comportement de Marion, il n'y a rien qui puisse choquer. Au contraire, elle est l'archétype de la courtisane romantique en quête de rédemption : amoureuse du mystérieux Didier qui croit à sa pureté, Marion a quitté Paris pour Blois et fuit ses anciens amants. Mais Didier, pour défendre l'honneur de celle qu'il aime, se lance dans un combat singulier avec le marquis de Saverny, ancien amant de Marion. Richelieu interdit le duel : Didier est condamné à mort. Marion tente de monnayer son évasion en cédant son corps à Laffemas, espion du cardinal, mais rien n'y fait. Didier, qui rejette d'abord Marion avec mépris, finit par la bénir avant de gagner l'échafaud. Marion, désespérée d'avoir renoué avec l'infamie sans sauver l'homme qu'elle aime, « tombe sur le pavé ». La pièce, emblème du théâtre romantique en vers, exacerbe les passions et les actions violentes, mais ne craint pas de mêler le tragique et la légèreté, comme dans cette première scène où Saverny badine sans se douter du drame à venir. La volonté de rachat de Marion, pourtant, se fait sentir dès cette exposition.*

Acte Premier : le rendez-vous.
Blois.

Une chambre à coucher. — Au fond, une fenêtre ouverte sur un balcon. À droite, une table avec une lampe et un fauteuil. À gauche, une porte sur laquelle retombe une portière de tapisserie. Dans l'ombre, un lit.

Scène première

Marion de Lorme, négligé très paré, assise près de la table et brodant une tapisserie. Le marquis de Saverny, tout jeune homme blond sans moustache, vêtu à la dernière mode de 1638.

SAVERNY, *s'approchant de Marion et cherchant à l'embrasser* :
Réconcilions-nous, ma petite Marie !
MARION, *le repoussant* : Réconcilions-nous de moins près,
je vous prie.
SAVERNY, *insistant* : Un seul baiser !
MARION, *avec colère* : Monsieur le marquis !
SAVERNY : Quel courroux !
Votre bouche eut parfois des caprices plus doux.
MARION : Vous oubliez…
SAVERNY : Non pas !… je me souviens, ma belle.
MARION, *à part* : L'importun ! le fâcheux !
SAVERNY : Parlez, Mademoiselle.
Que devons-nous penser de la brusque façon
Dont vous quittez Paris ? et pour quelle raison,
Tandis que l'on vous cherche à la place Royale,
Vous retrouvé-je à Blois cachée ?… Ah ! déloyale !
Qu'est-on venue ici faire depuis deux mois ?
MARION : Je fais ce que je veux, et veux ce que je dois.
Je suis libre, Monsieur.
SAVERNY : Libre ! et, dites, Madame,
Sont-ils libres aussi, ceux dont vous avez l'âme ?
Moi, Gondi, qui passa l'autre jour devant nous
La moitié de sa messe, ayant un duel pour vous ;
Nesmond, le Pressigny, d'Arquien, les deux Caussades,
Tous de votre départ si fâchés, si maussades,
Que leurs femmes, comme eux, te voudraient à Paris,
Pour leur faire après tout de moins tristes maris !
MARION, *souriant* : De Beauvillain ?
SAVERNY : Toujours il vous aime.
MARION : Et Céreste ?

SAVERNY : Il vous adore.
MARION : Et Pons ?
SAVERNY : Celui-là vous déteste.
MARION : C'est le seul amoureux. — Et le vieux président ?... — (*Riant.*) Son nom déjà ?... (*Riant plus fort.*) Leloup !
SAVERNY : Mais en vous attendant
Il a votre portrait, et fait mainte élégie.
MARION : Oui, voilà bien deux ans qu'il m'aime en effigie.
SAVERNY : Ah ! qu'il aimerait mieux vous brûler ! — çà, vraiment,
Peut-on fuir tant d'amis ?
MARION, *sérieuse et baissant les yeux* : Marquis, précisément.
Ce sont, à parler franc, les causes de ma fuite.
Tous ces brillants péchés qui, jeune, m'ont séduite,
N'ont laissé dans mon cœur que regrets trop souvent.
Je viens dans la retraite, et peut-être au couvent,
Expier une vie impure et débauchée.
SAVERNY : Gageons qu'une amourette est là-dessous cachée !
MARION : Vous croiriez...
SAVERNY : Que jamais ensemble on ne dut voir
Un voile et tant d'éclairs sous les cils d'un œil noir !
C'est impossible. — Allons ! vous aimez en province !
Clore un si beau roman d'un dénoûment si mince !

(I, 1)

Alexandre DUMAS fils (1824-1895)

La Dame aux camélias (1852)

(Gallimard, Folio Classique)

La Dame aux camélias *est d'abord un roman qui, en 1848, apporte le succès au jeune Alexandre Dumas fils. Il en tire un drame créé au Vaudeville le 2 février 1851, dont la popularité dépasse les frontières. Marguerite Gautier, courtisane très en vue atteinte de phtisie, répond à l'amour fou d'Armand Duval, jeune homme de bonne famille. Elle décide de vivre sa passion loin de son entourage, à Auteuil : cette nouvelle vie la comble et la purifie. Mais le père d'Armand vient en secret la supplier de renoncer à son fils pour ne pas compromettre l'avenir de ses enfants. Marguerite se sacrifie par amour : elle s'enfuit. Armand, convaincu que sa bien-aimée souhaitait retourner à son ancienne vie, l'humilie en public. La maladie de Marguerite s'aggrave brutalement et elle expire dans les bras d'Armand, accouru après avoir découvert la vérité. Marguerite s'inscrit dans le sillage des héroïnes romantiques, mais la pièce est puissamment ancrée dans son époque et en dépeint les mœurs avec une acuité annonciatrice du réalisme au théâtre. Cette alliance réussie explique la postérité de la pièce, transformée dès 1853 en opéra par Verdi dans* La Traviata. *Dans cette scène 13 de l'acte II, Marguerite n'ose céder à l'amour d'Armand et cherche à l'éloigner. Elle dénonce ici les hypocrisies d'une société faite de compromissions.*

MARGUERITE, *avec mélancolie* : C'est vrai ; je m'étais dit : « un peu de repos me ferait du bien ; il prend intérêt à ma santé ; s'il y avait moyen de passer tranquillement l'été avec lui, dans quelque campagne, au fond de quelque bois, ce serait toujours cela de pris sur les mauvais jours. » Au bout de trois ou quatre mois, nous serions revenus à Paris, nous nous serions donné une bonne poignée de main, et nous nous serions fait une amitié des restes de notre amour ; c'était encore beaucoup, car l'amour qu'on peut avoir pour moi, si violent qu'on le dise, n'a même pas toujours en lui de quoi faire une amitié plus tard. Tu ne l'as pas voulu ; ton cœur est un grand seigneur qui ne veut rien accepter ! n'en parlons plus. Tu viens ici depuis quatre jours, tu as soupé chez moi : envoie-moi un bijou avec ta carte, nous serons quittes.

ARMAND : Marguerite, tu es folle ! Je t'aime ! Cela ne veut pas dire que tu es jolie et que tu me plairas trois ou quatre mois. Tu es toute mon espérance, toute ma pensée, toute ma vie ; je t'aime, enfin ! que puis-je te dire de plus ?

MARGUERITE : Alors, tu as raison : il vaut mieux cesser de nous voir dès à présent !

ARMAND : Naturellement, parce que tu ne m'aimes pas, toi !

MARGUERITE : Parce que… Tu ne sais pas ce que tu dis !

ARMAND : Pourquoi, alors ?

MARGUERITE : Pourquoi ? tu veux le savoir ? parce qu'il y a des heures où ce rêve commencé, je le fais jusqu'au bout ; parce qu'il y a des jours où je suis lasse de la vie que je mène et que j'en entrevois une autre ; parce qu'au milieu de notre existence turbulente notre tête, notre orgueil, nos sens vivent mais que notre cœur se gonfle ne trouvant pas à s'épancher, et nous étouffe. Nous paraissons heureuses, et l'on nous envie. En effet, nous avons des amants qui se ruinent, non pas pour nous, comme ils le disent, mais pour leur vanité ; nous sommes les premières dans leur amour-propre, les dernières dans leur estime. Nous avons des amis, des amis comme Prudence, dont l'amitié va jusqu'à la servitude, jamais jusqu'au désintéressement. Peu leur importe ce que nous faisons, pourvu qu'on les voie dans nos loges, ou qu'elles se carrent dans nos voitures. Ainsi, tout autour de nous, ruine, honte et mensonge. Je rêvais donc, par moments, sans oser le dire à personne, de rencontrer un homme assez élevé pour ne me demander compte de rien, et pour vouloir bien être l'amant de mes impressions. Cet homme, je l'avais trouvé dans le duc ; mais la vieillesse ne protège ni ne console, et mon âme a d'autres exigences. Alors, je t'ai rencontré, toi, jeune, ardent, heureux ; les larmes que je t'ai vu répandre pour moi, l'intérêt que tu as pris à ma santé, tes visites mystérieuses pendant ma maladie, ta franchise, ton enthousiasme, tout me permettait de voir en toi celui que j'appelais du fond de ma bruyante solitude. En une minute, comme une folle, j'ai bâti tout un avenir sur ton amour, j'ai rêvé campagne, pureté ; je me suis souvenue de mon enfance, — on a toujours eu une enfance, qui que l'on soit devenue ; — c'était souhaiter l'impossible ; un mot de toi me l'a prouvé... Tu as voulu tout savoir, tu sais tout !

ARMAND : Et tu crois qu'après ces paroles-là je vais te quitter ? Quand le bonheur vient à nous, nous nous sauverions devant lui ? Non, Marguerite, non ; ton rêve s'accomplira, je te le jure. Ne raisonnons rien, nous sommes jeunes, nous nous aimons, marchons en suivant notre amour.

(II, 13)

MEILHAC (1831-1897) et HALÉVY (1834-1908)

La Vie parisienne (1866)

(M. Lévy)

Retrouvons enfin la cocotte comique dans l'une des opérettes les plus connues d'Offenbach, La Vie parisienne, *créée au Théâtre du Palais-Royal le 31 octobre 1866. Henri Meilhac et Ludovic Halévy, qui en signent le livret, écrivent aussi des vaudevilles et des comédies célèbres pour leurs dialogues, fort admirés de Feydeau. Raoul de Gardefeu, déçu par sa maîtresse Métella, cocotte un peu trop partageuse, décide de conquérir les femmes du monde. Il rencontre un couple d'étrangers, le comte et la comtesse de Gondremarck : pour séduire la comtesse, il se fait passer pour un guide et tâche d'éloigner le mari. Dans cette pièce, riche en tours de passe-passe, on cherche à s'étourdir : les domestiques se travestissent en aristocrates et Gardefeu échange sa place avec son ancien valet. Les frontières se brouillent : les jeunes filles de bonne famille sont vénales, les femmes du monde se révèlent parfois de redoutables prédatrices. L'invraisemblance et la fantaisie autorisent la parodie et la satire. Dans cette scène, Gardefeu retrouve Métella : il sait qu'elle collectionne les amants ; elle comprend qu'il courtise la comtesse. Gardefeu lui transmet, contre son gré, une lettre de recommandation où Métella lit, en chantant, le portrait que l'un de ses protecteurs fait d'elle.*

GARDEFEU : Je vous dirais que je suis tombé dans la misère, et qu'alors l'idée m'est venue de louer mon hôtel en garni et de me faire guide.
MÉTELLA : Guide !
GARDEFEU : Oui, il y a ici un baron et une baronne, je suis leur guide.
MÉTELLA : Ah ! Enfin !
GARDEFEU : Voilà mon explication… à votre tour… quel était ce monsieur tout à l'heure à la gare ?…
MÉTELLA : À quoi bon ?… c'est fini nous deux…
GARDEFEU : Oui, c'est fini !
MÉTELLA : Alors, je trouve bien inutile…
GARDEFEU : C'est vrai… voilà vos bagues…
MÉTELLA : Il n'y en a que cinq ?
GARDEFEU : Est-ce que vous en avez laissé plus ?
MÉTELLA : Je ne sais pas… je croyais…
GARDEFEU : Vous avez raison… il y en avait six ; nous retrouverons la sixième.
MÉTELLA : Était-ce une bague ?… c'était un bracelet peut-être !
GARDEFEU : Comme vous voudrez…
MÉTELLA : Un bracelet alors, avec des émeraudes…
GARDEFEU : Avec des émeraudes…
MÉTELLA : Adieu, alors !
GARDEFEU : Non, pas encore adieu !
MÉTELLA : Comment ?
GARDEFEU : J'ai une lettre pour vous.
MÉTELLA : Une lettre de qui ?…
GARDEFEU : Du baron De Frascata…
MÉTELLA, *se souvenant vaguement de ce nom et cherchant ce qu'il lui rappelle* : Le baron De Frascata…
GARDEFEU : Celui qui l'hiver dernier… je m'en étais toujours douté !
MÉTELLA : Mais puisque je vous jure…
GARDEFEU : Eh ! à quoi bon maintenant ?
MÉTELLA : Tu es bête !… et à quel propos m'écrit-il, ce baron De Frascata ?
GARDEFEU : Mais lisez, vous allez voir.
MÉTELLA, *lisant* : Vous souvient-il, ma belle,

d'un homme qui s'appelle
Jean-Stanislas, baron De Frascata ?
En la saison dernière,
quelqu'un, sur ma prière,
dans un grand bal, chez vous me présenta !
Je vous aimai, moi, cela va sans dire !
M'aimâtes-vous ? Je n'en crus jamais rien ;
vous le disiez, mais avec quel sourire !
De l'amour, non ! Mais ça le valait bien !
ça dura six semaines,
qui furent toutes pleines
des passe-temps les plus extravagants !
Les verres qui se brisent,
et les lèvres qui disent
un tas de mots cavaliers et fringants !
Ah ! Le bon temps ! Six semaines d'ivresses !
Les longs soupers, les joyeuses chansons !
Et vous surtout, la perle des maîtresses,
vous avant tout… mais sur ce point glissons !
Vous dirai-je, ma mie,
qu'à présent je m'ennuie
comme un perdu dans le fief paternel,
et que ma seule joie,
dans le noir que je broie,
est de rêver d'un boudoir bleu de ciel !
Si vous saviez comme c'est chose rare,
que le plaisir dans notre froid pays,
si vous saviez surtout… mais je m'égare,
n'oublions pas pourquoi je vous écris !
Un digne gentilhomme,
mon ami, que l'on nomme
De Gondremarck, s'en va demain matin.
Son caprice l'entraîne,
vers les bords de la Seine.
Je crois qu'il veut s'y divertir un brin.
Or, tout à l'heure, il m'a pris pour me dire :
où dois-je aller pour m'amuser, mais là !
Moi souriant… pardonnez ce sourire,
j'ai répondu : va-t'en chez Métella !

écoutez ma prière,
recevez-le, ma chère ;
comme autrefois, soyez bonne aujourd'hui !
Prenez pour le séduire,
votre plus doux sourire,
je vous réponds absolument de lui.
Je vous l'envoie, et quand plus tard, ma belle,
il reviendra, car il doit revenir,
ô Métella ! Faites qu'il se rappelle
tout ce dont moi j'ai le ressouvenir !
En la saison dernière,
quelqu'un, sur ma prière,
dans un grand bal, chez vous me présenta.
Vous souvient-il, ma belle
de celui qui s'appelle
Jean-Stanislas, baron De Frascata ?

(II, 13)

Chronologie

Georges Feydeau et son temps

1.

La vocation du théâtre (1862-1892)

C'est dans une famille lettrée que Georges Feydeau voit le jour, le 8 décembre 1862. Son père, Ernest Feydeau, ami de Flaubert, profite des libertés et des avantages financiers de son métier, coulissier, pour s'adonner à l'écriture : il signe en 1858 un sulfureux roman sur l'adultère, *Fanny.* Son épouse, la belle Léocadie Bogaslawa Zélewska, est connue pour ses mœurs légères. On lui attribue des amants fameux : le duc de Morny, voire l'empereur Napoléon III lui-même. Le petit Georges est-il vraiment le fils d'Ernest ? Toujours est-il que le garçon ne souhaite pas suivre la même voie que ce père qui, bientôt frappé d'hémiplégie, meurt en 1873. Bien que les Goncourt l'aient fait sauter sur leurs genoux, c'est le théâtre et non le roman qui, très tôt, passionne cet enfant turbulent qui remplit ses cahiers de drames avec plus d'acharnement qu'il n'en met à faire ses devoirs. Assez bon élève au collège Chaptal puis au lycée Saint-Louis, il abandonne ses études avant le baccalauréat pour se consacrer à la scène. Il se fait d'abord connaître dans des salons et cercles d'initiés où il donne ses premiers monologues, genre alors à la mode : *La Petite Révoltée* en 1880, *J'ai mal aux dents* en 1882. Feydeau a plusieurs cordes à son arc : admirable imitateur et comédien, il est bien décidé à perfectionner son écriture. Ses premières pièces courtes sont bien accueillies (*Amour et Piano* en 1882), mais c'est le vaudeville en trois actes qu'il rêve de maîtriser. Son coup d'essai, *Tailleur pour dames*, en 1886, est un succès. L'on découvre alors un jeune auteur qui, sans concéder aux sirènes de l'esprit et du bon mot, sait ficeler son intrigue avec art et l'animer d'un prodigieux mouvement, entraînant ses couples de personnages dans une valse effrénée. Les critiques se montrent plus exigeants envers ce vaudevilliste prometteur : Feydeau essuie alors quelques revers dans des fantaisies très proches du genre des folies-vaudevilles, que la postérité jugera trop audacieuses pour leur temps (*Chat en poche* et *Les Fiancés de Loches* en 1888). Soucieux de se constituer un public, il donne quelques pièces qui hésitent encore entre le fastidieux modèle du « vaudeville à tiroirs » et la comédie de mœurs (*L'Affaire Édouard* en 1889, *Le Mariage de Barillon* en 1890). Mais Feydeau est en chemin vers des jours meilleurs. Il a épousé Marianne, fille du peintre Carolus-Duran, et se retrouve bientôt père de Germaine et de Jacques. C'est à cette époque que sa vocation se dessine enfin nettement. Alors qu'il hésite encore entre le métier de comédien et celui d'auteur, il se voit proposer un rôle par Deslandes, directeur du Vaudeville, dans *Le Père* de Jules de Glouvet en 1889. De nature désinvolte, il arrive en retard au rendez-vous. Qu'à cela ne tienne : ce hasard décide de l'orientation de sa carrière. Il est récompensé de ce choix en 1892 lorsque *Monsieur chasse !* triomphe au Palais-Royal. Le critique Jules Lemaître remarque : « Si ce méli-mélo de rendez-vous, ce jeu de cache-cache, ces échanges de culottes et cette débandade de pantins vous font d'avance quelque chose de "déjà vu", je vous préviens que vous vous trompez. » Feydeau se distingue donc de l'immense production contemporaine vaudevillesque par la rigueur de sa facture, mais aussi par l'acuité de sa critique de mœurs qui teinte l'ensemble d'une saveur satirique inédite. Le temps des triomphes peut commencer.

4 septembre 1870	Proclamation de la IIIe République.
18 mars 1871-28 mai 1871	Commune de Paris, réprimée dans le sang par le gouvernement versaillais.
1876	Mise au point du téléphone.
1881-1882	Lois Ferry sur la gratuité, l'obligation et la laïcité de l'école primaire.
27 juillet 1884	Loi Naquet rétablissant le droit au divorce.
1887	« Scandale des décorations », trafic de Légions d'honneur impliquant le président Jules Grévy.
1887-1889	Crise antiparlementariste alimentée par le général Boulanger.
1889	Exposition universelle de Paris : la tour Eiffel.

2.

Gloire et vie parisienne (1892-1907)

Feydeau a trouvé sa formule : le vaudeville à imbroglio en trois actes déroulant de savantes intrigues fondées sur des quiproquos, relancées par des rencontres imprévues, des gags savoureux et des effets comiques en situation. Après avoir sauvé de la faillite le Théâtre des

Nouveautés avec sa pièce militaire *Champignol malgré lui*, en 1892, il enchaîne les succès à grande vitesse. Cette œuvre est encore à l'affiche à la fin de l'année 1893, alors que Feydeau vient de terminer, avec son collaborateur Maurice Desvallières, sa comédie *Le Ruban*; il lance en même temps les répétitions d'*Un fil à la patte.* Feydeau reste fidèle aux mêmes lieux. Il donne au Palais-Royal l'astucieux chassé-croisé du *Dindon* en 1896. Surtout, il a pris ses habitudes au Théâtre des Nouveautés qui dispose de sa propre troupe. Il se montre un directeur d'acteurs rigoureux mais respectueux de ses artistes. Germain, son fameux Champignol, devenu son acteur fétiche, assure le succès de *L'Hôtel du libre-échange* (1894). C'est dans ce même théâtre que Feydeau monte *La Dame de chez Maxim* en 1899. Cette pièce copieuse, qui ne peut durer moins de trois heures, met en scène la savoureuse Môme Crevette, danseuse du Moulin Rouge, qui, suite à une méprise, passe pour l'épouse du respectable docteur Petypon. Elle sème le désordre dans la bonne société en jouant les grandes dames malgré son argot indélébile, sa sensualité troublante et ses numéros de chant. La comédienne du rôle-titre, la jeune Armande Cassive, découverte par Feydeau, devient son égérie et campera par la suite la plupart de ses personnages féminins. Les Nouveautés enchaînent 524 représentations à partir du 17 janvier 1899. La pièce est une attraction de premier plan à l'heure où Paris accueille l'Exposition universelle qui ouvre le siècle. Les Nouveautés reprennent la pièce en 1906 et fêtent la 600e en avril, ce qui est considérable pour l'époque, sans compter les tournées. On donne alors à la pièce le diminutif « *La Dame* » qui, jusqu'à présent, désignait le drame à succès d'Alexandre Dumas fils, *La Dame aux camélias.* Feydeau a réussi son pari : redorer le blason du vaudeville, gagner l'admiration des critiques et l'aval du public. La pièce s'exporte même en Amérique ! Feydeau est au faîte de sa popularité et sa fortune est désormais suffisamment confortable pour qu'il puisse, pendant trois ans, s'adonner en toute liberté à son activité favorite, la peinture. Collectionneur passionné — et très dépensier —, il mène grand train. S'il passe ses nuits chez Maxim's, ce n'est pas pour boire mais pour observer les manèges de ses contemporains et noter dans son carnet des idées de personnages ou de répliques. En société, il se montre discret mais brille parfois par ses bons mots qu'il s'interdit dans ses intrigues. Auteur paresseux, noctambule, peu discipliné, il appréhende le moment où il doit se mettre à l'ouvrage. Conscient de son savoir-faire, il reprend la plume pour subvenir aux dépenses fastueuses de son ménage. Il expérimente alors des sous-genres plus variés, comme la comédie de mœurs en quatre actes *La main passe !* (1904) où apparaît Lapige, maçon qui aboie lorsqu'il est ému. Il s'essaie à la comédie musicale (*L'Âge d'or* en 1905), puis à la comédie sérieuse (*Le Bourgeon* en 1906). Les difficultés financières relancent sa créativité dans une pièce qui renoue avec sa maîtrise parfaite des ressources vaudevillesques : dans *La Puce à l'oreille* (1907), la traditionnelle pièce à sosies est menée dans une rapidité qui, derrière le rire, évoque le cauchemar.

1893-1894 Alliance franco-russe.
14 juin 1894 Assassinat à Lyon du président de la République française Sadi Carnot par l'anarchiste Caserio.
15 octobre 1894 Arrestation du capitaine Alfred Dreyfus, accusé d'espionnage.
1895 Projection de *La Sortie des usines Lumière* des frères Lumière.
1900 Exposition universelle de Paris.

3.

L'épuisement (1908-1921)

Les difficultés commencent à s'accumuler sur le ménage Feydeau : les spéculations malheureuses de Georges et les emplettes de Marianne entament gravement la fortune gagnée au théâtre et Feydeau est régulièrement contraint de revendre les pièces de ses collections. Le mariage bat de l'aile : Marianne se révolte contre les nombreuses infidélités de Feydeau qui, en septembre 1909, quitte le domicile conjugal pour s'installer à l'hôtel Terminus. Pendant quelques années, il se partage entre les deux lieux et quitte définitivement l'appartement familial en juin 1913. La fatigue commence à le gagner : il semble avoir épuisé les ficelles du genre qui a fait son succès et peine à renouer avec l'inspiration. *Occupe-toi d'Amélie* est son dernier grand vaudeville en trois actes ; il se contentera, ensuite, d'entourer de ses conseils de jeunes collaborateurs, comme Francis de Croisset dans *Le Circuit* (1909) ou René Peter dans *Je ne trompe pas mon mari* (1914). Mais Feydeau trouve finalement comment renouveler son art théâtral : la farce en un acte, sous l'impulsion des saynètes de Courteline, attire alors les dramaturges. Le format bref lui convient mieux. De plus, la matière de ces pièces, fondées sur des scènes de ménage, est toute trouvée. Dans *Feu la mère de Madame*, Yvonne raille les velléités artistiques de son mari : « T'es peintre ! tu barbouilles. […] Évidemment ! Tant qu'on ne vend pas, on barbouille. » Est-ce là le souvenir d'une phrase de Marianne Feydeau, fille de peintre célèbre ? Feydeau s'inspire même de la constipation chronique de son fils pour *On purge Bébé!* Ces pièces, volontiers autobiographiques, effectuent surtout un portrait au scalpel du mariage, fait de querelles mesquines et de mots désobligeants : c'est l'enfer conjugal que Feydeau peint, à une époque où d'autres dramaturges choisissent le genre sérieux pour traiter les mêmes thèmes, tel August Strindberg dans *La Danse de mort* (1900). L'arrivée de la Grande Guerre interrompt l'activité de Feydeau. Les théâtres sont fermés, et lorsqu'ils rouvrent, Feydeau a d'autres soucis : son fils aîné, Jacques, est au front. Il s'intéresse alors à cette politique dont il s'était tenu prudemment éloigné. Dans son monologue *Complainte d'un pauv' propriétaire* (1916), il ironise sur le mécontentement des possédants touchés par les moratoires sur les loyers, au début de la guerre. *Hortense a dit : «Je m'en fous!»*, créée le 14 janvier 1916 au Palais-Royal, est sa dernière pièce. Au sortir de la Grande Guerre, en 1919, Feydeau commence à développer les premiers symptômes de la syphilis. Ses enfants Germaine, Jacques, Michel et Jean-Pierre, qui s'inquiètent de ses pertes ponctuelles de lucidité, insistent pour qu'il soit bien soigné. Car Feydeau commence doucement à sombrer dans la folie : obsédé par sa ressemblance avec Napoléon III, il envisage de se faire sacrer empereur aux côtés de son actrice Armande Cassive. Il rejoint bientôt le sanatorium de Rueil-Malmaison où, jusque dans ses dernières années, il tente de terminer deux ultimes pièces, *Cent millions qui tombent* et *On va faire la cocotte* : il ne sait comment débrouiller les fils qu'il a tissés. Ce dramaturge, qui aura toujours peint des personnages rendus fous par des intrigues accélérées, s'éteint dans un état proche de la démence le 5 juin 1921.

1904 Entente cordiale entre l'Angleterre et la France.
décembre 1905 Loi de la séparation des Églises et de l'État.
26 octobre 1906 Réhabilitation de Dreyfus.
28 juin 1914 Assassinat de l'archiduc d'Autriche François-Ferdinand à Sarajevo.
août 1914 L'Europe entre en guerre.
1916 Bataille de Verdun.
28 juin 1919 Traité de Versailles.

Pour aller plus loin

Henry GIDEL, *Feydeau*, Paris, Flammarion, 1991.

Jacques LORCEY, *L'Homme de chez Maxim's. Georges Feydeau, sa vie. I.*, Paris, Séguier, coll. « Empreinte », 2004.

Éléments pour une fiche de lecture

Regarder le tableau

- Repérez et comptez tous les personnages (sans en oublier !). Combien y a-t-il d'hommes et de femmes ? Commentez cette répartition.
- Qui se trouve au centre du tableau ? Qui les regarde et de quelle façon ?
- À partir de la robe rose, il y a deux lignes de fuite qui conduisent vers deux groupes de personnages : expliquez la construction du tableau.
- Vous ignorez le titre du tableau : racontez en une dizaine de lignes comment vous interprétez la scène. Avec le titre du tableau, *Trop tôt,* comment devez-vous la réinterpréter ?
- Qu'est-ce qui, dans le traitement de la décoration, de la lumière et des tissus notamment, traduit le luxe de ce salon ?

L'espace théâtral

- Comment le décor du salon de Lucette annonce-t-il le personnage de la chanteuse ?
- Confrontez les dispositifs des actes I et III. Quelle

influence le décor a-t-il sur les actions représentées sur scène ?

Temporalité

- Combien de temps l'action dure-t-elle ? À quelle tradition Feydeau se réfère-t-il ?
- Dans l'exposition, l'auteur transmet au public des informations que les personnages détiennent déjà. Comment Feydeau donne-t-il du naturel et du dynamisme à ces scènes ? Comment crée-t-il une attente ?

Situations

- Quel est le principal quiproquo de la pièce ? Quand cesse-t-il ? Pourquoi choisir ce moment précis ?
- Acte I, scène 20 : récapitulez les quiproquos noués au cours de l'acte. Lucette, Irrigua et Bois-d'Enghien ordonnent chacun à Bouzin de s'en aller. Ils utilisent les mêmes mots mais obéissent à des intentions différentes. Lesquelles ?
- Une parade consiste à détourner le danger : ici, il faut éviter que la vérité n'éclate. Relevez et classez les différentes parades utilisées par Bois-d'Enghien dans l'acte II. Quels différents types de comiques sont convoqués ?
- Acte II, scène 17 : montrez qu'il s'agit d'une scène de double manipulation.
- Le dénouement d'une comédie classique doit être heureux et résoudre tous les malentendus. Est-ce le cas ici ?

Personnages

- Acte I, scène 8 : à quoi, sans même connaître le nom de la baronne, peut-on percevoir son rang social ? Quelles sont les ressources comiques de ce face-à-face avec Bouzin ? Montrez que malgré la conscience de son infériorité sociale, Bouzin se conduit avec hardiesse et impolitesse.
- Dans l'acte I, étudiez le personnage de Firmin. Qu'est-ce qui fait de lui un valet de comédie spécifiquement attaché au service d'une femme de spectacle ?
- Par quelles répétitions Feydeau rend-il Lucette caricaturale ?
- Montrez que l'égoïsme et la brutalité de Bois-d'Enghien se dévoilent de plus en plus au cours de la pièce.

Procédés comiques

- Acte I, scène 11 : comment l'hypocrisie du bon accueil réservé à Bouzin s'explique-t-elle et s'exprime-t-elle ?
- Acte I, scène 16 : relevez et expliquez les jeux de mots créés par l'accent du général.
- Acte II, scène 2 : recherchez quelles sont les particularités stylistiques de la maxime ou du proverbe. Quelles sont les formules de cette scène qui s'en approchent ? Quelle morale véhiculent-elles ?

Musicalité

- Recherchez des dialogues particulièrement riches

en effets musicaux. Quelle est l'impression produite ?

- Les airs chantés dans la scène de résolution n'appartiennent pas aux mêmes registres. Quel est l'effet visé ?

Rythme

- En observant la longueur des répliques et la description des jeux de scène, comparez les rythmes de l'acte I, scène 8 et de l'acte III, scène 4.

Accessoires

- Malgré l'abondance de détails, Feydeau fait figurer les objets strictement nécessaires à l'action. Citez au moins trois accessoires introduits de façon anodine et qui jouent ensuite un rôle direct dans l'intrigue.

Collège

DANS LA MÊME COLLECTION

Alexandre DUMAS, *La Tulipe noire* (213)
ÉSOPE, Jean de LA FONTAINE, Jean ANOUILH, *50 Fables* (186)
Georges FEYDEAU, *Feu la mère de Madame* (188)
Gustave FLAUBERT, *Trois Contes* (6)
Théophile GAUTIER, *3 Contes fantastiques* (214)
Romain GARY, *La Promesse de l'aube* (169)
Jean GIONO, *L'homme qui plantait des arbres + Écrire la nature* (anthologie) (134)
Nicolas GOGOL, *Le Nez. Le Manteau* (187)
Wilhelm et Jacob GRIMM, *Contes* (textes choisis) (72)
Ernest HEMINGWAY, *Le vieil homme et la mer* (63)
HOMÈRE, *Odyssée* (18)
Victor HUGO, *Claude Gueux* suivi de *La Chute* (15)
Victor HUGO, *Jean Valjean (Un parcours autour des Misérables)* (117)
Thierry JONQUET, *La Vie de ma mère !* (106)
Joseph KESSEL, *Le Lion* (30)
Jean de LA FONTAINE, *Fables* (34)
J. M. G. LE CLÉZIO, *Mondo et autres histoires* (67)
Gaston LEROUX, *Le Mystère de la chambre jaune* (4)
Jack LONDON, *Loup brun* (210)
Guy de MAUPASSANT, *12 contes réalistes* (42)
Guy de MAUPASSANT, *Boule de suif* (103)
MOLIÈRE, *Les Fourberies de Scapin* (3)
MOLIÈRE, *Le Médecin malgré lui* (20)
MOLIÈRE, *Trois courtes pièces* (26)
MOLIÈRE, *L'Avare* (41)
MOLIÈRE, *Les Précieuses ridicules* (163)

MOLIÈRE, *Le Sicilien ou l'Amour peintre* (203)
Alfred de MUSSET, *Fantasio* (182)
George ORWELL, *La Ferme des animaux* (94)
Amos OZ, *Soudain dans la forêt profonde* (196)
Louis PERGAUD, *La Guerre des boutons* (65)
Charles PERRAULT, *Contes de ma Mère l'Oye* (9)
Edgar Allan POE, *6 nouvelles fantastiques* (164)
Jacques PRÉVERT, *Paroles* (29)
Jules RENARD, *Poil de Carotte* (66)
Antoine de SAINT-EXUPÉRY, *Vol de nuit* (114)
Mary SHELLEY, *Frankenstein ou le Prométhée moderne* (145)
John STEINBECK, *Des souris et des hommes* (47)
Robert Louis STEVENSON, *L'Étrange Cas du docteur Jekyll et de M. Hyde* (53)
Jean TARDIEU, *9 courtes pièces* (156)
Michel TOURNIER, *Vendredi ou La Vie sauvage* (44)
Fred UHLMAN, *L'Ami retrouvé* (50)
Jules VALLÈS, *L'Enfant* (12)
Paul VERLAINE, *Fêtes galantes* (38)
Jules VERNE, *Le Tour du monde en 80 jours* (32)
H. G. WELLS, *La Guerre des mondes* (116)
Oscar WILDE, *Le Fantôme de Canterville* (22)
Richard WRIGHT, *Black Boy* (199)
Marguerite YOURCENAR, *Comment Wang-Fô fut sauvé et autres nouvelles* (100)
Émile ZOLA, *3 nouvelles* (141)

Lycée

Série Classiques

Anthologie du théâtre français du 20e siècle (220)
Écrire sur la peinture (anthologie) (68)
Les grands manifestes littéraires (anthologie) (175)
L'intellectuel engagé (anthologie) (219)
La poésie baroque (anthologie) (14)
Le sonnet (anthologie) (46)
L'Encyclopédie (textes choisis) (142)
Honoré de BALZAC, *La Peau de chagrin* (11)
Honoré de BALZAC, *La Duchesse de Langeais* (127)
Honoré de BALZAC, *Le roman de Vautrin* (textes choisis dans *La Comédie humaine*) (183)
Honoré de BALZAC, *Le Père Goriot* (204)
Honoré de BALZAC, *La Recherche de l'absolu* (224)
René BARJAVEL, *Ravage* (95)
Charles BAUDELAIRE, *Les Fleurs du mal* (17)
BEAUMARCHAIS, *Le Mariage de Figaro* (128)
Aloysius BERTRAND, *Gaspard de la nuit* (207)
André BRETON, *Nadja* (107)
Albert CAMUS, *L'Étranger* (40)
Albert CAMUS, *La Peste* (119)
Albert CAMUS, *La Chute* (125)
Albert CAMUS, *Les Justes* (185)
Louis-Ferdinand CÉLINE, *Voyage au bout de la nuit* (60)
René CHAR, *Feuillets d'Hypnos* (99)
François-René de CHATEAUBRIAND, *Mémoires d'outre-tombe* – « livres IX à XII » (118)
Driss CHRAÏBI, *La Civilisation, ma Mère !...* (165)

DANS LA MÊME COLLECTION

Albert COHEN, *Le Livre de ma mère* (45)
Benjamin CONSTANT, *Adolphe* (92)
Pierre CORNEILLE, *Le Menteur* (57)
Pierre CORNEILLE, *Cinna* (197)
Denis DIDEROT, *Paradoxe sur le comédien* (180)
Madame de DURAS, *Ourika* (189)
Marguerite DURAS, *Un barrage contre le Pacifique* (51)
Marguerite DURAS, *La Douleur* (212)
Paul ÉLUARD, *Capitale de la douleur* (126)
Annie ERNAUX, *La place* (61)
Gustave FLAUBERT, *Madame Bovary* (33)
Gustave FLAUBERT, *Écrire* Madame Bovary *(Lettres, pages manuscrites, extraits)* (157)
André GIDE, *Les Faux-Monnayeurs* (120)
André GIDE, *La Symphonie pastorale* (150)
Victor HUGO, *Hernani* (152)
Victor HUGO, *Mangeront-ils ?* (190)
Victor HUGO, *Pauca Meae* (209)
Eugène IONESCO, *Rhinocéros* (73)
Sébastien JAPRISOT, *Un long dimanche de fiançailles* (27)
Charles JULIET, *Lambeaux* (48)
Franz KAFKA, *Lettre au père* (184)
Eugène LABICHE, *L'Affaire de la rue de Lourcine* (98)
Jean de LA BRUYÈRE, *Les Caractères* (24)
Pierre CHODERLOS DE LACLOS, *Les Liaisons dangereuses* (5)
Madame de LAFAYETTE, *La Princesse de Clèves* (39)
Louis MALLE et Patrick MODIANO, *Lacombe Lucien* (147)

André MALRAUX, *La Condition humaine* (108)
MARIVAUX, *L'Île des Esclaves* (19)
MARIVAUX, *La Fausse Suivante* (75)
MARIVAUX, *La Dispute* (181)
Guy de MAUPASSANT, *Le Horla* (1)
Guy de MAUPASSANT, *Pierre et Jean* (43)
Guy de MAUPASSANT, *Bel-Ami* (211)
Herman MELVILLE, *Bartleby le scribe* (201)
MOLIÈRE, *L'École des femmes* (25)
MOLIÈRE, *Le Tartuffe* (35)
MOLIÈRE, *L'Impromptu de Versailles* (58)
MOLIÈRE, *Amphitryon* (101)
MOLIÈRE, *Le Misanthrope* (205)
Michel de MONTAIGNE, *Des cannibales + La peur de l'autre* (anthologie) (143)
MONTESQUIEU, *Lettres persanes* (56)
MONTESQUIEU, *Essai sur le goût* (194)
Alfred de MUSSET, *Lorenzaccio* (8)
Irène NÉMIROVSKY, *Suite française* (149)
OVIDE, *Les Métamorphoses* (55)
Blaise PASCAL, *Pensées* (Liasses II à VIII) (148)
Pierre PÉJU, *La petite Chartreuse* (76)
Daniel PENNAC, *La fée carabine* (102)
Georges PEREC, *Quel petit vélo à guidon chromé au fond de la cour?* (215)
Luigi PIRANDELLO, *Six personnages en quête d'auteur* (71)
Francis PONGE, *Le parti pris des choses* (170)
L'abbé PRÉVOST, *Manon Lescaut* (179)
Raymond QUENEAU, *Zazie dans le métro* (62)
Raymond QUENEAU, *Exercices de style* (115)

Pascal QUIGNARD, *Tous les matins du monde* (202)
François RABELAIS, *Gargantua* (21)
Jean RACINE, *Andromaque* (10)
Jean RACINE, *Britannicus* (23)
Jean RACINE, *Phèdre* (151)
Jean RACINE, *Mithridate* (206)
Rainer Maria RILKE, *Lettres à un jeune poète* (59)
Arthur RIMBAUD, *Illuminations* (193)
Edmond ROSTAND, *Cyrano de Bergerac* (70)
SAINT-SIMON, *Mémoires* (64)
Nathalie SARRAUTE, *Enfance* (28)
William SHAKESPEARE, *Hamlet* (54)
SOPHOCLE, *Antigone* (93)
STENDHAL, *La Chartreuse de Parme* (74)
STENDHAL, *Vanina Vanini et autres nouvelles* (200)
Michel TOURNIER, *Vendredi ou les limbes du Pacifique* (132)
Vincent VAN GOGH, *Lettres à Théo* (52)
VOLTAIRE, *Candide* (7)
VOLTAIRE, *L'Ingénu* (31)
VOLTAIRE, *Micromégas* (69)
Émile ZOLA, *Thérèse Raquin* (16)
Émile ZOLA, *L'Assommoir* (140)

Série Philosophie

Notions d'esthétique (anthologie) (110)
Notions d'éthique (anthologie) (171)
ALAIN, *44 Propos sur le bonheur* (105)
Hannah ARENDT, *La Crise de l'éducation*, extrait de *La Crise de la culture* (89)

G. W. LEIBNIZ, *Préface aux Nouveaux Essais sur l'entendement humain* (130)

Claude LÉVI-STRAUSS, *Race et histoire* (104)

Nicolas MACHIAVEL, *Le Prince* (138)

Nicolas MALEBRANCHE, *La Recherche de la vérité* – « De l'imagination, 2 et 3 » (81)

MARC AURÈLE, *Pensées* – « Livres II à IV » (121)

Karl MARX, *Feuerbach. Conception matérialiste contre conception idéaliste* (167)

Maurice MERLEAU-PONTY, *L'Œil et l'Esprit* (84)

Maurice MERLEAU-PONTY, *Le cinéma et la nouvelle psychologie* (177)

John Stuart MILL, *De la liberté de pensée et de discussion*, extrait de *De la liberté* (122)

Friedrich NIETZSCHE, *La « faute », la « mauvaise conscience » et ce qui leur ressemble (Deuxième dissertation)*, extrait de *La Généalogie de la morale* (86)

Friedrich NIETZSCHE, *Vérité et mensonge au sens extra-moral* (168)

Blaise PASCAL, *Trois discours sur la condition des Grands* et six liasses extraites des *Pensées* (83)

PLATON, *La République* – « Livres 6 et 7 » (78)

PLATON, *Le Banquet* (109)

PLATON, *Apologie de Socrate* (124)

PLATON, *Gorgias* (159)

Jean-Jacques ROUSSEAU, *Discours sur l'origine et les fondements de l'inégalité parmi les hommes* (82)

Baruch SPINOZA, *Lettres sur le mal* – « Correspondance avec Blyenbergh » (80)

Alexis de TOCQUEVILLE, *De la démocratie en Amérique*

Composition Interligne
Impression Novoprint
à Barcelone, le 15 janvier 2012
Dépôt légal : février 2012
ISBN : 978-2-07-044566-0

237492